La ciudad doble

Carlos Perellón

La ciudad doble

Prólogo especial del autor

CÍRCULO DE LECTORES

LA DOBLE LECTURA DE *LA CIUDAD DOBLE*

Hay escritores que lo saben todo antes de comenzar un libro, que han preparado todos los detalles y avanzan sin sorpresas por caminos trillados, con la seguridad de quien conoce las páginas donde están los besos y también los asesinos. Han leído pilas de libros sobre los temas que atañen a la novela, pero su habilidad reside en saber sin que se les note, aunque a veces fracasen estrepitosamente.

En el otro extremo están los escritores que caminan a ciegas: sin un plan, van dejando que la novela se vaya poblando de personajes salidos de los pliegues de la imaginación, de una noche de borrachera el día anterior, del recuerdo imprevisto de un amigo olvidado de la infancia. Son, se podría decir, el escritor y el primer lector a un tiempo, y, junto al hallazgo de la frescura, corren el riesgo del desorden.

Entre los dos extremos hay, por supuesto, muchos matices, en uno de los cuales, hacia el medio, yo me sitúo. Miembro a la vez del gremio de los escritores organizados y del de los caóticos, mi técnica frente a la creación es también doble: por ejemplo, antes de escribir la novela que estas palabras prologan, yo solamente tenía un esbozo de una página, una vaga historia sobre un artista joven y rebelde a quien su propia pasión por la modernidad arrastraba hacia la miseria y la locura. Había, recuerdo, aunque desapareciera muy pronto del bosquejo inicial, una mujer que lo había amado alguna vez y que relataba su historia, antes de que yo decidiera que tenía que ser el propio hombre quien contara su huida a los infiernos.

El padre, la contraposición ordenada y estética al mundo de desorden que representaba el hijo, surgió después, pero no como contraposición, sino por darle una coherencia vital, una biografía a mi personaje, unas coordenadas en las que cupiese una casa, un padre, un pasado, incluso unas memorias infantiles que hiciesen a ese padre inevitablemente necesario.

Así, poco a poco, fui avanzando a ciegas con ese primer bosquejo en el que había eliminado a la narradora original y había añadido a un padre. Como los escritores anarquistas que odian la premeditación –como el hijo de mi novela–, los personajes fueron surgiendo entonces al azar, sorprendiéndome en las esquinas, en un bar de Coney Island, en la consejería de un hotel miserable, en el hastío de una ciudad. Pero también, como los escritores ordenados que averiguan hasta el nombre en latín de la mosca que acaba de posarse en un cristal mientras su protagonista mira por la ventana –aunque nunca lleguen a utilizar ese nombre latino e incluso en un segundo borrador eliminen la mosca– fui preparándome lentamente para situarme en la novela. De este modo, y debido a que el padre había escogido casi por su cuenta la profesión de arquitecto, leí muchos libros sobre arquitectura, desde los tratados de Vincent Scully hasta cuanto libro ilustrado pude encontrar en Rizzoli sobre Andrea Palladio, sin descartar las

Guías Arquitectónicas de Nueva York y de Madrid, donde se hace un inventario impecable de edificios, y en las que me basé para muchas descripciones. Adquirí enciclopedias de arquitectura, diccionarios en español e inglés, leí *Cities and People*, del británico Mark Girouard, que tenía arrinconada en mi biblioteca, y a un vendedor ambulante le compré, bastante barata, la extraordinaria y lujosísima historia de la arquitectura de Trachtemberg y Hyman, todo lo cual no solamente me sirvió para ambientar con gran autoridad mi novela, sino también para descubrir el fascinante mundo de la arquitectura, una fuente de placer gratuita que se encuentra desparramada por las calles y que a veces la gente no disfruta.

También leí sobre pintura moderna, sobre arte clásico, sobre comida china y me concentré en escritores norteamericanos que hubiesen descrito Nueva York, como Saul Bellow, uno de mis favoritos, o John Dos Passos en *Manhattan Transfer*, y también en escritores de ambientes madrileños como Baroja y, sobre todo, Galdós.

Así, lentamente, iba planeando una novela cargada de acción, donde se contraponían dos vidas muy diferentes, la de un hombre joven enamorado de la violencia y la fealdad, y un hombre mayor apasionado por la armonía y las mujeres esculturales, entre restaurantes elegantes de Nueva York y bares de Madrid donde se cantaban canciones revolucionarias, entre los edificios de la escuela de Chicago de la avenida West End de Manhattan y las casas chatas, de techumbres de tejas, del barrio de Malasaña.

Cuando la terminé, la novela cumplió mis expectativas en ese plano literario, aunque tuve que pulirla en una ardua batalla contra las metáforas y algunos personajes sobrantes. La novela tenía en efecto mucha acción, había algún crimen y un asesino casi ubicuo, un personaje central muy hijo de su tiempo –alimentado con violencia urbana y ganas de destruir radicalmente el mundo de alguna manera– y un padre tal vez un poco demasiado ideal, pero que obedecía muy bien al retrato de algunos artistas adinerados y cultos que he conocido en Nueva York. Es decir, a esas alturas yo me encontraba más o menos en posesión de esa historia que había estado planeando, pero desconocía que tenía también un tratado de símbolos. Fue en una de las numerosas reflexiones sobre mi propio texto, tal vez tras una de las innumerables reescrituras, cuando me di cuenta de esa segunda lectura simbólica que yo no había pretendido de antemano, con una falta de intención que me emparentaba sin duda con los escritores descuidados y anarquistas y me alejaba de los minuciosos.

Era esta lectura simbólica, paralela a la literaria, la que daba pie a la doble lectura de la ciudad doble.

En este ámbito la novela funcionaba como un rompecabezas donde cada pieza tenía su correspondiente mitad, donde la narración era más doble. A través de esa segunda lectura me di cuenta de que el padre y el hijo simbolizaban dos tipos esquemáticos de generaciones que se han venido sucediendo en la historia: la generación continuista, que se alimenta del pasado y pretende mejorar el mundo dentro de los parámetros establecidos, y la generación revolucionaria, que piensa que el mundo está mal hecho –la política, el arte, la religión, la manera de amarse– y se embarca en la tarea de destruir la realidad para cambiarla. Estas dos generaciones tenían a su vez una correspondencia en la historia del arte: la alternancia sucesiva y casi matemática –sobre todo en los últimos siglos– del neoclasicismo, que trata de recuperar la estética del pasado, con el modernismo, que busca una nueva inspiración, una forma distinta de expresar la realidad. Y aunque la novela no es nada política, también en ese ámbito los dos personajes podrían representar dos pensamientos diferentes que también han venido alternándose, el conservador y el revolucionario.

Las dos ciudades que dan título al libro, Nueva York y Madrid, tenían asimismo su función doble en este plano simbólico: en una contradicción con respecto a su papel anterior, para el padre la primera representaba la modernidad, la liberación de las ataduras y errores del pasado, el triunfo de la grandeza sobre la mediocridad, su entrada en la civilización. Madrid simbolizaba en cambio el pasado como lastre, los viejos modos dictatoriales de gobernar una nación, la cultura manipulada y atenazada por la iglesia y el poder, el aislamiento y la falta de universalidad. Es decir, el padre selecciona el pasado, escoge la belleza clásica pero esquiva el provincialismo y el autoritarismo que pertenecen a ese pasado y desaparecen con la modernidad.

Igual que abanderaban dos tipos de generación, en el terreno más concreto del arte moderno padre e hijo también representaban dos polos opuestos, tal vez los más evidentes de esta lectura simbólica: la contraposición entre la belleza y la fealdad, entre un bando claro del arte que busca solamente la estética impecable de las cosas, y un bando oscuro que desea incorporar al arte una postura ante el mundo, que trata de ampliar el ámbito de lo artístico mediante la introducción de las manifestaciones más modernas que se dan en las calles, en la cultura, en la televisión, en los barrios más marginales de las ciudades, aunque el resultado sea la desarmonía total. Un arte donde la fealdad, el horror, lo roto, lo destruido, lo ordinario, tenga también cabida, e incluso un arte donde cualquiera pueda ser un artista, donde los límites entre el arte y la cotidianidad pierdan todo sentido y el talento no importe.

Esta polarización entre la belleza y la fealdad, entre el bien y el mal de finales del siglo XX, cuando la moral y la política apenas sirven ya para explicar el mundo, conduce también en el plano simbólico y, principalmente, teórico de la novela, a una pregunta general que va transcurriendo como debate constante y camuflado en toda la narración. La pregunta es: En un momento en que el hombre, huérfano de teorías políticas y religiosas, va a necesitar el arte como fuente espiritual y modo de explicarse a sí mismo, ¿cuál es el futuro del arte tras un siglo que ha permitido todos los excesos? O, dicho de otra forma, ¿es cierto, como parece sostener el padre de mi novela, que los artistas modernos, en su afán por huir del pasado, han destruido el arte o, al menos, lo han banalizado? ¿O es cierto, como parece pensar el hijo, que el arte necesita ampliar aún más su radio de acción, que la celebración de la fealdad es en el fondo una forma obligada de convertirlo todo en arte?

La novela, por supuesto, no puede dar una respuesta a estas preguntas, porque de lo contrario sería más un ensayo. Además, no puede darlas porque su escritor, yo, nunca me las planteé cuando me puse a escribirla. Fueron los personajes quienes con su visión del mundo, o más bien su posición en él, comenzaron a discutir estas cuestiones entre ellos. Claro que el autor no es parcial nunca, por supuesto: Aunque quien narra la historia es el buscador de la fealdad, es decir, el hijo, a veces pareciera que él mismo se inclina hacia la estética del padre, que se horroriza poco a poco ante la idea de que el arte pueda encumbrar como modelo estético la violencia o la vulgaridad. Eso podría indicar una preferencia mía en favor de las teorías del padre y, sin embargo, está claro que yo he escogido para esta novela un material que describe con mucho detalle precisamente la violencia y la fealdad, aunque lo haya hecho tratando de utilizar un estilo literario elegante e impecable, que en cierto modo pretende ser clásico.

Todo esto me hace pensar, como tal vez a quien lea este prólogo, que la novela carece de respuestas ante estas cuestiones no porque no es un ensayo ni porque su planteamiento no haya sido premeditado, sino porque su autor no puede darlas, porque yo no tengo respuestas a estas preguntas que señalé antes. ¿Han destruido los excesos del siglo XX el arte moderno y han generado un sub-arte que estaría representado por la televisión en general, o los juegos Nintendo, llenos de horror, vulgaridad y violencia? ¿O acaso el arte podría haber sobrevivido ignorando las manifestaciones más características del siglo XX, ignorando, en definitiva, la fealdad?

Creo que en realidad nadie lo tiene demasiado claro, mucho menos el padre y el hijo de mi novela. Pero lo que sí está claro es que en una época en que, como antes señalé, después de haber sido religioso, guerrero y luego ideólogo, el hombre está quedándose sin fuentes para su espiritualidad, el arte, la literatura, la arquitectura, la música, van a convertirse cada vez más en elementos esenciales para acometer la experiencia humana de cara al siglo XXI que se nos echa encima. Un debate público sobre el arte, sobre el papel del arte y la necesidad de revisar estas cuestiones, debe iniciarse si la humanidad desea evolucionar y salir de una vez de este marasmo de fin de siglo que el derrumbe de las ideologías y la explosión de las comunicaciones ha traído consigo.

Si es preciso un nuevo canon estético, un rigor estricto a la hora de celebrar el arte, o si por el contrario cualquier gesto es un hecho artístico, son los dos polos en este debate en el que caben tal vez muchos matices –como ocurre con las muchas maneras de abordar una novela–, pero que se hace tan imprescindible como a principios de siglo fue necesario debatir hasta la saciedad si el comunismo o el estado liberal eran los mejores modelos para regir la vida del hombre.

CARLOS PERELLÓN
Enero de 1995

Para Carlos y Alejandro, con mucho cariño

I asked my ailing mother if she beat me,
if she ever screamed at me for doing things wrong
or wouldn't let me go out to play
because of her fears.
I was trying to know why I feel terror
from a skin bump, a shift in the weather,
a sick look in a passing stranger's eyes.

STEPHEN BERG, *Shoeshine*

PRIMERA PARTE

1

La avenida por la que avanzaban automóviles pequeños y muy similares, los rostros afilados que veía tras la ventana del taxi, gestos hoscos, cansados ya por la mañana, tensos sobre el volante y envueltos en el humo de cigarrillos chupados con ansiedad, me recordaron el mismo trayecto que había recorrido doce años atrás, asombrado también ante las diferencias de tamaño entre esta ciudad reducida y tal vez irreal, y la ciudad inmensa de donde acababa de llegar. Como entonces, los edificios volvieron a parecerme demasiado frágiles, y su aspecto descuidado me produjo la misma ansiedad, el temor a haber ingresado en un ámbito donde todo estaba a punto de derrumbarse, mientras el taxi bajaba a trompicones por la avenida y mi padre miraba el paisaje con avidez a mi lado, tratando de recuperar sus recuerdos.

Luego, cuando salimos de la avenida impersonal y el taxi comenzó a avanzar con dificultad por calles más estrechas, tocando la bocina a peatones que caminaban al borde de la acera con calma, como si desafiaran el peligro o quisieran morir, comprendí que había otras imágenes encerradas desde hacía mucho tiempo en mi memoria, imágenes con olores y ruidos que solamente estaban esperando para salir el arribo de otras visiones parecidas que las convocaran.

Los bares con dibujos de tazas de café o rótulos pintados en los cristales me recordaron el bar donde una mañana había tomado por primera vez café con leche y churros acompañado de mi tío Joaquín, que me miraba con la curiosidad de quien se encuentra ante un visitante del futuro y me pedía que le tradujera al inglés los nombres de todas las cosas. Tal vez yo había llegado también esa misma mañana, y al principio mi tío me había parecido un hombre extraño y repulsivo, tan distinto de toda la gente que yo conocía en Nueva York. Por un momento, su imagen en el bar me confirmó el miedo que había tenido en la avenida que llevaba del aeropuerto a la ciudad, la idea de que acababa de aterrizar en un lugar perdido en el tiempo, de hombres enigmáticos que parecían todos iguales y discutían con mucha rapidez en el idioma que hasta entonces yo solamente había compartido con mi padre.

El tío Joaquín, con su rostro mal afeitado y un tic nervioso en el ojo derecho que le hacía guiñarlo como si estuviera buscando alguna complicidad –un tic que yo he heredado y que desde aquel viaje me emparenta con él–, regresaba ahora con los cristales pintados de los bares y las calles por donde el taxi se arrastraba, callejuelas estrechas y oscuras en las que apenas cabía un automóvil. Íbamos hacia la casa de Teo, y a través del otro cristal mi padre recorría las fachadas de los edificios con una memoria diferente de la mía, la del huido que se enfrenta de pronto con una imagen del pasado que hubiera podido ser. Lo observé de reojo mirar con cautela y ansiedad la ciudad recién desplegada, como si temiera encontrarse a sí mismo caminando por las aceras, más viejo, distinto, con el andar acostumbrado al paseo rutinario y la memoria despoblada de la nostalgia, como los hombres de trajes grises y bigotes pequeños que esperaban el autobús en una esquina o estaban a punto de entrar en una tienda o en un bar, los hombres que se habían quedado.

El frenazo del taxi frente al portal de la casa de Teo detuvo mis recuerdos y mis ideas confusas de los otros recuerdos de mi padre. Un hombre de mono azul que barría en el umbral del portal se interrumpió al vernos y adoptó una actitud servicial ante nuestras maletas y nuestros abrigos, como si estuviera esperándonos. Hacía un frío agradable, seco, que me pareció nuevo, y las aceras estaban desiertas a esa hora temprana. Entramos en el portal, donde olía a jabón de fregar y al café que humeaba en las cocinas y pasaba por debajo de las puertas, y subimos detrás de él por una escalera de herradura con la baranda de una madera oscura y antigua, pulida por el roce de muchas manos.

Frente a la puerta maciza del apartamento de Teo permanecimos quietos y en silencio un momento. El sonido del timbre que el portero había pulsado por nosotros parecía haber roto la sensación de incertidumbre que hasta entonces había tenido nuestro viaje. Al cabo de ese instante –demasiado largo tal vez para llamarlo así– un hombre colorado y risueño, arropado con una bata negra de seda, surgió bajo un umbral cuyo fondo estaba dominado por el cuadro de una mujer que flotaba con los pechos desnudos. El hombre parecía salir de un sueño dulce, y tenía todavía la expresión amable de ese sueño. Era Teo. Mi padre y él se abrazaron en el pasillo, después de tantos años de ausencia, como si el tiempo no los hubiera cambiado, como si los años no hubiesen deformado sus rostros y ellos fueran los mismos de antes.

Teo tenía la casa abarrotada de cuadros que recorrían distintos momentos de su arte, de su obsesión por los muslos firmes y sombreados, por las vaginas dibujadas con el detalle de quien primero las ha tentado con los dedos, una proliferación de tetas con pezones rosados, estilizadas, poderosas, la única fuente de la belleza. Olía a pintura aún húmeda y a ese olor picante de los objetos con polvo que me recordó a mi propia casa. En la habitación de los huéspedes, donde dejamos nuestras maletas sin abrir, sin tiempo que perder, había un dibujo de un hombre con barba, probablemente él, que sacudía los cuerpos desarmados, indefensos, de una pareja atrapada dentro de una botella.

La calle estaba aún vacía cuando los tres salimos y caminamos bajo el ruido de su alegría hasta llegar a una cafetería que se llamaba El Perfil. El olor al café, el ruido de las tazas que un camarero colocaba rítmicamente sobre los platos, las vitrinas del mostrador donde se asomaban algunos bollos, todo me recordó aquel bar donde el tío Joaquín pasaba sus mañanas hablando disparates y leyendo el periódico, sentado a una mesa que tenía reservada junto a la ventana. Las mesas de formica y el olor a la leche quemada me convocaron otra vez su cuerpo ancho y su cara redonda, y aquel lugar cerca de la ventana donde me había contado historias sin parar, un río de ideas que yo entendía apenas, entorpecido por su acento cargado de zetas, muy diferente al de mi padre, y el sabor de los churros recién descubiertos. Sentados los dos en aquel bar tan parecido al Perfil que los recuerdos me acudían en oleadas, mi tío liaba unos cigarros gruesos y deformes como sus dedos, que olían a madera quemada, y me hablaba de toros, la más fuerte de sus pasiones. Bebía café y anís, y me describía con detalle los trajes de luces, las hombreras con guirnaldas bordadas en hilos de oro para disimular la figura del matador, las chaquetillas de colores llenas de flores rojas y pétalos cosidos para ocultar la sangre, las taleguillas estrechas y cortas, con hileras de motivos vegetales recorriendo los muslos. Una mañana había llegado a levantarse de la mesa para explicarme la corrida, para representar el paseíllo con los toreros serios, ausentes, como pensando que tal vez aquella tarde de sol podía ser su última tarde. Después, asistido por la servilleta manchada con la grasa de los churros, me había dibujado la forma de una verónica, y con dos tenedores que clavó sobre el respaldo de una silla me había mostrado el tercio de banderillas, y luego el derechazo templado con la muleta, el pase de pecho y al fin había rematado la faena con el cuchillo de la mantequilla. No le había importado que los camareros se hubiesen reído de él detrás de la barra durante su faena, ni que los clientes le aplaudieran con sorna, contentos por haberse ganado aquel espectáculo. La presencia de su sobrino, mi presencia allí comiendo churros ante aquel hombre demencial, había liberado su propia infancia, una infancia triste e insatisfecha que ya no quería disimular.

Acomodado en la silla de plástico negro de El Perfil, entre mi padre y Teo, recordé con candor aquella época misteriosa de mi infancia, y cuando un camarero con el pelo mojado y peinado hacia atrás vino a atendernos, yo le pedí un café con churros para acercarme todavía más a aquel niño de doce años que había presenciado las corridas imaginarias del tío Joaquín, encerrado en la cafetería donde pasaba sus mañanas.

A mi alrededor, El Perfil era como otros bares que comenzaba a recordar, donde mi tío también me había llevado. Un hombre con aspecto de jubilado bebía una copa de anís en el mostrador y con una gran lentitud, como si no quisiera emplear un movimiento de más, fumaba también un cigarrillo deforme que despedía un humo exagerado. Fuera, la calle parecía haberse animado de repente: niños ateridos de frío con las orejas coloradas y las espaldas encorvadas bajo el peso de carteras inmensas, mujeres con cestas de lona apretándoles las muñecas, oficinistas que caminaban inclinados y distraídos, postergando la entrada en el trabajo, soplándose los dedos abiertos en los guantes de lana. Me parecieron feos y pequeños, aquella vez, seres mecánicos que se movían sin elegancia, con movimientos bruscos, como si estuvieran dirigidos por alguien. Teo y mi padre conversaban a mi lado sobre el paso del tiempo, sobre la forma en que envejece la piel de las mujeres, sobre algunos barrios que habían destruido para colocar edificios de cristal en forma de cajas grandes. Cuando el camarero puso las tazas sobre la mesa y se fue, dejándonos con un aroma de café y churros, mi padre nos confesó su impresión, su primera impresión, de que nada había cambiado después de tantos años.

2

Mi padre ya no estaba durmiendo junto a mí cuando me desperté. En la pared del cuarto, el hombre barbudo que sacudía a la pareja indefensa me miró desde la oscuridad. Escuché algunas risas en el salón, voces ásperas que se cruzaban al mismo tiempo y me llegaban deformes a través de los tabiques. Por un momento las risas me confundieron, y pensé que podía encontrarme aún en Nueva York, que quien se reía era Gracie y yo estaba borracho en una de sus fiestas, y nada había pasado. Entonces mi padre entró en la habitación, donde yo me vestía en la oscuridad, temeroso aún de descubrir del todo el presente, y encendió la luz. Su camisa muy blanca, adornada con el monograma de su nombre en el bolsillo, me deslumbró como una lámpara sobre la cara. Cuando me habló, noté en su voz un acento distinto, más rotundo, una pronunciación más clara y confiada de las zetas. Me dijo que me diera prisa, que había pasado todo el día durmiendo y la cena ya estaba preparada.

Teo se balanceaba de pie en medio del salón, tal vez borracho. Sentadas en el sofá había dos mujeres de pelo negro, de edad mediana, una de ellas hermosa y morena, y la otra delgada y enigmática. Parecían escuchar sin ningún interés, con cara de aburridas, a un hombre de chaqueta azul impecable, que se ajustaba bien a su cuerpo ancho. Los tres se levantaron al verme, y cuando abrió la boca para saludarme, noté que las encías de la mujer morena eran muy rojas. Su sonrisa parecía intensa, aunque podía ser una mueca cualquiera, ensayada para agradar. Pero al coger mi mano la apretó levemente, como si fuera una señal, y de los nombres que mencionó mi padre al presentarnos yo solamente escuché el suyo, Marisa, y también sonreí.

Encima del sofá donde los tres volvieron a sentarse había una colección de cuadros de diversos tamaños, muy distintos: un paisaje de un campo de trigo que me recordó vagamente *El Angelus*, el rostro de una mujer parecida a las doncellas de Botticelli, una fachada muy realista de una taberna roja bajo un cartel que ponía VINOS. Abajo, empequeñecido por los otros, vi un cuadro alargado que me pareció un Torres García.

Confieso que me sentía incómodo entre ellos, como un muchacho al que de pronto le dejan participar en una fiesta donde sus padres están borrachos. Teo se me acercó, moviéndose de un lado a otro, y me cogió del brazo. Llevaba una camisa de flores tropicales que me pareció ajena al invierno de Madrid y a su casa llena de muebles de madera sólida, como mudados de una casa en el campo. Tuvo que ponerse de puntillas para hablarme al oído, y al principio no supe qué decía, e incluso sus palabras me resultaron incoherentes y extrañas. Pensé por un momento que no entendía bien el idioma, que me iba a ser difícil vivir en un país donde las palabras me resultaban extrañas. Luego me di cuenta de que estaba hablando de un burdel, y que se dirigía a mí y a mi padre.

–Te acuerdas de aquellos tiempos, Pablito –le dijo en aquel momento a mi padre–. Era un burdel precioso, lleno de flores. Lo más cachondo era mirar las caras de aquellos hombres que esperaban sudorosos y jadeantes entre tantas flores, vueltos locos pensando en lo que iban a hacer, todos con unas ganas de follar enormes. Y la Jacinta, nunca me olvidaré de la Jacinta, que bebía el té en medio del patio mientras apuntaba los turnos con mucha diligencia, chupando a ratos la punta de su lápiz de ojos, y que tenía un lunar en la mejilla que se correspondía exactamente con el que tenía en otra parte. ¿Te acuerdas, Pablo?

Marisa, la mujer de las encías rojas, tenía una nariz larga y elegante, y unos ojos verdes que me miraban con burla. Cerca de su boca había un lunar pequeño que la maleaba. Su piel morena, como si acabara de llegar de un lugar con sol, una playa alejada del invierno, era lisa en los hombros, y tenía pecas. Recuerdo que me gustaron sus pecas y que me apeteció besarla en los hombros.

–Pablo, ¿sabes que tu hijo Ricardo está muy guapo? –dijo ella entonces con una voz que recuerdo melosa pero ronca, y en la cara del hombre de la chaqueta azul impecable pude notar una ligera mueca de fastidio que trató de disimular con una carcajada falsa.

Más tarde, cuando avanzó la noche y fui averiguando un poco las vidas de aquella gente, supe que el hombre de la chaqueta elegante se había acostado algunas veces con Marisa. Tenía unas manos grandes, muy grandes, que se movían delante de él cuando hablaba, como si fueran recogiendo sus palabras.

Los ojos de Marisa eran intensos a pesar del color verde, y varias veces me pareció que odiaban cuando miraban al hombre. Era como si utilizara la claridad del verde para ocultar una perversión interior muy difícil de descifrar, y cuando me miraba yo no sabía si me comunicaban un intenso deseo, el más intenso de todos los que hasta entonces había encontrado en ninguna mujer, o se estaba burlando de mí con sus miradas.

Poco antes de sentarnos a la mesa a comer, el hombre de la chaqueta elegante se puso a hablar con una voz pastosa y engolada. Le vi estirarse aún más que antes hacia atrás, y sus grandes manos parecían recoger con mayor precisión sus palabras pomposas, demasiado sonoras. Se levantó del sofá, y con la copa en la mano parecía estar dando una lección sobre la historia de España. Entonces Marisa se levantó de pronto y con un gesto le interrumpió. La reacción patética del otro me causó gracia. Ella se sentó en el brazo de la butaca donde estaba mi padre y le acarició la melena blanca, y en su rostro yo creí ver un rasgo de atracción contenida, como cuando alguien desea a una persona cuya entrega es imposible. El hombre de cabello gris se había callado y en el salón había surgido una ligera tensión. Sólo se escuchaba el hielo del vaso de Teo mientras se servía más alcohol. Marisa jugó un rato con aquel silencio y luego lo rompió:

–Pablo, quiero que me cuentes qué habéis venido a hacer aquí Ricardo y tú, después de tanto tiempo.

Mi padre habló entonces de la nostalgia, de aquel recuerdo constante que necesitaba los olores o una melodía perdida, que al principio comenzaba como un juego de sombras lejanas y al final acababa convirtiéndose en un vicio oscuro que se alimentaba de las fotografías y las postales, de los sabores de un plato de comida o la noticia de una desgracia. También habló del viaje que habíamos pensado hacer por los pueblos de España, un proyecto elaborado en Nueva York mientras esperábamos la partida sin apenas comer, hablando siempre del pasado, cuando él sacó un mapa de España de algún cajón perdido en la casa de la Quinta Avenida, feliz porque de nuevo le hiciera falta, y estuvimos elaborando rutas como si trazáramos el regreso a la infancia. Marisa me miró y sonrió, y esa noche tuve la idea absurda de que en ese instante había decidido oponerse a aquel viaje.

Mientras cenábamos se produjo un incidente extraño. El hombre de la chaqueta elegante pidió a la otra mujer, sin disimular una cierta ternura, que comiera algo, y ella negó con la cabeza en silencio. Luego cogió un vaso lleno de vino y lo dejó caer al suelo sin maldad, como si fuera una costumbre entre los invitados. El vaso hizo mucho ruido al caerse, pero no se rompió. Teo miró a Marisa y los dos se rieron, ella nerviosamente. Luego comimos en silencio, en medio de una tensión incómoda, y la otra mujer dejó su plato intacto.

Al terminar de cenar tenía ganas de salir por la ciudad del brazo de Marisa y descubrir el significado de sus miradas. La otra mujer se había sentado de nuevo en el sofá y estuvo todo el tiempo sin hablar, fumando cigarrillos con cierta prisa, como si esperara una llamada telefónica o la llegada de alguien. Tenía la nariz demasiado alargada para resultar guapa, y estaba mal vestida, con un traje ridículo de bolsillos con ribetes blancos. Apenas fijaba la vista en las cosas: su mirada iba recorriendo la sala con una especie de patrón establecido, primero el teléfono, luego las cortinas de la ventana, la estantería superior de la biblioteca, el cenicero, un aguafuerte de una espalda desnuda colgado en la otra pared, y luego otra vez lo mismo. Lo sé porque una de las veces seguí todos sus movimientos después de estudiarlos. A su lado, el hombre de la chaqueta azul hablaba sesudamente de política con mi padre mientras agitaba con menos ímpetu sus manos, y Teo parecía haberse derrumbado en un sofá, con el vaso de whisky abandonado en el regazo. Marisa estaba en el baño.

Tras la puerta entreabierta, la vi pintándose los labios frente al espejo y girar levemente los ojos verdes cuando golpeé en la puerta antes de entrar. Tal vez me esperaba y el último gesto que me había hecho antes de salir del salón había sido una invitación clandestina al baño.

–Quiero que me des un paseo por la ciudad.

–Justo te lo iba a proponer. Pero hay que irse sin avisar, para que Pepe me busque por toda la casa y luego por todo Madrid. El muy idiota no se entera que ya no quiero follar.

Marisa me besó en el coche poco antes de encender el motor de su automóvil y luego avanzó por calles solitarias de edificios cuyo esplendor, si lo tenían, me pareció que se hallaba oculto en la oscuridad. La Puerta de Alcalá estaba en cambio iluminada en medio de la plaza, pero el arco que en su día debieron atravesar carretas cargadas de pellejos de vino y jaulas de gallinas parecía ahora una construcción inútil y arcaica, rodeada por unas flores mustias, un monumento a un pasado seguramente tortuoso y agitado. Recordé que mi tío Joaquín tenía un proyecto para construir una urna de cristal en torno a la puerta, para evitar que la mancharan el aire y las palomas, y por un momento estuve pensando en él, ajeno a lo que me decía Marisa, y tuve la impresión de que mi tío y yo nos parecíamos demasiado, que éramos una misma versión de un ser confuso, condenado al fracaso, y esa idea me produjo una cierta ansiedad. Subimos por la Gran Vía, donde había muchos cines, y los espectadores que salían fumaban en corros con fruición, como si quisieran demorar en la acera el momento de irse a dormir. En una de las calles laterales había bares con las puertas cerradas donde porteros ateridos golpeaban con furia los pies sobre el suelo, y algunas putas apenas vestidas con abrigos de imitación de pieles de animal, con los rostros deformes por los colores de las barras de labios y el maquillaje, se apostaban contra los muros de las esquinas, rodeadas de sombras que las afeaban.

–Ésta es la calle de la Ballesta, el barrio de las putas pobres. A veces me pregunto cómo será ser puta, conseguir superar el asco de acostarse con cualquier hombre, sobre todo con un hombre que detestas.

Marisa se detuvo frente a un bar de aspecto clandestino, con su puerta estrecha y cerrada sobre la que un farolillo arrojaba una luz rosada. Con una sonrisa burlona golpeó en la puerta y un ojo enrojecido se asomó por una mirilla antes de dejarnos entrar.

Dentro zumbaba un ruido de conversaciones estentóreas que parecían amontonarse al mismo tiempo, cobrar velocidad y volumen y estallar de pronto en carcajadas para comenzar otra vez, el sonido incesante de la noche. Vi las caras de los clientes, los ojos enrojecidos por el humo y el alcohol, la tez pálida de las mujeres, los gestos seguros, convencidos, de los hombres cuando hablaban, las manos que se movían en el aire y estaban a punto de derribar los vasos, las botellas de vino. Su visión me pareció muy nueva, como si estuviera contemplando a una especie diferente de hombre, y me dieron ganas de correr y gritar, o tal vez de llorar porque me recordaban la infancia.

Un grupo de hombres barbudos, muy colorados, comenzó entonces a cantar al fondo del bar mientras el tipo que nos había abierto la puerta les pedía silencio con los dedos, les imploraba, se agitaba y chillaba, y luego, cuando se dio cuenta de que había perdido la partida y todo el bar había comenzado a cantar esa música que incluso a mí me erizaba la piel, él también cantó, y en un instante él mismo era quien más alto cantaba, «a corazón suenan, suenan, resuenan las tierras de España en la lejanía», y había hombres que se levantaban en algunas mesas y se apoyaban en los hombros de quienes tenían más cerca y al levantarse elevaban con ellos el volumen de la canción, «galopa, jinete cuatralbo, jinete de España, que la tierra es tuya», y Marisa fumaba un cigarrillo y lo miraba todo con una mueca descreída y trataba de evitar que el humo o la emoción la hicieran perder la compostura, mientras alrededor casi todo el bar estaba ya en pie, y yo me descubrí cantando también «a galopar, a galopar, hasta enterrarlos en el mar», sin saber por qué.

Los clientes se sentaron de nuevo y, a pesar de las voces y el sonido de vasos, el bar parecía más silencioso que antes después de la música. Recuerdo algo curioso que me sorprendió y me hizo gracia: mientras recorría con la mirada las mesas para escudriñar las caras alegres de aquella gente tan distinta de mí, descubrí una pareja que se besaba justo a nuestro lado como si nada pudiera alterarles, sólo la mirada del otro y el contacto húmedo de sus labios. Acababan de llegar y antes de quitarse los abrigos ya habían comenzado a acariciarse y reírse entre ellos, ajenos a la camaradería que se respiraba en el bar después de la canción. Ella era fea, recuerdo bien, y de cachetes inflados, con una sombra de bigote debajo de la nariz, y él era mayor que ella, con canas, como si fuera su tío o su padre. Pensé que tal vez venían de otro bar, que llevaban toda la tarde visitando lugares públicos, indiferentes a los decorados o los rostros de los camareros y los clientes, que habían recorrido las butacas de un cine, los bancos de una iglesia, las sillas acolchadas de un café, las esquinas de la Gran Vía, urgidos por la necesidad de tocarse, ignorantes de lo que ocurría alrededor, ajenos a las conversaciones de los que conspiraban en las mesas o a las canciones de los grupos, únicamente atentos a los gestos del otro, a una pasión que parecían haber descubierto hacía muy poco.

Salimos a caminar en la noche fría, cogidos de la mano bajo la vía láctea. Vi parques pelados por el invierno y la desidia, tiendas con letreros de cristal donde leía nombres extraños, esa zona cotidiana del idioma que nunca había utilizado, «Mercería la Caridad», «Droguería Hijos de Sánchez», «Pastelería la Mallorquina», «Pollería y Casquería La Granja», y bares, muchos bares, uno en cada esquina, idénticos, tan parecidos al que mi tío Joaquín utilizaba para sus soliloquios, una extensión de las propias casas.

Marisa me besó en una esquina, y aún puedo recordar el sabor de sus labios fríos que me apretaron con avidez y trataron de atraparme, una lengua donde el sabor del vodka se había hecho amargo, pero en la que prevalecía ese aroma profundo a perejil que yo siempre he asociado con el deseo.

–Voy a llevarte a la Casa de Campo, el escenario de mis primeros amores prohibidos, porque creo que estoy nostálgica esta noche –me susurró al oído como si me insinuara que me amaba.

Atravesamos avenidas de edificios uniformes y antiguos donde de pronto surgía una construcción cuadrada y rotunda, «el arte de la dictadura», dijo Marisa, «los arquitectos con sensibilidad se marcharon, como tu padre», regresamos a la Gran Vía, donde solamente quedaba algún borracho que aparecía de pronto en la oscuridad, recostado en el vano de un comercio, calles sin árboles y fachadas ennegrecidas por el abandono municipal, el aire de la ciudad sitiada por el aburrimiento y la coerción de la que huyó mi padre, los complejos de apartamentos nuevos que ya parecían desgastados, de ladrillo y volumen oscuros, a la salida de Madrid, el campo edificado, domesticado, y de pronto el misterio de un bosque en la noche, árboles y arbustos negros en los que se adivinaba un frío descorazonador sobre el barro seco. Marisa tomó un camino de tierra y me enseñó, en los claros iluminados por el haz de los faros, los huecos de las trincheras de la guerra, y en los montículos los restos de fortines rudimentarios, y al final del camino llegamos a un lago muy negro.

–Aquí veníamos cuando yo era una estudiante, a besarnos y a que nos tocaran las tetas por las tardes.

Estacionó el coche en el borde del lago, las luces largas encendidas que reflejaban los árboles antiguos de la orilla de enfrente y una barca encallada, gris, patética en su inutilidad, en su incapacidad de ofrecer un destino, un viaje en la oscuridad por paisajes remotos, una ciudad al final de la noche.

–Antes todo era así, limitado, sin demasiado horizonte, un manoseo de pollas y pezones, y unos besos interrumpidos por el miedo al infierno y al pecado. Hasta que descubrí que me gustaba mucho, demasiado.

El ruido del motor, que mantenía la calefacción encendida en medio del frío, presente tras las ventanas cubiertas por un vaho que había que limpiar con los dedos para poder mirar, tenía el mismo ritmo que las palabras de Marisa, un sonido monocorde, sin énfasis, adaptado al recuerdo.

–Lo descubrí cuando empecé a hacer de modelo. Desde el primer día supe que aquel cuerpo que los pintores miraban con ansiedad, como si al pintarlo quisieran poseerlo, podía ser ese motivo para seguir viviendo que había estado buscando sin saberlo.

Noté que mientras recordaba, su cara estaba más claramente triste, sin el esfuerzo por disimular el dolor. Su tristeza la afeaba, pero me gustaron aquellos rasgos contraídos por una inquietud misteriosa.

–El tipo que me había metido en el negocio de modelar era mi profesor de Arte en la Universidad. Un día se acercó con su coche a la parada del autobús donde yo esperaba dispuesta a regresar a casa, a poner la mesa, a escuchar el ronquido de mi padre en el butacón después de comer, y me dijo que me llevaba. Terminamos en su casa, donde disfruté como jamás lo había hecho, y al mes me tenía desnuda frente a todos los estudiantes, y yo sentí que la impresión de que muchos hombres me desearan era lo más emocionante que me había pasado.

Hicimos el amor en el asiento de atrás, desnudos en medio de la desolación y el frío alrededor del que nos aislaba la calefacción y el vaho que empañaba las ventanas. Marisa parecía haber entrado en un arrebato extraño, con los ojos en blanco, y gemía mientras me obligaba a acariciarle el sexo con la mano y parecía albergar un placer intenso en todos los rincones que le tocaba, en la nuca, debajo de los brazos, en las tetas enhiestas, más duras que las de las mujeres de su edad, como si las miradas excesivas de los aprendices de pintores hubiesen conservado su juventud.

Regresamos a Madrid con lentitud, adormecidos por la satisfacción y el cansancio, desnudos todavía mientras Marisa tomaba las curvas con desgana y me acariciaba al tiempo, tal vez ansiosa aún.

Cuando detuvo el coche frente al portalón ancho donde aquella mañana –¿o había sido hacía un mes?– había visto barrer al portero del mono azul, me di cuenta de que estaba muy cansado. Me vestí en silencio, confuso ante la inminencia del sueño, mientras Marisa me observaba con burla mientras trastabillaba al ponerme los pantalones.

Con la camisa por fuera, aterido en el portal, sin llaves, perdido de repente en una ciudad que comenzaba a resultarme borrosa y remota, vi el coche de Marisa alejarse calle abajo como en un sueño y dejarme solo. Entonces un hombre vestido con un uniforme gris donde sonaba el ruido de muchas llaves se acercó a mí y, luego de mirarme de arriba abajo, me preguntó si quería entrar. Cuando el hombre abrió la boca para bostezar pude observar que solamente tenía dos dientes amarillos, manchados por el tabaco y el coñac. Su visión me trajo unos recuerdos confusos, que no supe en qué época situar, y estuve mucho tiempo pensando en aquellos dientes mientras esperaba en el corredor, hasta que un Teo dormido que olía mucho a colonia me vino a abrir y, antes de despedirme junto a la puerta de mi habitación, me dio un beso en la frente y me llamó Pilar.

3

Una mañana del mes de junio, unos meses antes de mi llegada fortuita a Madrid y el descubrimiento de Marisa, yo miraba por la ventana del tren cómo avanzaban las casas pequeñas de Brooklyn –el barrio más feo del mundo– y las chimeneas de las fábricas grises en el horizonte, y Débora se pintaba los labios a mi lado, caliente por el inicio del verano, y los niños de los negros chillaban y gritaban y se colgaban de las barras metálicas, tan feos como Brooklyn. Olía a humedad en el vagón, y a un sudor perfumado, y Débora se apretaba a mi cuerpo con el vaivén del tren y me clavaba sus pechos, adormecida su vergüenza entre tanto pasajero horrible para quien nuestra diferencia de edad no significaba nada.

Había subido a mi casa la mañana en que yo estaba dando los últimos retoques al primer cuadro de las serpientes, y me alegró que con su presencia me obligara a salir de mi cuarto, a huir de un encierro que ya se prolongaba por muchos días. Me hacía falta entretenerme con un espacio abierto y amplio, juntarme con la gente, alimentarme de su vulgaridad, y tal vez por ello le dije que deseaba ir a Coney Island, porque había leído hacía poco la descripción de un horrible asesinato ocurrido allí y además recordaba la feria venida a menos, casi a punto de derrumbarse, llena de casetas de latón de cuyos toldos colgaban horribles muñecos de felpa, y de papeleras por donde rebosaban restos de comida y vasos de cartón, y de gente fea que disfrutaba enormemente y paseaba.

Pasé el viaje sin prestar a Débora demasiada atención, aburrido con sus historias sobre lo triste que era vivir con su marido enfermo, el vecino del cuarto piso con quien yo apenas había cruzado algunas palabras. Durante parte del viaje miré disimuladamente a un tipo con la cabeza rapada que había frente a mí, con cara de asesino, recuerdo, y a una mujer muy gorda que comía con desesperación de una bolsa mientras sus hijos se peleaban a su alrededor, gordos como ella. La luz me molestó cuando el tren salió al exterior, pero algunos pasajeros se asomaron a las ventanas para ver el brillo metálico del sur de Manhattan. Desde el lugar inmundo donde escribo esta historia en noches de insomnio, confieso que el viaje de entonces a Coney Island, en el inicio del verano, pudo haber sido un ritual de iniciación, la culminación de ese deseo inesperado que me llevó de repente a sumergirme en la fealdad. Recuerdo los personajes que entraban en el vagón, con camisetas descoloridas y pantalones cortados por la rodilla, las mujeres con las piernas blandas por la gordura y la celulitis, que caminaban con dificultad, los niños renegridos y escuálidos. Todos eran de una monstruosidad implacable, desnuda, sin ninguna excusa. Hasta Débora me pareció muy fea, sus arrugas debajo de los ojos y la piel algo tostada y llena de pecas, sus piernas angulosas que empezaban a desinflarse sobre los huesos. Ahora pienso sin ninguna sorpresa que el motivo de nuestra relación, de hallarnos juntos allí, no podía ser una coincidencia: un día ella había subido a mi apartamento para pedirme azúcar y yo la había besado en el pasillo de ladrillos blancos y una luz carcelaria sin prestar atención a su rostro, atraído por su desamparo y su vestido abierto en el muslo. Ella era un elemento importante de mi aceptación del horror, a pesar del maquillaje y el pelo teñido de negro brillante, y su traje de flores que imitaba la verdadera belleza.

En Brighton Beach comenzaron ya a verse el mar y las estructuras de la noria y la montaña rusa por las ventanas sucias del tren, y hasta el olor de las salchichas y las hamburguesas parecía subir por las rendijas del vagón y meterse en mi nariz y revolverme el estómago. Los hijos de la mujer gorda empezaron a moverse de ventana en ventana, señalando el mar gris a lo lejos y chillando, mientras los restos de comida y las latas vacías de cerveza rodaban a lo largo del vagón. Los niños olían mal, como si no se hubiesen lavado esa mañana, o como si se hubieran meado encima, y el tipo con cara de asesino ya no estaba.

Abrazado a Débora por el malecón, me di cuenta de que había llegado al centro del mundo grotesco que buscaba, y lo escudriñé con ansiedad, como si hubiese descubierto un lugar precioso. La gente deforme alrededor, las mujeres vulgares con tetas enormes como bolsas, los negros musculosos que avanzaban en grupos como si acabaran de asesinar a alguien en el mar, las familias italianas que caminaban lentamente, entorpecidas por la gordura, se detenían a ver unas atracciones que solamente eran un poco más monstruosas que ellos: un hombre con tatuajes que se metía un clavo por el ojo, mujeres llenas de grasa que se desnudaban sin gracia en una caseta, una barraca donde se podía ver a un niño de dos cabezas por un dólar. Subida en una tarima, una irlandesa con la piel muy pálida, llena de tatuajes desvaídos, jugaba sensualmente con una boa ante un grupo nutrido de espectadores. Me acerqué a ellos y olí el aroma áspero de sus sobacos, y miré de cerca sus pieles porosas, quemadas por el sol. Fue una sensación deliciosa, la idea de encontrarme sumergido en medio de aquel horror, de hallarme en su mismo centro.

Desde un banco Débora y yo miramos el mar sucio, a lo lejos, y ella me dijo que detestaba aquel lugar y me estuvo describiendo las playas de Long Island donde solía ir todos los veranos con su marido y sus dos hijos, antes de que él se pusiera enfermo. Me describió una escena especialmente detestable: Débora y sus amigas jugaban a las cartas en bikini de seda sobre alfombras de esparto, bajo toldos de raso, y sus niños rubios y muy blancos hacían castillos con palas relucientes y el sonido de las radios estaba prohibido. Otras veces me había hablado de sus veranos, de las fiestas que habían celebrado alrededor de una piscina donde todos tiraban los vasos después de terminar el trago y por la noche los últimos borrachos los buscaban desnudos en el agua, como trofeos que hubiesen permanecido intactos varios siglos. Yo podía imaginar esas fiestas de burgueses de medio pelo, las mujeres hablando de la boda de Jacqueline con Onassis, o del fracaso de la midi, o de las últimas gracias de los hijos, mientras los hombres se contaban historias sobre sus amigos solteros o el automóvil más reciente de la General Motors, y al final todos terminaban jugando a adivinanzas o acertijos y algunos hombres acariciaban a escondidas a las mujeres de sus amigos. Eso es lo que atraía a Débora, ese mundo que la había aislado del verdadero horror hasta hacía poco, hasta que su marido se puso enfermo y no pudo trabajar más y habían tenido que comenzar a contentarse con la caridad del gobierno, un mundo cuya mediocridad descubrí entonces que me disgustaba más que la obscenidad desnuda de Coney Island.

Fuimos caminando hasta llegar a un bar oscuro en medio del malecón iluminado por el sol, un lugar donde había una aglomeración de muslos que se rozaban y un olor a cerveza y sudor. Unas parejas con la piel cubierta de arena bailaban con languidez, concentradas en tocarse a través de la ropa de baño. Nos sentamos cerca de la pista de baile y Débora pidió un Bloody Mary y se abrazó de nuevo a mí, y yo sentí su piel caliente donde el sol se había ido almacenando durante toda la mañana y escuché con cierto aburrimiento las palabras cariñosas que me decía al oído y que la excitaban. Un hombre de aspecto hindú se fue acercando hasta nosotros de silla en silla, con una máquina de fotos Polaroid colgada sobre el pecho, sin quitar los ojos de Débora. Nos tomó una foto y recuerdo que se rió mucho cuando la miró. Luego nos la entregó, pero no quiso cobrarnos. «Es un regalo», dijo mirando a Débora con sus ojos amarillos, como de enfermo de ictericia. En la foto vi con sorpresa que tenía la nariz colorada del sol y estaba agarrando una de las tetas de Débora como si fuera una segunda copa. Yo también parecía vulgar, incluso el rojo de la nariz tostada me afeaba. Por un momento no supe si era yo. A nuestro alrededor, entre las sombras, los parroquianos parecían salidos de una de las cavernas de los horrores que había en el parque de atracciones, y en la mesa de al lado un hombre muy grueso, lleno de anillos, se abanicaba con un periódico, junto a una jovencita de grandes ojeras y mirada extraviada que se dejaba coger la mano. Les observé en la fotografía y luego a nuestro lado, a través del humo del cigarrillo del hindú, que a su vez miraba a Débora con lujuria. La jovencita podía ser su sobrina o su hija y el hombre estaba empaquetado en un traje antiguo que no encajaba con la playa. Débora comenzó a besarme en el cuello con ansiedad, y yo noté que el cuerpo le temblaba y que deseaba hacer el amor en cualquier lugar.

Bruscamente me levanté de donde estaba y me acerqué a la barra. En la otra punta, cerca de una ventana desde donde se podía ver la silueta siniestra del *Parachute Jump*, una mujer se dejaba abrazar por un tipo con aspecto de marinero que tenía los brazos llenos de tatuajes y varias sortijas en las manos. De pronto, cuando estaba mirando el pelo rubio de la mujer, sus ojos verdes y torvos, ella me pidió fuego con el gesto de apretar un encendedor imaginario, mientras dejaba que el marinero le besara el cuello con cierta indiferencia. Sin saber lo que me esperaba, ¿cómo podía saberlo?, me acerqué hasta la pareja y el marinero me extendió su mano llena de tatuajes desvaídos y me dijo que se llamaba Sam. Tenía una boca grande y casi sin labios, y una mirada entre asesina e ingenua, y parecía querer hablar con alguien. Pensé que alguna vez habría matado. Aquélla era la gente que yo deseaba conocer en aquel momento.

Con una voz ronca de haber bebido mucho desde

hacía varios días me dijo que estaba pensando en prostituir a su amiga, y soltó una gran carcajada que parecía querer abarcar todo el bar. Ella me miró primero a mí como si el hombre le produjera asco, y luego lo miró a él melosa, y le sonrió. Llevaba una camisa corta que dejaba ver su ombligo redondo y una piel blanca y abandonada que a mí me gustó. El hombre le dio un ligero golpe en las nalgas.

Miré hacia nuestra mesa y vi a Débora examinarme con ansiedad, perseguida por todas las miradas del lugar, y le hice un gesto para que viniera con nuestras bebidas. Estaba asustada y su miedo me hizo gracia.

El marinero seguía hablando de mujeres infieles y de putas, y ni siquiera cuando Débora llegó hasta nosotros cambió de conversación. Estaba tan borracho que parecía hallarse a punto de caer al suelo con los ojos en blanco, pero se recuperaba muy pronto con más energía. La mujer aparentaba seguirle las bromas, pero a veces me lanzaba miradas extrañas, como de súplica. Tenía una boca tan grande como el marinero, pero con unos labios carnosos que me apetecía palpar. Estuve a punto de empujar al hombre y terminar de derribarlo, de provocar una pelea para decidir quién se llevaba a las dos mujeres, pero Débora me interrumpió en aquel instante para decirme que nos fuésemos. Yo la pisé en el pie mientras miraba a la mujer de los labios gruesos con descaro, sin importarme la presencia del marinero ni el grosor de sus manos.

–*All women are whores, my friend* –dijo él con su voz gangosa, y ninguna de las mujeres que había en la barra pareció contradecirlo–. *This one here, my woman, gets crazy when I pinch her tits, can you believe this? I bet your woman would like the waiter to pinch her tits, too.*

Débora se puso colorada, como si realmente deseara que el camarero le tocara las tetas. Era un hombre muy rubio y colorado por el sol o el alcohol, y parecía estar ya demasiado borracho. Débora habría vomitado si hubiese tenido que acostarse con él.

–*I don't think so, my friend* –le dije–. *She knows I will kill her.* –Y el marinero debió pensar que yo era de los suyos porque hizo un gesto hacia el camarero colorado y pidió una nueva ronda para los cuatro. En el momento en que se dio la vuelta yo sentí una pierna tibia rozarme el muslo, una caricia que me evocó la imagen de un portal y una mujer subiéndose las faldas hasta la cintura. La gramola empezó a tocar una versión algo almibarada de *I am in the Mood for Swing* y a mí se me ocurrió una idea.

–Yo creo que a las mujeres hay que tenerles confianza, amigo –le dije, y él pareció interesarse de repente en aquella idea–. Yo tengo confianza en mi hembra, y te lo voy a demostrar con un simple trato. ¿Por qué no bailas con ella?

Débora me miró con terror, pero el marinero se separó del mostrador medio tambaleándose, con una solemnidad que debía guardar para estas ocasiones graves, y con un gesto decisivo se llevó a mi amiga a la pista.

Yo coloqué mi mano en el muslo de su mujer y ella me sonrió con una complicidad que sólo esperaba acrecentarse en las habitaciones de los hoteles de Coney Island, en los colchones duros e indiferentes de las casas de amantes. Se llamaba Lisa, y tenía unos labios muy gruesos y rojos, colocados al azar, sin guardar ninguna proporción, y su número de teléfono, que me aprendí de memoria porque nadie tenía un lápiz en el bar, era muy fácil. Una tarde en Madrid, a poco de llegar, sentado en el salón de Teo frente a un gran ventanal que descubría la noche y el frío, me pregunté, al recordar su mirada ansiosa y torturada, como de quien sabe algo que no se atreve a compartir, si ella ignoraba lo que significaba aquel acto, al parecer ingenuo, de tratar de acostarnos los dos, o Lisa ya sabía entonces las cosas terribles que iban a suceder, esa larga secuencia de actos demasiado complicados que me llevaron a huir a Madrid con mi padre, doce años después de la primera vez.

El tren de vuelta hacia Manhattan estaba lleno de viajeros cansados por el sol, un poco mareados por la alegría y el alcohol, silenciosos, como a punto de morir. Los niños lloraban de vez en cuando y luego se quedaban dormidos en el suelo, en los asientos, sobre los muslos de sus padres.

Débora estaba también cansada. Habíamos hecho por fin el amor en un hotel mugriento cerca de la estación, un lugar de paredes despellejadas desde donde se escuchaba el sonido del tren como un nido de ametralladoras que ocultaba nuestros aullidos, el testimonio de un acto salvaje sobre el suelo de madera raída que nos dejó agotados, huecos, muy sucios. En el tren, como al final de un viaje a un país misterioso, a una cultura antigua donde las mujeres caminaban con los pechos al aire y las calles eran intrincadas y llenas de sombras, y poseían olores penetrantes y estaban llenas de amenazas, Débora regresaba lentamente con el vaivén a su destino de mujer aburrida, a su marido amarillo que se consumía lentamente con una enfermedad incurable del hígado, triste y resignado, mientras ella acariciaba a veces la idea de que nada la obligaba a tener que seguir cuidándolo. Ya no se apretaba contra mi pecho, ni me colocaba su cabeza entre los brazos: éramos dos personas desconocidas que viajaban en el mismo vagón y no deseaban ni siquiera rozarse.

–Tienes la habilidad de dejarme vacía, Richard, como si nuestro amor no existiera en realidad, como si fuera algo que me invento por la tarde sin salir de casa y, al mismo tiempo, tuviese el maldito poder de destruir mi paciencia, mi obligación de cuidar a Martin, esa existencia que quizá no me guste demasiado, pero que es la única que tengo –me dijo con una voz trágica, muy diferente a la de los susurros de la mañana.

Sin el maquillaje que utilizaba para evadir el paso del tiempo parecía como si los años que se había estado quitando desde que comenzó a envejecer hubiesen regresado de pronto, agolpándose en sus mejillas áridas, en sus ojeras pronunciadas, en sus labios mordidos por mis besos y la sequedad del sol. Al final de nuestros encuentros siempre olvidaba mis caricias y le aparecía la culpa y el temor a la transfiguración, una cierta idea de que al mirarse en un espejo ya no iba a estar allí, ya no iba a ver aquel rostro agudo y anguloso al que se había acostumbrado desde hacía cuarenta y tres años, sino otro rostro que a veces era el de una mujer horrible y sensual, atormentada por el deseo, casi enloquecida, una especie de pecadora ya condenada, y otras veces nadie, como si de pronto pudiese dejar de existir.

–Todos tus miedos esconden tu complejo de culpa, querida, la mala conciencia y la ligera repulsión que te produce tener que disimular delante de tu pobre marido, enfermo y además cornudo –le dije para tratar de herirla. Cuando ella se ponía así al final de nuestros encuentros, a mí me daban ganas de humillarla.

–Es que no quiero hacerlo más así, no quiero tener que disimular más. Quiero volver a ser normal, Ricardo, n-o-r-m-a-l.

El tren llevaba un rato detenido en la estación. Era un lugar sórdido, oscuro, con desconchados en las paredes que enseñaban adoquines de cemento ennegrecidos por el vapor, por la humedad y el invierno. Un hombre dormía en el suelo junto a una botella de vino y una guitarra sin cuerdas. Imaginé que estaba tan borracho que le habían robado las cuerdas sin que se diera cuenta. Cuando el conductor anunció que iba a cerrar las puertas yo di un salto de gacela que me sorprendió por su precisión y me encontré de pronto bajo el cielo negro de la estación, mientras el tren comenzaba a alejarse llevándose a Débora. El otro tren tardó mucho, y la estación se llenó de mendigos que venían a dormir. Mientras esperaba, pensé en el cuadro de las serpientes, y también en los cuerpos oscuros y deformes de los bañistas de Coney Island.

4

En aquella época pintaba por las noches mis serpientes, enfebrecido, y por el día trataba de dormir en medio del calor, angustiado por pesadillas. Desde que había abandonado a Débora en el tren, me masturbaba varias veces al día: mientras pintaba, antes de dormir, o cuando me despertaba excitado en medio de la claridad, pensando en las serpientes o en alguna mujer. Era una urgencia que nunca había sido tan acuciante como hasta entonces, y que me hacía tiritar y apretar los dientes, y me daba un dolor de cabeza muy fuerte que sólo se curaba con unas pastillas amarillas cuya utilidad nunca supe.

Una tarde en que lo había hecho varias veces, y estaba agotado y sin ganas de pintar, embrutecido por el calor y la suciedad que despedía mi cuerpo, me acordé de Lisa, la mujer que había conocido en Coney Island. Recordé su pelo rubio teñido y la forma en que se dejaba abrazar por el marinero en aquel bar. Pensé en sus labios inmensos, ajenos a ella, situados como un pedazo de belleza y pasión en su cara vulgar, y en aquella risa sonora y desconsiderada con la que celebraba las bromas del hombre, y deseé abrazarla también, besar su boca llena de saliva, morder los labios anchos. Aquella tarde, después de haber registrado todo el taller en busca del número –estaba escrito detrás de una tela en blanco–, la llamé varias veces hasta que al fin la escuché al otro lado, misteriosa y con la voz ronca. Me dijo que había estado esperando ansiosamente mi llamada, y, cuando me citó para la mañana siguiente en un hotel, bajó mucho la voz, como si el marinero estuviera rondándola, tratando de adivinar.

Al día siguiente, cuando llegué al hotel cochambroso de Midtown donde me había citado, hacía más calor que nunca. Me gustó el sitio porque otras veces, al pasar por allí, había visto en torno a la puerta a mujeres de piel gris que miraban con desvergüenza y odio a los hombres mientras hacían negocios de drogas o de sexo con sus cuerpos ladeados, huyendo siempre de alguien. Me habían atraído sus ropas ceñidas, indecentes, las miradas de los tipos que había a la puerta del hotel, amenazantes y cargadas de mala intención.

Cuando llegué al hotel aquella mañana, un par de mujeres desaliñadas estaban sentadas en los escalones, y a la que estaba más abierta de piernas se le veían unas bragas descoloridas, con una mancha ocre, como de sangre seca, en el medio. Un hombre leía el periódico en el cubículo de la recepción, un tipo calvo y redondo vestido con una camiseta llena de lamparones amarillos de la que salía un pelo lacio que le llegaba hasta el cuello. Todo el vestíbulo estaba iluminado por una bombilla muy alta y de escasa luz, y olía a la grasa pegada de las paredes y a sudor. El hombre no levantó la vista siquiera del periódico cuando cogió una llave del tablero que tenía detrás y yo tuve que rozar levemente su mano para cogerla.

Mientras esperaba a Lisa sentado en un sofá que se

quedaba pegado al cuerpo, me entretuve mirando al hombre de la recepción con la misma curiosidad malsana y el asco indescriptible que de pequeño me obligaba a mirar los salivazos verdes en las aceras o las llagas de los mendigos o la verruga inmensa en la frente de un hindú que vendía periódicos cerca del colegio. Me fascinó la vulgaridad de sus gestos cuando escarbó sus encías con un palillo y cuando se metió el dedo en una oreja y luego lo olió con interés, como si le produjera un gran placer. A los inquilinos que llegaban –hombres y mujeres que tenían un aspecto miserable y debían vivir de la caridad de algún presupuesto de la ciudad– los miraba con una hosquedad excesiva, como si se sintiera superior metido en el cubículo desde donde dominaba el paso hacia unas habitaciones tan lúgubres y sucias como él. Imaginé con asco la sensación que produciría besarlo, aspirar el olor a podrido que debía emanar de su boca, tocar su miembro sucio y blando.

Lisa llegó moviendo mucho las caderas, con un traje negro de una sola pieza, muy ajustado, y la desfachatez de quien debía haber caminado muchas veces por lugares iguales que aquél. Al besarla percibí que su nariz estaba ligeramente roja en las aletas anchas y debajo del lápiz de ojos había algo húmedo, un vestigio de haber llorado antes de venir. Pensé en el marinero de los tatuajes, pero ella no me dejó. Me besó con urgencia sobre el sofá, con prisa por tocarme. Tenía las manos muy blancas, como si usara siempre guantes o lavara la ropa a mano con lejía, y olía a un perfume dulce y pegajoso, de bazar indio. Sus manos me estaban acariciando los muslos por la bragueta abierta en el momento en que el hombre de la recepción tosió estruendosamente y nos dijo que nos largáramos al cuarto. Riendo y persiguiéndonos, metiéndonos mano en el ascensor lleno de ruidos, subimos hasta la habitación.

Lisa no parecía una puta: amaba con la pasión desesperada de quien anda buscando la ternura en cualquier roce, igual que los gatos después de haber comido o cuando están con sueño. Tenía un cuerpo firme y apretado excepto en los pechos, que eran flácidos como si pertenecieran a una mujer mayor que ella. Su cuerpo era áspero, de lija, de haber pasado frío. Pensé que en invierno debía picarle mucho. Nos abrazamos sobre la cama blanda y llena de ruidos y al final acabamos revolcándonos en el suelo mugriento, apretándonos hasta hacernos daño, sin saber cómo obtener todo el placer posible del encuentro. Sólo cuando le acaricié suavemente los pechos flácidos me di cuenta de que eran su punto débil, el único lugar por donde se la podía doblegar.

Cuando acabamos, fumó varios cigarrillos seguidos mirando por la ventana opaca un patio y otras casas, iluminadas con luz eléctrica en pleno día, por cuyas ventanas pasaban momentáneamente cuerpos casi desnudos y en una de ellas había una anciana con una bata desteñida que nos observaba. En el descuido del cuerpo desnudo de Lisa, sentada sobre el derrame de la ventana, le descubrí una cicatriz encima de la rodilla que antes no había visto, y varios moretones en los muslos y el espinazo, las reliquias de un trato salvaje con hombres desalmados o tal vez la obra exclusiva del hombre de los tatuajes. Mientras examinaba su cuerpo magullado me miró de repente, pero ya no había ternura en sus ojos húmedos, donde aún quedaba el rastro del llanto reciente, ni tampoco vergüenza, sino un cierto desafío vulgar, el descaro de quien te dice bruscamente que te ocupes de tus propios asuntos. Me pregunté qué buscaba de mí y por primera vez tuve la impresión de que aquello no era un juego inocente, sino que Lisa me tendía una trampa, y estaba compinchada con su amante para robarme o matarme.

Cuando nos detuvimos frente al gordo de la recepción, que la observó con desprecio y se sonrió, Lisa me había cogido del brazo y tenía su cabeza apoyada en mi hombro. Pensé que trataba de convencer al gordo de algo. El tipo estuvo escribiendo lentamente en un recibo mugriento la cantidad del alquiler del cuarto sin hacer caso del teléfono que sonaba junto a él, como si ya no esperara ninguna llamada importante.

Decidí invitarla a comer en el restaurante del Hotel Plaza, porque si me estaba tendiendo una trampa era mejor disponer de ella en un terreno conocido. Mientras subíamos en taxi por la Sexta Avenida dejando que el movimiento empujara nuestros cuerpos –recuerdo un aroma brutal en el cuerpo blanco y maltratado de Lisa–, pensé en el efecto que tendrían sus caderas insolentes sobre las maderas nobles y sosegadas del Eduardian Room del Plaza, sobre la impávida meticulosidad de sus camareros y los vestidos de seda de las mujeres teñidas de rubio o de violeta. Recuerdo que me pregunté por qué había gente que no podía entrar en el Plaza con naturalidad, seres que no pertenecían a determinados lugares.

Nadie nos miró al entrar, a pesar de que Lisa silbó de una forma insolente cuando el camarero nos condujo por entre las mesas de manteles blancos brillantes, donde las conversaciones sonaban apagadas, casi silenciosas, imposibles de descifrar. Mientras se sentaba, vi que el camarero también miró discretamente, como yo, su escote amplio, por donde se asomaban los pechos blandos que yo había estado pellizcando con mis dedos hacía tan poco.

Comió con mucho apetito y sin maneras, pero al mismo tiempo trataba de imitar una etiqueta aprendida tal vez en los seriales de la televisión, hecha de movimientos muy lentos del tenedor mientras bebía un vino de cincuenta dólares como si fuese agua, con el meñique muy levantado. Dos camareros, apostados junto a un carrito cargado de tartas, nos miraban disimuladamente, muy erguidos, como si no tuvieran otra cosa que hacer, uno, el más viejo, con severidad, y el otro con cierta sonrisa cómplice.

–Me pregunto qué quieres de mí –me dijo Lisa con la boca llena de vino y de pato a la naranja, el único plato que había reconocido del menú.

Le dije que yo me preguntaba lo mismo de ella y entonces estalló en una carcajada que afeó definitivamente su rostro redondo y lanzó varias briznas de pato por la mesa y la chaqueta de lino azul de mi padre que yo llevaba puesta. En ese instante percibí las miradas de todos los comensales del Eduardian Room y de los camareros envarados descargarse en silencio sobre el vestido negro por donde asomaban sus hombros pecosos y tibios, sobre su descaro y su ordinariez que no armonizaban con los cuadros de cacerías y el artesonado del techo, con los floreros *art déco* cargados de gladiolos muy rojos y largos.

–Me gustan los contrastes, ¿sabes? –le dije lentamente, mientras sentía su pie descalzo recorrerme la entrepierna por debajo de la mesa–. Me gustan las habitaciones sucias de los hoteles asquerosos, donde duermen las putas, y también este mundo impecable donde mi padre come dos veces por semana y donde los vestidos más baratos de las señoras que ves cuestan dos mil dólares.

–Yo no soy una puta –me dijo en voz muy alta, para que lo oyeran también los demás, y me cogió la mano y la colocó entre sus pechos deshinchados, flácidos como una bolsa de agua, y el camarero viejo inició unos pasos hacia nosotros, pero el otro le detuvo con una mano sobre el brazo.

En las mesas de alrededor noté que las conversaciones se habían espaciado y algunos hablaban con sus comensales en voz baja, con discreción pero mostrando su incomodo. Podía ser que todos rechazaran y a la vez desearan una ruptura con la paz de su almuerzo de los jueves, que anticiparan con una cierta ansiedad, o al menos curiosidad, el espectáculo que Lisa podía estar a punto de brindarles. Las mesas tenían los manteles de encaje y había flores de especies diferentes en cada una de ellas: en la nuestra había un clavel y una espiga. Pedimos un postre de helado con champán y dos vasos de whisky, y el camarero viejo se marchó a consultar disimuladamente con un maître vestido de negro que debió reconocerme de algún almuerzo con mi padre. Lisa bebió primero su whisky y luego el mío de un golpe después de haber tomado el helado con mucho ruido, y en sus ojos rojos y alcoholizados, llenos de furia repentina, supe que había un odio oculto, tal vez también por mí. Bebió el último trago de whisky con un gesto desencajado y ausente, y comenzó a hablar conmigo en una voz muy alta, ronca y desagradable. El tono de su voz me recordó al de otras mujeres del pasado: una loca que gritaba obscenidades en las esquinas, cerca del colegio, o la hija de una mujer que vendía muebles en un *flee market* donde compraba mi padre, una rubia de carne enjuta y mirada torva que bebía mucho e insultaba a los otros vendedores con aquella misma voz quebrada. Mientras Lisa me decía algo de un vestido rojo que su madre no le llegó a comprar, una historia salpicada de muchas palabrotas, yo miré alrededor para saber si alguien se había dado cuenta de lo que podría ocurrir, tal vez asustado, y en ese instante ella se levantó vacilando y riéndose, y yo escuché que me dijo algo como «ahora vas a ver lo que yo hago con tus amigos» poco antes de gritar: *«Fuck you all, ladies and gentlemen!»*, y vi que el camarero anciano había conseguido llegar a nuestra mesa con el rostro enrojecido por la sorpresa, después de veinte años de servicio en el Eduardian Room. Luego Lisa empezó a besarme a través de la mesa con su lengua que sabía a whisky y a vino, y comenzó a frotarse sobre mí hasta derribarme sobre otra mesa donde una mujer demasiado anciana seguía comiendo sin percatarse de la escena, junto a un hombre y una mujer muy pálidos que miraban a Lisa como hubieran presenciado la entrada en el Plaza del hechicero de una tribu africana.

Recuerdo poco lo que ocurrió después: vi a varios camareros dirigirse furiosos hacia nosotros y yo eché a correr por el salón tropezando con sillas y hombres corpulentos que estaban a punto de levantarse y a quienes mis empujones obligaron a sentarse de nuevo, y no me detuve hasta llegar a la laguna del Central Park, donde Lisa se reunió poco después conmigo, con el pelo revuelto y el vestido descolocado, obscenamente borracha y radiante, con un destello de complicidad en su mirada.

Paseamos toda la tarde abrazados por el parque como los enamorados de miradas obscenas y bocas pegajosas por los besos con quienes nos cruzábamos, Lisa borracha por la botella de vino y los dos whiskis que se bebió en el Plaza, yo aturdido por el contacto con su cuerpo y su saliva, por esa sensualidad que despedía como un señuelo y que me atrajo tanto aquella tarde en Coney Island. A punto de mojarse, tropezando, orinó borracha tras unos matorrales y el ruido del líquido sobre la tierra, cargado de un olor a vísceras, me pareció un sonido primitivo, tan antiguo como su postura agachada, una imagen de mujeres feroces y llenas de pelos acostumbradas a la intemperie y a la caza, a hacer el amor de pie apoyadas contra los árboles, con los cuerpos endurecidos y los pechos caídos y descubiertos, y las piernas fuertes como troncos. Lisa no pudo levantarse y se quedó tumbada sobre la hierba un momento, con los mechones teñidos de rubio cubriéndole a medias la cara y el carmín rojo manchándole los labios exagerados, con las bragas a la altura de los muslos, como una mujer asesinada a quien el homicida sólo hubiese tenido tiempo de empujar bajo unos matorrales para esconder el cadáver. Pensé que era muy fácil que un día muriera así, estrangulada en un parque después de un encuentro con uno de sus hombres brutales. Al ir a besarla me atrapó la lengua con los dientes y la mordió con fuerza, como si tratara de prevenirme, de advertirme que ella podía ser también feroz, como sus hombres.

Apenas me habló de su vida anterior, de esa historia que yo imaginé sórdida, una infancia de amantes de su madre que llegaban borrachos por la noche y pegaban primero a su madre y luego trataban de tocarla a ella, y de tardes pasadas en la cocina de una casa revuelta y desordenada de un suburbio de Detroit o Chicago –su acento era de la región de los Grandes Lagos– donde su madre hablaría de hombres con sus amigas mientras se teñían de rubio los cabellos o se lo arreglaban a ella, y veían *I love Lucy* en la televisión, y se reían a carcajadas enseñando unas encías pálidas.

Cuando cayó la noche, y ya solamente quedaban hombres de rostro oscurecido por la penumbra paseando sus perros o caminando con paso apresurado en dirección a las salidas del parque, Lisa me llevó hasta la orilla del lago, a una zona de matorrales altos donde había colgados algunos condones amarillentos y tristes, y restos de papel higiénico, y allí, escuchando el sonido de los pájaros y mirando las estrellas que empezaban a aparecer, nos desnudamos y comenzamos a besarnos y a abrazarnos con más ternura que la vez anterior, sin esa prisa por causarnos daño, e hicimos el amor sin hablar, escuchando únicamente el jadeo de nuestras gargantas.

Al amanecer me despertaron los gruñidos de alguien que parecía estar durmiendo cerca de nosotros, tal vez un vagabundo, y vi a mi lado la espalda blanca y llena de arañazos de Lisa, los hematomas recientes. Su ronquido era también inquieto, como el del vagabundo, como si estuviera soñando con el hombre de los tatuajes. Me dolía mucho la lengua que ella me había mordido, y de pronto, al ver su cuerpo golpeado y terrible, ese mundo grotesco y peligroso que su espalda parecía revelar entre los matorrales, me entró miedo, un terror misterioso ante la fealdad y la vulgaridad y la ruindad de las palabras y las acciones de Lisa, miedo del marinero Sam que tal vez ya supiera de la existencia de un hombre que quería sustituir el plato que él ofrecía todos los días a su amante. «Una mujer debe ser fiel al hombre que le da de comer hasta el día en que no haya nada en el plato», recuerdo ahora que me había dicho en Coney Island. Entonces me marché con sigilo tratando de no llevarme prendidos en la ropa los condones usados colgados de los matorrales y de no pisar al hombre que seguía murmurando alguna venganza contra el cielo, muy cerca de nosotros, tal vez a pocos pasos.

En mi casa, los dos cuadros repletos de serpientes bárbaras esperaban al acecho de algo que yo desconocía, que tal vez fuera yo mismo. Estaban reunidas en el salón como en un círculo de animales en extinción, pavorosas, atravesando paisajes resecos, y su presencia me hizo huir de mi propio salón porque no pude soportar verlas, y la lengua que Lisa me había mordido comenzó a hincharse y a dolerme y entonces supe que era una marca del horror, de la cual no podría librarme fácilmente.

Cubierto de sudor, con la lengua como una bola de lija dentro de mi boca, casi sin respiración, me despertó el teléfono. Eran las diez de la mañana y había mucha luz. Me costó trabajo saber cómo había llegado hasta allí, y no recordaba para nada a Lisa. Sólo cuando cogí el auricular y traté de contestar me di cuenta de que no podía hablar, de que sólo salían gruñidos de mi boca y mi lengua era como un cartón que se hinchaba y me dolía.

–No está bien dejar a las mujeres tendidas entre los matorrales –me dijo Lisa con una voz suave y vengativa, cargada con la premonición de un castigo.

Quise pedirle perdón, arrastrarme ante ella cegado por el miedo, pero solamente logré emitir un murmullo.

–Te duele, ¿verdad? Casi me viola un vagabundo que me despertó gruñendo con el pantalón bajado, a punto de tirarse sobre mí. Me las vas a pagar, querido. Se lo voy a decir a Sam.

Cuando colgó, el miedo me dolía más que la lengua, la impresión de que al tocar sus tetas flácidas, exprimidas, había descendido a un lugar brutal donde el hombre de los tatuajes era el amo y me perseguiría hasta matarme, guiado por los dedos mordisqueados de Lisa.

Desde la impunidad que otorga la distancia y el tiempo recuerdo aún con terror las manos duras, redondas, deformes, de Sam, manos como instrumentos para degollar en la oscuridad de una estación del metro, o en un urinario público, dos enormes mazos de una carne metálica fabricados para aplastar narices y romper huesos, tan peligrosas que hubieran debido confiscárselas. Ese armamento mortal había iniciado entonces su lenta marcha hacia mí, y aquella mañana en que Lisa me llamó supe que tarde o temprano las manos del hombre de los tatuajes me alcanzarían en algún lugar, seguramente nocturno, me rodearían el cuello o se me abalanzarían desde atrás, sin darme tiempo a saber quién trataba de atacarme.

Pasaron varios días, sin embargo, hasta que Lisa

me volvió a llamar. Cuando lo hizo parecía haber olvidado su venganza y hablaba con precaución, como si ella también estuviera huyendo de las manos del hombre de los tatuajes. Me llamó amor, y cariño, y me pidió que nos viéramos de nuevo en el hotel. Yo tenía curiosidad y me había olvidado del temor.

En la entrada del hotel había otras dos mujeres haciendo negocios a escondidas, y el hombre gordo y repulsivo seguía en la recepción con la misma camiseta descosida que dejaba ver su mata de pelos desordenados, demasiado lacios, en su pecho, y se hurgaba la nariz con un fósforo mientras hojeaba una revista pornográfica que no dejó de mirar cuando le pedí el mismo cuarto que la otra vez.

Lisa llegó con una camiseta que le alcanzaba hasta los muslos y unos pantalones vaqueros, con los ojos más rojos que en el primer encuentro. Los labios descomunales pintados, y el pelo teñido y abultado, contrastaban con su piel pálida, un color que denunciaba hambre y encierro en habitaciones traseras, y también algo de dolor. No me abrió la bragueta como la otra vez, ni siquiera me besó. Me pidió que subiéramos a la habitación cuya llave despintada, enlazada por una cuerda mugrienta a la tablilla de madera, era el aviso del olor y la suciedad atrapados en el cuarto que abría, y se sentó en la cama sin mirarme, vaciada de la sensualidad turbia y agobiante que yo recordaba.

–Lo sabe, Richie, ya lo sabe. No sabe que eres tú, ni conoce este hotel, pero sabe que he estado con alguien, ha olido que le estoy engañando y me ha pegado, Richie, me ha pegado durante dos días, pero yo no le he dicho nada, amor, nada.

Lisa lloró sobre la colcha sucia donde otras mujeres como ella debían haber representado el mismo acto de adúltera atrapada. Yo me acerqué a la ventana opaca, tan sucia que era muy difícil distinguir las formas del edificio negruzco donde la luz eléctrica debía estar incluida en el alquiler porque estaba encendida en todos los pisos, y tuve que separar uno de los batientes para observar por la rendija las habitaciones pintadas de verde con cómodas escarlata sobre las cuales descubrí restos de comida mezclados con ropas, y en uno de los apartamentos una mujer negra en un camisón amarillo leía una revista sentada en una silla mientras una niña pequeña, con el torso desnudo, miraba por la ventana. Pensé que podía llevar allí varios días mirando, sin comer, sin salir a la calle, sin nada que hacer.

–Es capaz de matarme. Y a ti también. ¿Tú crees que Sam no ha matado? Sam mata, le gusta matar. A veces mata sin motivo, Richie. Como aquel viejo que no molestaba a nadie, que dormía en un edificio abandonado, cerca de la casa, y al que según Sam ya se le había pasado la hora de irse a morir. «Este cabrón de Dios debe haberlo olvidado», decía Sam cada vez que venía de la calle y todavía miraba desde la ventana al viejo acurrucado en el edificio, casi frente a nosotros, un pobre hombre que no hacía mal a nadie, obligado a vivir en aquel lugar horroroso, lleno de ratas. Una noche fumó cocaína hasta tarde, me acuerdo, y estaba insoportable. A veces se levantaba de la mesa donde jugaba a cartas con el hijo de puta de su amigo Georgie Boy, me cago en su puta madre, y venía hacia mí y yo tenía que salir corriendo a encerrarme en el baño, porque quería pegarme. Una de esas veces escuché desde el baño que los dos salían y oí cómo cerraban de un portazo. Yo me quedé un rato encerrada porque pensé que era una trampa, pero escuché sus voces en la calle y salí. Me asomé a la ventana para saber si se marchaban hacia el auto y en la noche pude ver el cuerpo grande, con una camiseta blanca, de mi Sam, y el otro enclenque de ese esclavo hijoputa de Georgie Boy. Vi que se acercaron a la esquina donde dormía el viejo y Sam sacó la pistola y lo mató. Yo lo vi, Richie, el fogonazo del tiro y el grito del viejo y los saltitos de alegría de Georgie Boy. Luego vinieron a casa y siguieron fumando, pero yo no salí del baño y me quedé dormida allí, toda la noche. Tenía mucho miedo, como ahora. Ellos mearon por el salón y Georgie Boy se cagó en mi mejor vestido, Richie, lo dejó todo cagado.

Lisa lloró otra vez y yo vi que la niña seguía en la ventana mirando el descampado lleno de ruedas de automóvil y lavadoras oxidadas y un retrete muy blanco depositado sobre un montón de escombros. Lisa lloraba por su culpa, seguramente amaba al marinero Sam y tal vez le gustara que la pegase con sus manos enormes llenas de tatuajes. Me acerqué a ella, tendida sobre la cama como una prolongación de la colcha sucia y de las paredes descoloridas y de las manchas de negro sobre la cabecera, y le pegué en la cara. Me miró por un momento aterrada, con los ojos muy rojos donde la otra vez solamente había una ligera huella de dolor, y la volví a pegar, con el puño cerrado, con mucha fuerza, sabiendo que eso era lo que estaba buscando, la perseguí por la habitación, la levanté de las esquinas donde se agazapaba, de debajo de una mesa donde había intentado esconderse, le rasgué la camisa y el sostén viejo y descosido, toqué sus tetas blandas y caídas con sus pezones muy arrugados y pequeños, y se los apreté con furia, y entonces le mordí los labios y ella me dijo «Richie, ayúdame, mátalo, por favor», y yo seguí abofeteándola por la habitación hasta que conseguí aplastarla contra la cama, retenerla con mis rodillas sobre sus brazos y ella se quitó ansiosamente el pantalón y me clavó las uñas en la espalda, y mientras yo mordía uno de sus pezones se dejó penetrar y chilló de placer y de dolor hasta que los dos caímos, exhaustos, uno junto al otro en la cama.

Toda la tarde Lisa me estuvo contando cómo lo había conocido, aquel hombre perdido, recién llegado de Vietnam, que se reía de cualquier cosa como si tuviera una imperiosa necesidad de que todo fuera alegre, pero cuya mirada no lograba engañar a nadie porque era triste y ocultaba noches de soledad en medio de la selva. A ella le daba pena, pero también la atraían sus músculos y su sonrisa que enseñaba los dientes, y los tatuajes que, según me confesó, la excitaban. Muy pronto, antes de que ella se llegara a dar cuenta de que estaba irremisiblemente atada a él, Sam se puso a trabajar y alquiló un cuarto estrecho donde ella pasaba el día esperándolo para hacer el amor. No me lo dijo, pero tal vez entonces él la ataba para que no pudiera salir. Tampoco me contó si la pegó desde el comienzo, o si un día descubrió que le gustaba.

Cuando empezaba a anochecer bajé a una tienda de ropa que había en la esquina del hotel, a comprarle una camiseta nueva a Lisa, y en la calle de enfrente vi de perfil al marinero Sam apoyado en una pared, con sus tatuajes azules desvaídos sobre sus brazos blancos. Recuerdo que, por un instante, su mirada se cruzó con la mía, y pensé atemorizado que podía reconocerme de aquella tarde de sol y de cervezas en Coney Island. Seguí de frente hasta la boca del metro que había al cabo de varias avenidas, con los nudillos doloridos aún por los golpes que le había dado a Lisa.

El vagón que debía alejarme de allí llegó lleno de pasajeros sudorosos, con los ojos enrojecidos por horas de trabajo. Mientras esperaba a que algunos salieran a empujones del vagón, me fijé en los graffitis azules y blancos que recorrían el metal marrón, y en el viaje hacia casa estuve largo rato pensando que aquellos trazos rápidos, desordenados, pintados con la emoción del miedo y de la prisa, eran una nueva forma de arte, y que aquellos hombres atormentados que embadurnaban los vagones a la luz de linternas en los túneles de la ciudad habían inventado antes que yo la fealdad.

5

Durante una semana estuve escondido en mi apartamento, pendiente de cualquier movimiento extraño que se produjera en la calle. Trataba de dormir durante el día y seguía pintando por la noche las serpientes de pieles verdosas que copiaba de los frascos de formol que me había prestado Raymond, un vecino que trabajaba como taxidermista en el museo de Historia Natural. Solamente salía de casa al atardecer, después de haber examinado desde mi ventana las tres esquinas que se podían divisar desde allí, de escudriñar los toldos de las tiendas bajo los que Sam podía esconderse, amparado en la sombra. Entonces, cuando me atrevía a llegar a la calle después de mi cuidadosa inspección, bajaba hasta la bodega de un italiano calvo situada a dos puertas de mi casa, un lugar que olía a grasa y a especias desde la calle, y compraba chorizos y salchichones que me recordaban a España. Con mis paquetes de papel de sebo cogidos bajo el brazo, remontaba a hurtadillas las escaleras, como si el asesino fuera yo, para comer a mordiscos los embutidos y revivir en mi cabeza la gran cocina de azulejos blancos del caserío de mi madre, donde alguien, tal vez el tío Joaquín de pequeño, había pegado calcomanías de escudos de equipos de fútbol y del Pato Donald. Hacía doce años yo también había comido unos embutidos allí, delante de una criada que me miraba como si me deseara, mientras escuchábamos unos gemidos extraños en la habitación de mi madre.

Aquella semana que pasé escondiéndome del hombre de los tatuajes no fue un tiempo perdido, sin embargo. La visión grotesca de las serpientes me hizo ahondar aún más en la teoría de la fealdad que estaba cultivando como si se tratara de una nueva estética. Por los libros de arte que había ido cogiendo prestados en la librería de mi padre, supe que la serpiente, ya fuera en los dibujos de las cerámicas de los pueblos remotos o en las telas que ensalzaban el paraíso terrenal, expresaba la chabacanería de los hombres, su pasión por el *kitsch*. Desde mucho antes que la serpiente ofreciera voluptuosamente una manzana en el jardín bíblico, el animal se había convertido en la forma más sencilla de representar la maldad y el poder, e, irremisiblemente, el arte de todos los pueblos se había aplicado a la recreación de la serpiente como representación del mal, sin percatarse de que en realidad se trataba de un constante homenaje a un mal gusto que tenía ya un carácter universal. La serpiente no era el mal; era la prueba de una inevitable atracción por la fealdad, el modelo de un código de la antiestética más poderoso aún que el de la belleza, y las serpientes de mi tercer cuadro, que atravesaban una acera de Nueva York por encima de envolturas de caramelos y latas de bebidas tiradas por el suelo, eran también un homenaje a la fealdad, cuyo poder me obsesionaba y perseguía desde que era un niño.

Una de aquellas tardes que pasaba en casa pintando y masturbándome, comiendo los embutidos que me pringaban de grasa, me pareció ver a Sam bajo los toldos, dándole fuego a uno de los tenderos que se sentaban a la puerta de sus comercios a ver pasar la gente –luego supe que no había sido él, que tardó bastante en saber quién le engañaba– y decidí refugiarme por unos días en la casa de mi padre. Recuerdo que, camino hacia la Quinta Avenida, mientras cruzaba calles y me escondía en portales para tratar de despistar a mi perseguidor inexistente, me asaltaron algunos recuerdos de la infancia. Surgieron al azar, agitados sólo por sensaciones: un miedo repentino a cruzar una esquina me hizo evocar al portero de grandes bigotes de la casa de mi padre, un tipo enorme que se escondía tras las columnas y aparecía de improviso con su gran cara colorada, asustándome, y que un día sorprendió a todos suicidándose desde una terraza. Al pasar por un puesto de periódicos en Central Park West, a la entrada del parque, me acordé de la pena que me producía un vendedor de caramelos y periódicos en Lexington Avenue, siempre aterido de frío en un quiosco improvisado que colocaba en una esquina, con su barba mal afeitada y sus gafas muy gruesas ajustadas con cuerdas, envuelto en un abrigo raído con un cuello que parecía comido por los ratones. Y la visión de una vieja sentada en un banco me recordó a la viejecita que se sentaba frente a la casa de mi padre, en otra de las entradas del parque, con varias acuarelas pintadas con trazos sencillos y menudos, figuras de niñas que sostenían una flor, una casa con un árbol y un girasol, un campesino con una camisa de cuadros. Yo la había espiado muchas tardes en la soledad de casa, disfrutando con la tristeza que me causaba mientras la niñera preparaba la cena, y la vi volverse más vieja y más arrugada y más miserable mientras yo iba creciendo, y en todos aquellos años nunca la vi vender ninguno de sus cuadros.

Una criada nueva me abrió la puerta en la Quinta Avenida y permaneció un rato mirándome con la boca abierta desde el umbral, como si nunca hubiese esperado encontrar en aquel descansillo a un hombre de mi calaña. Luego, tal vez cuando contempló en mi rostro las huellas de mi padre, se le alegró la cara y me dijo con acento del norte de España: «Pase, pase, señorito» y detrás de mí comencé a escuchar una cascada de explicaciones cuya dureza me recordó los sonidos que había oído en España de pequeño, hacía doce años, «María, pásame el jabón», «Mariano, trae más vino, que estamos secos», y me eché a reír con aquellos recuerdos que no esperaba.

En el salón, donde colgaba una de mis mejores pinturas iniciales sobre un sofá de cuero de un color verde casi idéntico al fondo de mi cuadro, la amante de mi padre, Kit, miraba un libro de Cartier-Bresson, y apenas alzó su cara de estudiante de arte para observarme con cierto desagrado cuando me senté junto a ella, y regresó de inmediato a sus fotografías.

Cerca de la ventana, mi padre había colocado también uno de mis cuadros de mujeres avejentadas, la menos arrugada por el sol y la malicia, la que sacó los pechos más erguidos y sensuales, tan parecidos a los de Kit, pensé, que me pareció muy posible que ella tuviera unos pechos así cuando cumpliera cuarenta años.

Kit estaba muy bella aquella tarde, como una mujer de Paul Delvaux que acude a recibir a alguien con una vela en la mano en un jardín misterioso. Era de esas bellezas impecables, de nácar, que siempre han fascinado a mi padre. La presencia de Kit me había puesto hasta entonces nervioso, porque pensaba que ella me había relegado, como a los otros, al grupo de objetos y personas que las mujeres guapas nunca observan, un mundo de gente desmañada, de rostros descuidados, que ellas evitan para no contagiarse.

Kit pertenecía en aquel momento a una larga serie de mujeres bellísimas que mi padre siempre había tenido alrededor, como si le urgiera rodearse también de la belleza humana. Yo amé durante mucho tiempo a esas mujeres, lo único que amé. Las espié durante toda mi infancia y luego, cuando tenía quince años y me enloquecían, las perseguí por la ciudad, nervioso y excitado, las observaba caminar sin mirar a nadie, ajenas a la sorpresa y el deseo que provocaba su belleza en los hombres y los destellos de envidia en las mujeres, pendientes sólo de los escaparates donde se veían al pasar, magníficas, satisfechas con su hermosura. Las seguí muchas tardes hasta las academias de ballet o los gimnasios, hasta restaurantes con música clásica donde se reunían con otras mujeres elegantes o con hombres altos y hermosos como ellas, parecidos a mi padre, en lugares llenos de espejos donde continuaban la obsesión con su cuerpo, de la cual no podían escapar. Incluso me sentaba frente a ellas en los vagones del metro para mirarles las hendiduras de las faldas y me perdía, persiguiéndolas, por las estaciones. Las adoraba porque eran muy distintas de la gente grotesca que me acosaba alrededor, de las muchachas negras que montaban en el autobús o los peatones que esperaban a cruzar en el semáforo de cualquier esquina. Recuerdo que, cuando descubría a alguna de aquellas bellezas caminando por la calle, notaba el alivio de un dolor infinito en algún lugar de mi cuerpo, y me olvidaba del resto de las cosas y obligaba a la criada o al tutor de turno a perseguirlas conmigo por las calles, sin importarme adónde íbamos, porque yo quería mirarlas y reclamar su atención, como si perderlas significara también perder para siempre la belleza.

Me gustaban y también las odiaba, porque no me hacían caso. Desde que era pequeño las había visto enroscar sus brazos remolones en los brazos de los sofás, mover con lentitud las manos, aprovechar los contrastes de sus perfiles sobre las luces de las ventanas, solamente conscientes de la presencia dominante de su hermosura, como si aquel niño que las miraba arrebatado no existiera para ellas. Las había observado desde rincones escogidos de la casa o del jardín, sin que ellas me vieran, sus gestos frente a espejos pequeños que siempre llevaban a mano para mantenerse en contacto con el objeto de su atención; las había contemplado desnudas por agujeros especiales que había ido sembrando como una red de espías en la casa de la playa en Long Island, sus estómagos planos, muy lisos, endurecidos y pálidos; sus tetas pequeñas y puntiagudas, de pezones morados y ateridos de frío. Y al cabo de tanto tiempo de pensar que las amaba, un día me di cuenta de que las detestaba, que las odiaba aún más que si fueran tan feas como las negras que montaban en el autobús de Amsterdam Avenue, y que me daban asco.

Pero Kit era distinta. Kit era una de las más peligrosas, porque no sólo era de una hermosura impecable, alta, de hombros anchos, de muslos firmes y redondos, sino que además era inteligente y sarcástica, y sus ojos ligeramente achinados y su boca con una leve caída en los bordes reflejaban esa actividad constante de su cabeza que la llevaba a odiar y calcular y presentir con una gran velocidad, y su mirada parecía siempre ocupada con un paisaje interior que debía estar habitado de augurios, porque era muy supersticiosa y tocaba madera o cruzaba los dedos como una gitana, y de retratos de la gente que la rodeaba, porque la había escuchado a veces comentar opiniones agudas de algunos amigos de mi padre, que me parecían atinadas. Kit era una escultora delicada, obsesionada por conseguir una atormentada perfección en las piedras y los metales con los que trabajaba, como si quisiera someterlas a ese modelo ideal de la belleza que su cuerpo, en otro plano, también representaba.

Sin volver a hablar, Kit arrojó su libro hacia mis pies con cierto aire de provocación y levantó con elegancia su cuerpo del sofá. Mientras observaba su espalda dirigirse hacia las habitaciones interiores tuve el impulso de llamarla y abalanzarme sobre su estrepitosa hermosura, y revolcarme con ella por el suelo y derribar algún jarrón valiosísimo, pero pensé que Kit compartía con las otras su falta de pasión, una languidez moribunda que no me provocaba ningún deseo.

Cuando me dejó solo, tuve ganas de ver a mi padre. Llamé a Rosalía y me dijo que no sabía nada de él, y tuve que cerrar la puerta antes de que me abrumara con sus explicaciones. Quise encontrarme con mi padre en los objetos del salón y de pronto, como si hubiera visto unos zapatos detrás de la cortina o el brillo de una navaja, vi que al lado del bargueño español mi padre había colocado la gran urna con el *Interior para una Decoración Elegante*. Antes estaba en su estudio, junto a las otras maquetas de sus edificios, pero ahora había obtenido este lugar en el salón. Su presencia me recordó la emoción que sentí cuando escuchaba a mi padre explicarme con parsimonia la historia de la elegancia, mientras pegaba cuidadosamente bustos minúsculos de la época napoleónica construidos por él con arcilla y pintados por mí con pan de oro.

Para trabajar se colocaba una camisa azul desvaída que tenía cada botón de un color y una forma diferentes y al hablar me enseñaba sus dientes blancos y grandes, tan cuidados como el resto de su cuerpo, y al inclinarse hacia adelante, sin mirarme, yo tenía la impresión de que estaba hablando también para otros.

–La elegancia no es un concepto fijo, Ricardo, puede tener muchas variaciones, pero siempre debe responder a una ordenación esencial –me decía casi con estas mismas palabras, porque aquellos monólogos de mi padre los recuerdo con mucha claridad, como si los hubiera dicho para que se me grabaran–. Es un límite que no tiene que ver con el exceso, mira el barroco, hay elegancia en muchas construcciones barrocas donde reina el exceso. Tiene que ver con la colocación, lo que técnicamente se llamaría la proporción. Yo prefiero llamarlo colocación, porque es más gráfico y más arquitectónico. La diferencia entre la colocación elegante o no de dos cuadros es, a veces, una distancia de dos milímetros.

Durante varios meses, en uno de esos escasos períodos de mi infancia en los que me dedicó su atención como si se hallara observando con cuidado mi evolución, el crecimiento imperceptible de mis músculos y de mi interpretación de las cosas, como si me hubiese concebido únicamente para saber cómo se forma la personalidad, la percepción estética, el apetito por el placer, el brote de los sentidos, mi padre y yo construimos el *Interior para una Decoración Elegante* con pedazos de papel de periódico y engrudo, respirando entrecortadamente sobre nuestros diminutos objetos y sonriendo ante la magia de la colocación.

–¿Ves lo que te digo sobre la colocación? Mira lo importante que es que la ventana y el balcón guarden la distancia exacta. ¿Quién inventó esa distancia? No lo sé. Los griegos, tal vez, y marcaron el ojo de la humanidad para siempre. Y los renacentistas rescataron aquella estética y la volvieron a imponer. No sé, pero ¿tú te das cuenta?

Y yo me daba cuenta mientras levantábamos aquella casa de muñecas que tenía una pared exterior con cuatro ventanas de un estilo diferente, amalgamadas por la magia de mi padre, y el resto eran habitaciones con las decoraciones que él achacaba a cada época, columnas y teatinas en la habitación griega donde los muñecos vestían togas y los niños se besaban con los hombres; un salón romano con jarrones en hornacinas y bustos de guerreros sobre pedestales de mármol negro que yo pintaba pacientemente mientras mi padre dibujaba los planos de la siguiente habitación y me hablaba de las villas de Andrea Palladio como el modelo ideal que él quería seguir, una reunión de las formas más hermosas logradas por los arquitectos, un gran diseño histórico que abarcara el pasado y las nuevas ideas, o más bien sus propias ideas nuevas, igual que Palladio logró combinar en sus villas sus conceptos innovadores con el círculo y el cuadrado de los clásicos.

Y allí estaba el *Interior* como demostración de sus teorías, intacto junto a la ventana, con los personajes del salón de los años veinte brindando con champán en medio de una decoración *art déco* que tenía minúsculas lámparas de metal y cristal que los dos fabricamos con papel y colores, encerrados en su estudio durante unas Navidades en que nos olvidamos del árbol, de los villancicos y de los regalos, y comimos sandwiches porque las criadas se habían marchado a celebrar las fiestas con sus familias y estábamos solos.

Me acuerdo tan claramente ahora, mientras escribo sin poder dormir, de aquellas Navidades del sesenta y seis, cuando yo tenía trece años. Nos levantábamos tarde, distanciados del tiempo y de la época, y el paso lento de la mañana iba delimitando nuestra actividad: contemplábamos la calle por la ventana con una taza de café, en silencio, aún dominados por el sueño, y si el cielo estaba cubierto y la luz era blanquecina y mate decidíamos salir a tomar fotografías de la gente que paseaba por el parque. Habíamos iniciado al descuido una colección de personajes, vagabundos que se reunían a beber en las orillas del lago Belvedere, polacos que bailaban danzas folclóricas bajo la estatua del rey Jagiello, tatas gruesas de aspecto nórdico o alemán, vestidas de blanco, que empujaban con energía los carruajes pomposos de niños querubínicos que ya habían heredado el dinero y la belleza rubia de sus padres.

Algunos de los personajes miraban hacia otro lado o se negaban a ser fotografiados, pero otros posaban con cierto orgullo para nosotros: la obsesión por la colocación exacta de las figuras, el dominio absoluto de la composición, volvía a apoderarse de mi padre frente a aquellos modelos improvisados que ignoraban si debían sonreír al retratarlos. A una mujer enorme y con un ojo azul de cristal, vestida impecablemente de uniforme blanco, la hizo posar sosteniendo en sus muslos a cada uno de los mellizos que cuidaba, dos seres minúsculos que contrastaban con las carnes rollizas de la matrona y con la delicada curva de dos farolas situadas a cada lado del banco donde estaba sentada. Él prefería estos retratos de conjunto, objetos y personajes reunidos en torno a una ordenación que siempre terminaba por encontrar, mientras yo optaba por los primeros planos con el gran angular que deformaba los rostros y los cuerpos, creando una desproporción opuesta a la armonía clásica de las fotos de mi padre. Aquellas dos visiones distintas terminaron por convertirse en el motivo de nuestra colección: recuerdo una excelente serie, tomada al atardecer, de un matrimonio que se dedicaba a estudiar con unos prismáticos los movimientos de los pájaros: en una fotografía de mi padre el hombre, situado a la izquierda, miraba desde un arbusto hacia un árbol del que solamente se veía el tronco, mientras a la derecha la mujer lo miraba a él, un triángulo perfecto entre el pájaro invisible y sus obsesivos vigilantes. Mi fotografía favorita era en cambio un primer plano del rostro del hombre con los prismáticos apretados contra los ojos y, junto a las manchas de la vejez y los pelos de la barba mal afeitados, en uno de los lentes se veía, por casualidad, la figura frágil y borrosa de su mujer, que extrañamente tenía aspecto de pájaro.

Dos concepciones distintas de la belleza comenzaban por entonces a establecerse entre los dos, pero en general yo solía aceptar sus opiniones. Para él, la naturaleza carecía de un elemento primordial para ser hermosa: la voluntad del hombre. La de mi padre era una estética urbana que no concebía el arte si no estaba acompañado de una intención, dictada por el autor, y de un respeto cuidadoso por el pasado. Y la ruptura con esos elementos clásicos de la colocación que eran la simetría y la distancia entre los volúmenes, significaba, simplemente, la destrucción de la belleza. El arte tenía la misión de enseñar a los hombres la perfección en medio de la incoherencia de la vida y la naturaleza, de ofrecer brevemente una exquisita armonía.

Y, sin embargo, sus edificios trataban de buscar en la naturaleza un boceto, una indicación a seguir, la marca de un modelo anterior a los egipcios o los griegos. Mi padre estudiaba el ritmo de las montañas con el mismo interés que los templos de Atenas o las catedrales góticas, y a veces encontraba insospechadas relaciones: los antiguos rascacielos de Nueva York, las moles de hormigón levantadas como pirámides truncadas donde se establecía una conexión con el arte maya, le parecían una exquisita imitación de las formas de la tierra. En esos edificios de los años veinte y treinta de Nueva York, como el Empire, como el Paramount, construidos por arquitectos que trataban de erigir los edificios más altos de la civilización en homenaje a una cultura poderosa, mi padre recreaba para mí los templos más antiguos del mundo, levantados según la forma de las montañas imaginarias. Los rascacielos también eran moles sagradas, zigurats levantados lentamente hacia el cielo, imitando el paisaje.

En aquellas Navidades en que yo me adentré por primera vez en el mundo sagrado de mi padre, que luego aprendí a aborrecer, los dos caminamos mucho por la ciudad, donde él me iba enseñando pedazos de edificios que había seleccionado para mí: cornisas de un cobre verde claro donde se asentaban los tejados de edificios neoclásicos perdidos en medio de los rascacielos de cristal; cúpulas doradas sobre edificios de ventanales góticos y gárgolas asomadas a las aceras; estatuas de dragones furiosos, sostenidos difícilmente sobre bolas que representaban un mundo dominado, asentados en las acróteras de los frontispicios que coronaban las puertas de casas de piedra roja o anaranjada. Eran estos detalles y elementos, que enlazaban las distintas épocas de la ciudad y se mantenían a través de los diferentes estilos, los que fascinaban a mi padre. Él llamaba a estas piezas los *inmutables* y lamentaba que los grandes cubículos de Van der Rohe y Skidmore no hubiesen encontrado un lugar en medio del cristal para colocar alguna gárgola.

Por las noches, después de haber hecho fotografías o visitado museos o paseado por la ciudad donde mi padre siempre descubría nuevas casas perdidas entre la aglomeración de edificios, regresábamos a la construcción del *Interior para una Decoración Elegante*.

En torno a nuestro pequeño universo donde el hombre estaba definido por su habitación, atareadas nuestras manos con objetos minúsculos que primero dibujábamos en borradores, yo viajaba a otras épocas con mi padre y descubría el origen de los objetos y la obsesiva necesidad que tenía el ser humano de recurrir a la belleza. Recuerdo sobre todo la concepción de la habitación renacentista, una reproducción de la casa de un noble florentino en la cual revivimos esos objetos domésticos con que las casas comenzaron a poblarse para quebrar con la alegría de la forma y el color la austeridad de otras épocas. La artesanía y el arte escapaban de las iglesias, me decía mi padre, y se instalaban en las casas, como si los hombres ricos del Renacimiento, además de una necesidad de gastar su dinero, hubiesen descubierto la imperiosa urgencia de mirar zócalos de madera tallada adosados en las paredes, que nosotros labrábamos con pequeños cinceles bajo las luces blancas del estudio, o mayólicas de colores cubriendo los muros de los patios. Aquella habitación nos costó horas de trabajo, porque los renacentistas habían establecido la necesidad del arte y del artesano: hicimos bargueños con cajas de cerillas sobre los que colocábamos paneles pintados con motivos diminutos; compramos telas de seda y pintamos gobelinos con escenas de alcoba, los míos más hermosos e inspirados que los de mi padre; y la cama era una grandiosa construcción de madera labrada con seda roja colgante donde un hombre y una mujer fornicaban en una extraña postura copiada de los versos de Aretino.

–En las casas, en las habitaciones que albergaban a los hombres, es donde se encuentra encerrada la historia. Las piezas que se llevaban los muertos egipcios o preincaicos en sus viajes al más allá pueden explicar con cierta precisión la cotidianidad de sus vidas, su visión del amor o de la caza. Pero los edificios no sólo revelan el grado de sofisticación artística de una cultura; relatan también su visión del mundo, su avance económico, la organización de su sociedad, la importancia de la religión, la posición de las mujeres. Hay culturas enteras cuyos textos o no existen o no sirven para nada, pero de las cuales conocemos su historia por la forma en que colocaban sus casas.

Entonces me ponía los ejemplos de las casas árabes, laberintos de calles donde se esquivaba la fachada, la ostentación, el balcón por donde los habitantes se asomaban a la calle para dejarse ver, y me decía que la ausencia de las ventanas y los adornos en la casa de la medina era la consecuencia del escaso valor que la opinión de la mujer tenía entre los árabes. Y para evidenciarlo me mostraba imágenes bellísimas, algunas iluminadas por él mismo, de grabados de casas renacentistas donde la mujer reinaba, y las fachadas estaban llenas de ventanas por donde la dueña curioseaba a los demás y exhibía su ropa y su cara.

Yo era un niño, y escuchaba sus conversaciones, entre didácticas y con aire de cuento infantil, con una curiosidad por ese ser mítico, grandioso, del que hablaba mi padre: el hombre. Para él, el hombre había levantado la Capilla Sixtina, había pintado Madonas y escrito poesías que le quebraban la voz cuando me las recitaba, y a veces pienso que mi padre había decidido ignorar que los hombres también entablaban guerras y asesinaban y eran feos y miserables.

Solamente una vez mi padre, que siempre tenía encerrada una sorpresa en todos sus juegos, quiso enseñarme un aspecto innoble del hombre al que ensalzaba. Cuando acabamos las habitaciones del *Interior para una Decoración Elegante*, la sala romántica donde una mujer tocaba en un piano mientras dos hombres con peinados cubiertos de rizos conversaban y fumaban en medio de cortinas floreadas y muebles curvados, la habitación *art nouveau* llena de sillones de Gaudí con patas como serpientes y mayólicas que hicimos con papeles de caramelos, mi padre decidió que en el desván íbamos a fabricar la habitación del mal gusto, un lugar atiborrado de los objetos más feos que encontráramos.

Fue mi primer recorrido por la fealdad, cuando una mañana de un viento atroz que doblaba los paraguas y llenaba de dolor los rostros enfundados en bufandas y sombreros de los transeúntes, bajamos a Canal Street a rebuscar en las tiendas los objetos más feos del mercado. Eran lugares pequeños y desnudos, abiertos sobre antiguos garajes donde chinos y coreanos resistían impasibles el suplicio del frío, acostumbrados a cosas peores. Mi padre rebuscaba en los anaqueles y las cajas abiertas en el suelo, de procedencias exóticas, con cierta repugnancia, y de entre los objetos, con la misma precisión que tenía para descubrir las piezas valiosas en un anticuario, sacaba los adornos más horrorosos: porcelanas de payasos con los rostros desencajados por una tristeza almibarada, enormes e insultantes; pájaros de fieltro con largos picos y colores artificiales montados en las ramas de almendros plastificados; relojes de laca negra con la fotografía del Papa sobre la esfera; bustos de John Kennedy en un bronce repugnante que tenía el color y la textura del chocolate barato o del lodo; jarras con el cuerpo erótico de Elvis Presley en forma de asa; cuadros de Sagradas Familias que no eran reproducciones fotográficas, sino copias de pintores artesanales que habían deformado los matices de las túnicas y los rasgos de los rostros para crear una estampa donde todo era desagradable; platos con dibujos de escenas famosas de películas –*Lo que el viento se llevó, Los caballeros las prefieren rubias*– con bordes dorados y una hendidura en la parte posterior para colgarlos en la pared. Y mientras sacábamos los emblemas del mal gusto americano, tratando de contener la risa cuando descubríamos alguno especialmente repugnante, yo pensé también, como una herejía, que me gustaban, que quería coleccionarlos en mi habitación para rodearme de aquella presencia artificial, dolorosa y caliente a la vez, que me unía a un mundo de casas con papeles pintados y mujeres de vestidos chillones estampados, de banderas de barras y estrellas colocadas en los zaguanes los días de fiesta que, de pronto, sin saber por qué, me producían una enorme, desconocida atracción.

Luego fuimos a la calle Orchard a ver dormitorios rosados con forma de Cadillac junto a otros muebles recargados y ostentosos que representaban la degeneración de los estilos clásicos y que ensombrecieron a mi padre: carillones con porcelanas de Micky Mouse y Daisy encajadas en una madera de un color desvaído; grandes mesas de comedor con las patas en forma de garras de león, adornadas con centros de mesa donde volvían a aparecer los jarrones y relojes y porcelanas que habíamos visto en Canal, como si todos aquellos muebles y piezas perteneciesen a una cultura exclusiva cuyos distintos elementos solamente encajaran entre sí.

Cogimos muchos catálogos que utilizamos para

crear los muebles de nuestro desván de los horrores, y compramos algunas porcelanas para imitarlas, que luego yo coloqué en lugares estratégicos de mi habitación, hasta que un día desaparecieron. Y, durante varios días, estuvimos preparando aquella cámara de los horrores, habitada por personajes con chaquetas de cuadros y mujeres de peinados altos y gafas con monturas de colores y una muñeca Barbie que un día mi padre encontró en una tienda y que presidía aquella apoteosis de la vulgaridad que establecimos en medio de muebles nacarados y flores de plástico.

Todo aquello lo estuve recordando, tal y como ahora lo escribo, en el salón de la casa de mi padre, frente a la urna de cristal que atestiguaba la felicidad de la infancia e ilustraba con enorme claridad una de sus frases favoritas: «Richie, el arte no es más que una manera de prolongar la infancia».

Con cierta pena abandoné el *Interior* y me fijé en que mi padre había añadido últimamente otros objetos al salón: dos enormes manos doradas, de apariencia oriental; un cuadro de Matisse que no había visto nunca, la espalda de una mujer morena con un cabello definido como una mancha y un pendiente de un color rojizo colgando en el mismo centro del cuadro; un pequeño sofá tapizado en una tela verde claro, situado entre las dos manos. Añoré por un instante la infancia, cuando deambulaba por entre las adquisiciones de mi padre conmovido por un fervor natural del cual nadie me había informado, como si estuviera ante objetos sagrados cuya adoración era algo natural.

Por un momento no supe qué hacer. Pensé que aquella casa, con la presencia hermosa de Kit y de los objetos de la belleza que coleccionaba mi padre, no era el mejor lugar para huir del hombre de los tatuajes. Pensé que podía terminar a gritos, rompiendo los jarrones y desgarrando algunos cuadros. En el baño, que él siempre había tenido reservado para la modernidad, los volúmenes cuadrados o esféricos de los retretes y las bañeras que parecían pertenecer a una nave espacial, decidí que me tenía que marchar. Al salir vi que la habitación del final del pasillo, la que estaba junto a su estudio, un cuarto de enormes ventanas, lleno de luz, se había convertido en el taller de Kit. Allí fue donde comencé a pintar, poco después de terminar el *Interior para una Decoración Elegante*, cuando me quedé solo de nuevo porque mi padre se marchó seis meses a vivir al norte del estado para levantar, junto a otros arquitectos, una ciudad de artistas cerca de Buffalo. Se despidió de mí con una carta y un poema, como hacía siempre que debía marcharse de improviso y no se atrevía a decírmelo. En esa habitación, tras cuya puerta de cristales veía la espalda de Kit, inundada de luz, encorvarse ligeramente para quitar algún milímetro sobrante a sus volúmenes perfectos, yo había comenzado a pintar los objetos que habíamos comprado en Canal Street, bodegones donde el payaso y los bustos y los relojes aparecían vagamente envueltos en colores tenues, casi impresionistas, mis primeros cuadros.

Cuando mi padre regresó de Buffalo, moreno y feliz, con una nueva mujer, Carolyn, la hermosa Carolyn, vestida con un traje amarillo y un sombrero de esparto, su rostro le cambió al ver aquellas pinturas del horror que yo había elaborado con cierta rebeldía callada en mi soledad, una especie de protesta por su ausencia, un intento de llamar su atención, y ese día los objetos desaparecieron y los cuadros subieron al ático y mi padre le pidió a un amigo suyo que me enseñara a pintar.

En el taller, las piezas de Kit se asentaban casi en el aire sobre los pedestales transparentes de acrílico que ella utilizaba para trabajar. Se había cambiado de ropa y llevaba unos pantalones muy pequeños que exhibían su trasero firme y rollizo y una camiseta con un signo de interrogación al dorso, y, cuando yo entré, ella se dio la vuelta y me miró con sus ojos azules muy abiertos, una leve invitación hacia su territorio. Había un gesto en su boca risueña, en sus comisuras ligeramente inclinadas, que poseía algo de secreto.

Sus últimos trabajos tenían una sensualidad mayor, como si la influencia de mi padre, el amor otoñal y sabio de mi padre, hubiera añadido una delicadeza a la obra de Kit de la que carecía al principio, una apreciación de la posibilidad que ofrece transformar la carne en piedra, el tránsito de la forma pura hacia el cuerpo. No había órganos definidos, volúmenes que evocaran con claridad muslos o estómagos, pero se adivinaba una búsqueda de la pasión en las pequeñas sinuosidades de las piedras, más cercanas a las curvas de la anatomía que a la exactitud de los elementos geométricos que antes le habían servido de tema.

Pensé que tocar el mármol de Kit debía ser como acariciar sus muslos; ambos debían poseer la misma dureza y frialdad, la hermosura disciplinada. Kit se dio de nuevo la vuelta cuando yo pronuncié su nombre, Kit, Kit, Kit, y vi que debajo de la camiseta escotada se apreciaban claramente sus dos pezones puntiagudos, un pecho generoso y casi autónomo, y tuve la impresión de que su cambio de ropa respondía a una aceptación de mi presencia, y que no me había relegado a la indiferencia como las otras amigas de mi padre, ni era tampoco esa mujer fría que yo imaginaba.

–Kit, ¿sabes cuándo viene mi padre? –le pregunté para tratar de descifrar su expresión, y observé en ella una ligera frustración cuando mencioné al gran benefactor, aunque Kit era una disimuladora impecable.

–Ah, se me había olvidado, llamó hace un rato para decir que no viene a comer, que tiene cosas que hacer. Me pidió que te dijera que le disculpes.

–Por qué no me lo has dicho antes, Kit –casi grité–. Tengo un problema grave. Un hombre me persigue, necesito hablar con mi padre.

Un movimiento minúsculo de sus labios, un guiño de los ojos me hizo pensar que a Kit tal vez no le importaba demasiado la ausencia de mi padre, ni la historia de mi perseguidor. Nunca sé cuándo una mujer hermosa desea a un hombre, pero esta vez creí escuchar que le había cambiado la respiración, o acaso me había cambiado a mí, que un murmullo apenas audible se había instalado en el cuarto. Me puse muy nervioso, como si fuera la primera vez que me acercaba a una mujer. Entonces me abalancé sobre ella y tropecé en una estatua que estuvo a punto de caer, y solamente cuando Kit me besó, y me acarició la cara con su larga mano y una dulzura oculta, supe que en ese instante a ella no le importaba nada la estatua.

6

En casa de Teo me quedaba a veces solo y pensaba cosas por la noche, trataba de interpretar todo lo que había ocurrido en los últimos meses en Nueva York para obtener alguna explicación, y a veces la aurora comenzaba a clarear por el ventanal y yo salía al frío para escapar del humo del tabaco y el olor a pintura fresca de los cuadros. La calle, solitaria, saliendo lentamente de la sombra, parecía el escenario de alguna acción cruel, de una paliza a una mujer, o a un vagabundo. Cuando el frío conseguía debilitarme hasta el dolor, y estaba a punto de llorar, regresaba al cuarto donde a veces mi padre estaba acostado ya, y otras veces sólo veía el hueco de su cama, y dormía hasta tarde.

Algunas mañanas, Marisa venía de improviso con el alboroto silencioso de sus tristezas y de su ironía, y me sacaba a la calle para enseñarme Madrid con una desgana que lentamente, a medida que transcurría la jornada, parecía transformarse en curiosidad, como si a través de mí, arrastrada por la obligación de enseñarme la ciudad, hubiese comenzado a percibir sin proponérselo una imperceptible mudanza en las calles y los rostros de la gente, en las caras redondas y las narices alargadas cuyos rasgos a veces le traían, también, la memoria de otras épocas.

Recuerdo que me llevaba a restaurantes de maderas y camareros viejos que no parecían haber salido del local en muchos años y era difícil imaginarlos sin sus chaquetas blancas y sus pantalones negros, lustrosos por el roce. Mientras avanzábamos entre las mesas, y yo trataba de concentrarme en adivinar los sabores de la comida y escuchar el sonido de las conversaciones habladas en tonos muy altos, Marisa iba saludando a algunos comensales, hombres serios de trajes azules o grises que, según me contaba luego, en un susurro de conspiradora que parecía poner un fuego diferente en su mirada triste y burlona, eran políticos que se reunían en los restaurantes a preparar lo que ella llamaba la salida del atolladero. Llevaban el cabello muy bien cortado y la ropa impecable y yo les miraba de refilón, con la curiosidad de quien no sabe. Marisa parecía conocerlos muy bien, con esa complicidad no ausente de chantaje que da el haber compartido la cama.

Ella escogía siempre nuestro menú, porque los platos nuevos que yo comía cada día en Madrid eran una parte esencial del itinerario que recorríamos. Carnes y pescados con salsas recias, preparados con fórmulas antiguas, que me envolvían en un estado de sopor placentero durante toda la tarde.

A veces, cuando estábamos paseando por una calle o visitando galerías donde ella conocía a todo el mundo, Marisa me observaba con su mirada intensa y burlona, con unas ganas de juego incestuosas, de hermana perdida que surge al cabo del tiempo, y me arrastraba hacia el automóvil y me llevaba por callejuelas escondidas y oscuras o a la Casa de Campo, donde hacíamos el amor en la parte trasera del coche como el primer día, y yo volvía a descubrir aquella actitud misteriosa y profunda con la que ella se entregaba al placer, un ritual de gemidos y abandono, aquel gozo que le recorría el cuerpo con una intensidad que la hacía temblar y a veces hasta desmayarse.

Después, cuando regresábamos de nuestras escapadas imprevistas que solamente ella regía, Marisa no se comportaba con ternura. Volvía a ser la de antes, distante y familiar a un tiempo, como si el hacer el amor fuese un acto ajeno, sin relación con las otras ocupaciones, una aventura repentina y audaz cuya intensidad solamente durara un momento, sin ninguna secuela, sin una mirada cariñosa ni un abrazo que recordara la pasada complicidad. Yo me sentía un objeto de su búsqueda misteriosa, un elemento más, pero me gustaba estar a su merced, ignorar por cuánto tiempo le iba a seguir apeteciendo usarme, despedirme de ella en la madrugada sin saber si la iba a volver a ver nunca más.

Recuerdo bien un domingo en Madrid que había amanecido con sol, cuando Marisa llamó para decir que me iba a llevar al Rastro. Estaba hermosa en su automóvil pequeño y como ajustado a su cuerpo, y parecía contenta mientras conducía por calles más desoladas que de costumbre, las calles de los domingos por la mañana en Madrid, cuando la gente duerme. Luego, al llegar a la plaza de Tirso de Molina, el bullicio surgió de repente como si se hubiese producido una orden en algún lugar, y comencé a ver los grupos desordenados de peatones que salían de la boca del metro en oleadas sucesivas, adolescentes con los cabellos muy largos y las manos en los bolsillos, gitanos con chaquetas de rayas que les quedaban pequeñas, mujeres con pañuelos negros en la cabeza que transportaban con calma bolsas enormes y abultadas. Marisa estacionó el coche sobre la acera de una calle lateral, muy estrecha, una calle construida en un tiempo sin automóviles, y en un bar que olía a humedad y a madera mojada con vino, y había ristras de ajos que colgaban del techo como lámparas, pidió dos cervezas y una ración de caracoles, y se dispuso a someterme a un rito de iniciación.

–Si quieres dejar de ser americano tienes que comer caracoles a puñados, y gambas con cabeza, y atiborrarte de tapas, muchas tapas, querido, y hablar en broma y reírte de la gente –me dijo mientras escarbaba en la concha de un caracol ennegrecido por la salsa.

El sabor fuerte de los caracoles me recordó las casas de los pueblos que recorría con mi tío Joaquín, cuando por fin me llevó al campo a ver a mi madre, las tabernas que olían a corrales y tenían el suelo de tierra, donde servían comidas cargadas de otras salsas recias que quitaban el hambre.

Como si los caracoles nos hubiesen investido de un extraño vigor salimos a las aceras que conducían al Rastro con un optimismo exagerado, felices con la mañana y el sol y la cercanía de otra gente. El Rastro parecía pertenecer a muchas ciudades diferentes con sus puestos llenos de objetos de sitios lejanos, pipas de fumar hachís muy largas, con dibujos geométricos, relojes antiguos, camisetas con grabados eróticos o los nombres de universidades americanas, libros que hasta hace poco estaban prohibidos –según me decía Marisa mientras manoseaba unas obras completas de Freud como si en ellas estuviera escrito un plan para adivinar el futuro–, ropajes indios de colores que las mujeres se medían sobre sus trajes invernales como si estuvieran preparándose para un carnaval.

Bajamos una gran cuesta pegados a la multitud, husmeando tiendas donde vendían revistas pornográficas americanas y francesas o cómics de Superman, donde los gitanos de chaquetas estrechas, de una elegancia pobre y rebuscada, vendían sus objetos inútiles expuestos en las aceras, orinales de cobre con escenas labradas de ángeles desnudos, lámparas de pantallas amarillentas, cuadros que reproducían escenas de caza, ropa que olía a naftalina, radios antiguas y discos con las fundas descoloridas, alfombras persas deshilachadas en los bordes o encendedores de oro que tenían escondidos en el forro de las chaquetas. Parecían los últimos vestigios del fin de una época, objetos sacados de caserones donde ya no vivía nadie o de iglesias donde nadie rezaba, de barberías llenas de polvo donde ningún cliente se afeitaba ni se cortaba el cabello, de oficinas donde las máquinas de escribir habían sido sustituidas hacía tiempo por otras máquinas más rápidas. Y algunos artilugios, los más secretos, los que estaban ocultos tras telas o escondidos en los abrigos o bajo las alfombras, una jaula de oro, el mango de plata de un bastón, boquillas nacaradas para fumar, naturalezas muertas sin demasiada luz donde las frutas eran austeras, parecían las últimas reliquias de algún aristócrata.

Al subir por la cuesta, Marisa se detuvo a hablar con un hombre alto y barbudo, vestido con una gabardina negra llena de chapas con frases en inglés, de ojos abiertos y enloquecidos, y estuvieron un rato mirándose y haciéndose señales a unos pasos de mí, zarandeados por la gente que bajaba. Luego me llevó del brazo a un bar que había al final de la cuesta donde grupos de jóvenes de aspecto sucio bebían cervezas a la puerta y fumaban hachís, en corros o sentados sobre automóviles que tenían los cercos de los vasos grabados en las aletas, y vi al hombre de gabardina negra llegar con su aspecto extraño y remoto y misterioso, y Marisa entró con él en el bar, tratando de abrirse paso con prisa entre la aglomeración que desbordaba el local, y me dejaron abandonado en la acera.

Había algunas mujeres guapas y desarregladas, vestidas con camisas de flores o dibujos geométricos o abstractos, y hombres con guerreras verdes o gabardinas raídas y barbas, una proliferación de barbas que ocultaban los rasgos idénticos. Conversaban en susurros, se pasaban los cigarrillos gruesos cargados de humo con sigilo, con el aire de quien está actuando en una película, emocionados ante la libertad que la muerte del dictador les deparaba de repente, pero también pendientes del pasado que les obligaba a vigilar con el rabillo del ojo la posible presencia de un policía vestido como ellos.

Al cabo de un rato, Marisa se abrió paso hacia mí con un hombre delgado y sonriente vestido con una pelliza de cuero amarilla y cargado con tres cervezas. Nos apoyamos sobre uno de los coches y Marisa me cogió del brazo y se apretó contra mí con una ternura que me sorprendió.

Con el hombre delgado y sonriente, que hablaba palabras inconexas que no logré reunir, frases sin relación alguna entre ellas, escenas de una fiesta de los muertos de México y la tensión en una manifestación de protesta contra unos asesinatos políticos de los que no había oído hablar antes, estuvimos fumando un hachís que raspaba la garganta y cuyo olor me recordó al té de los chinos de Nueva York. Marisa me cogió de la mano y me llevó de improviso por los grupos sin despedirse siquiera del hombre de la pelliza amarilla, saludó a algunos de los personajes expectantes con una asombrosa capacidad de penetrar en todos los ambientes, y acabamos en el capó de otro automóvil, con las cervezas ya sin espuma iluminadas por el sol y la extraña sensación de que la calle sonaba como un zumbido y mi cuerpo parecía lleno de burbujas y los labios de Marisa estaban muy lejos de mí cuando ella me besaba.

Comimos en una taberna con platos de cerámica azul en las paredes y un camarero pequeño, con el pelo muy engominado hacia atrás, que cargaba con una gran maestría enormes bandejas llenas de la paella del día, con esa habilidad que un día descubrí con asombro en los camareros de la Nacional. Aquí también había niños que se perseguían alrededor de la silla donde la madre hablaba con las otras mujeres, acostumbrada al ruido y a los zarandeos, y hombres con las caras rojas de tanto vino que apuraban los cigarrillos hasta que se quemaban los labios y hablaban de fútbol con palabras ásperas que me llegaban mezcladas y rebotaban en mis oídos como ecos, y Marisa me miraba desde hacía un rato con unos ojos dulces y amorosos, muy diferentes de ese verde burlón, implacable, de siempre, y se apretaba contra mí como los gatos, y el tacto de su piel debajo de su camisa azul era muy suave. Solamente en el baño, cuando me miré en un espejo turbio y pude apenas reconocer al hombre de barba rala que me miraba desde allí, con un jersey grueso de lana que me había prestado Teo y que me daba un aire de español, pensé en Lisa y en el hotel donde la visitaba, y estuve a punto de vomitar. Luego me entró miedo de quedarme solo, como cuando caminaba por Nueva York de niño con alguna criada, y salí con el corazón palpitando, pensando que Marisa ya no estaba.

Por la tarde, aún mareados con el vino adusto de la taberna y el vapor del hachís, Marisa me llevó a una plaza pelada con los árboles secos y muertos, tan desnuda de vegetación que su visión me entristeció. En unos bancos, desordenados alrededor de una estatua, había mujeres sentadas, vestidas con rebecas negras, que hacían punto y chillaban de vez en cuando a unos niños enclenques y taciturnos que jugaban con pelotas de goma y al caer se pelaban las rodillas con la tierra.

En una esquina había un quiosco precario, con unas sillas y mesas verdes. En una de las sillas estaba sentado un señor con chaqueta y corbata, vestido de domingo, muy gordo, que leía el periódico aburrido y nos miró con ansiedad cuando llegamos, como si estuviera esperando a alguien que le diera la excusa necesaria para dejar de leer. Cogió su copa entre los dedos y cuando se dio cuenta de que ya estaba vacía pidió otra ronda al camarero con un chasquido que hubiera podido confundirse con el sonido del hueso roto de alguno de los niños que jugaban sobre la tierra pelada.

El hombre cantaba en voz baja una canción flamenca, una y otra vez –«caballo, caballo que a los tres años, ve una yegua y no relincha, o es que la yegua es muy fea, o es que el caballo es marica»–, y el sonido de las hojas de su periódico al pasar imitaban el que hubieran hecho las hojas de los árboles al moverlas el viento, si los árboles de la plaza no hubiesen estado secos. Desde la ventana de una de las casas descascarilladas que conformaban la plaza salieron unas voces que gritaron «Gol». Me di cuenta de pronto de que era domingo por la tarde. Marisa estaba sentada en mi pierna y me besaba en el cuello y yo sentía el ruido de su respiración dificultosa, ansiosa, y por el rabillo del ojo vi que el hombre gordo nos miraba también ansioso. Por un momento me recordó a André Clementi, el amigo de mi padre que jugaba conmigo cuando era niño y me tocaba la mano como si quisiera besarla, y en ese instante deseé que lo hubiera hecho. Dentro del quiosco, el camarero y una mujer discutían detrás de la barra tratando de controlar sus voces, como para que yo no les oyera, y supuse que ella estaba diciéndole que nos llamara la atención. Ajena a mí, movida por un deseo que yo no compartía, Marisa me besaba en la oreja y me decía palabras que yo no entendía, como si hubiera olvidado otra vez el español, y una anciana me miraba fijamente en el ojo desde la penumbra de la ventana de una de las casas.

El balón de los niños llegó entonces hasta mis pies justo cuando yo sentí la mano fría de Marisa adentrarse a través de mi pantalón y tocarme los muslos. Noté que estaba fuera de sí, sentada sobre mis piernas, con una mano agarrada a mi espalda y la otra trabajando en la oscuridad, y el sonido de su respiración me pareció el más fuerte, o el único, que se escuchaba en la plaza. Vi los ojos burlones del niño que nos miró sin atreverse a coger la pelota, y un moco verde que pendía de uno de los agujeros de su nariz. De niño había visto también un moco así, solamente una vez, y había pensado en que me obligaban a comérmelo. En ese momento, una de las mujeres de las rebecas se levantó de su banco, el gesto crispado de la boca sincronizado con el negro de su vestido, y agarró al niño de la mano con un tirón que me sonó a articulaciones rotas –¿o fue de nuevo el hombre gordo a mi lado, que llamaba al camarero?–, le dio una bofetada y comenzó a gritar: «Muy poca vergüenza, eso es lo que hay aquí, muy poca vergüenza, delante de los niños, qué descaro, Señor», y arrastró por la plaza al muchacho, que seguía mirando de reojo a Marisa montada sobre mí, besándome sin que yo lo pudiera impedir, asfixiándome, y el camarero nos pidió que nos fuéramos, mientras la mujer miraba desde la puerta del quiosco secándose las manos en un mandil y gritando: «Pero échales, *mamao*, que eres un *mamao*», y cuando me desembaracé de Marisa y dejé un billete sobre la mesa y ella comenzó a reír sin parar, vi que en la ventana desde donde había salido la celebración del gol tres hombres nos miraban, y cuando pasamos frente a él, el hombre gordo simuló un interés profundo por la lectura del periódico, como si no hubiese visto nada y el asunto no fuera con él. No se parecía a André Clementi, sino a un carpintero español que restauraba muebles para mi padre en Nueva York.

7

El vapor del hachís me acompañó hasta la mañana del día siguiente, y al levantarme tenía los músculos cansados, como si en lugar de dormir hubiese estado caminando toda la noche. Sólo tras el primer café logré acordarme de lo que había ocurrido después de la escena del parque: Marisa y yo habíamos tratado de amarnos en su casa, sobre un colchón blando tendido solitario en la habitación, como un escenario, y mientras Marisa me besaba excitada, yo estuve frío y pensando en otras cosas, e incluso el olor de su saliva me resultó desagradable y demasiado intenso.

Cuando llegué a casa de Teo no había nadie. De nuevo sentí envidia de mi padre, de su recorrido palpitante por la ciudad, como un adolescente enamorado que se disfrazara para perseguir a una mujer mayor a la que amara sin que ella lo supiera. Me dormí pronto, y esa mañana, cuando me levanté aturdido aún por el efecto de la hierba, estaba solo otra vez, con una sensación de agujas que me recorrían el cuerpo y una nostalgia repentina por Nueva York.

Pero no era nostalgia, porque uno tiene nostalgia del pasado remoto, y yo de Nueva York únicamente tenía entonces recuerdos turbios y recientes, los últimos, como si todo lo demás –mi infancia, los museos donde me metía cuando comenzaba a llover, los juegos con André Clementi cuando me quería besar en mi habitación y sólo se atrevía a mirarme intensamente, y yo deseaba que sus labios rosados me tocaran, las mujeres que comenzaron a seducirme a partir de los quince años– hubiera pasado en menos tiempo, o fueran sólo sueños o cuentos. Las historias de los últimos meses, de Lisa y Kit y el hombre de los tatuajes, memorias culpables y grotescas, me acosaban todavía en Madrid como si no las hubiese expiado y tuviera que pagar los errores o las pasiones excesivas con el recuerdo constante. Como otras veces, me sentaba entonces frente al ventanal de Teo y trataba de pensar en aquellas acciones, como si el recordar mi historia me permitiera retroceder en el tiempo y trastocarla.

Un día después de la tarde que había pasado con Kit en casa de mi padre, cuando nos amamos agitados por la furia que nos imponía la extraña situación, el temor a que él viniera de pronto, la idea de fornicar en su cama, Lisa me llamó llorando para decirme que había logrado huir del marinero Sam y se escondía en un hotel perdido del sur del Bronx, un lugar escogido al azar para reunirse conmigo. Mientras hablaba con ella, y le decía que iba a verla aquella misma tarde, sé que estuve pensando en Kit, en la elegancia de su piel tibia y sin impurezas, y luego recordé la piel sucia y áspera de Lisa, tal vez con algo de asco. La escuché un rato llorar aterrorizada por el teléfono, entregándose sin condiciones, diciéndome con su voz ronca que me amaba, y entonces decidí que a ella la necesitaba también.

Por la tarde acudí a visitarla con mucha precaución al hotel del Bronx. Tomé varios trenes distintos de los cuales me bajaba pocos segundos antes de que cerraran las puertas, pillando a veces la bolsa de lona donde le llevaba periódicos y dulces, y botellas pequeñas de vodka. Fue un recorrido absurdo por pasillos donde de pronto echaba a correr como si varios hombres con tatuajes me persiguieran a un tiempo, una cacería imaginaria por las estaciones sucias del alto Manhattan y el sur del Bronx, donde la basura podrida se acumulaba en los andenes y esparcía un olor amargo.

La gente parecía merodear por aquellas estaciones como si fuese un lugar de reunión, sin la prisa que angustia a los viajeros: vagabundos dormidos sobre los bancos, acostumbrados a los travesaños de madera que separaban cada asiento; adolescentes negros que trataban de seducir a jovencitas hoscas y resabiadas con alardes de valor, y bajaban al foso de las vías hasta que las luces y el ruido precedían desde el comienzo del túnel la llegada del tren, o caminaban en equilibrio por el tercer raíl, siempre movidos por un estruendoso ritmo interior que los hacía tambalearse como si estuvieran bailando o a punto de golpear.

El sur del Bronx al que yo salí aquella tarde desde una estación elevada que parecía la torre de una prisión era un territorio lúgubre y extranjero, lleno de todas esas gentes que había visto en las estaciones y de esquinas soleadas y vacías de cuyos vértices surgían decenas de casas quemadas, apiñadas una al lado de otra, habitadas por hombres en precario equilibrio, torpes y sucios, como si acabaran de despertar.

Asustado, atravesé aquellos lugares abandonados donde cualquier acto monstruoso me pareció posible, desde el sacrificio humano a la brujería, desde la existencia de un cementerio secreto a la lenta putrefacción al aire libre de cadáveres olvidados de asesinos o asesinados, de drogadictos o enfermos, calles en ruinas sin pavimentos, destrozadas por el clima y la renuncia, perfectas para una emboscada. Las atravesé con miedo y arrojo a la vez hasta llegar a una pequeña zona habitada por viejos que vivían de la seguridad social en un conglomerado de color de orín erigido en medio de la destrucción de las ventanas y las farolas rotas, rodeado de parques pelados por donde deambulaban adolescentes armados y sin nada que hacer. En la acera de enfrente había un hotel antiguo de arquitectura pretenciosa que ocupaba una manzana, uno de esos edificios inmensos de Nueva York construidos a lo ancho para desafiar los rascacielos, cuyas paredes estaban comidas por una suciedad negra, tal vez del humo que despidieron los edificios de los alrededores cuando se quemaron. En ese hotel que se levantaba frente al condominio público y manzanas enteras de casas destruidas, estaba escondida Lisa.

El vestíbulo guardaba un antiguo esplendor que hubiese fascinado a mi padre, porque nada de lo que lo adornaba, ni un lamparón de un cristal azulado que colgaba de una larga cadena oxidada, ni los muebles oscuros y sólidos, ni los vitrales con rectángulos de colores apagados por la falta de sol, parecía haber sido contaminado por los últimos veinte años, la época en que mi padre sitúa el triunfo de la fealdad. Todos los objetos estaban cubiertos de un polvo que aunque los preservaba intactos, dejaba la impresión de que nadie atendía ya ese lugar. Me pregunté por qué no había sido destruido, cómo había seguido funcionando en medio de un paisaje en ruinas, ajeno a la violencia que se había impuesto a la desolación del vecindario. Entre sus columnas desvaídas y un suelo renegrido bajo el que podría haber losetas de colores formando arabescos –había algo moruno en el hotel, quizá un reflejo del gusto de la época– vivían hombres mayores que tenían solamente una de las piezas de sus trajes en buen estado, y mujeres que vestían telas pasadas de moda, tal vez la del esplendor del hotel. Eran pocos, una colonia en extinción que no se iba renovando, y que en otras visitas posteriores llegué a ver deambulando por el vestíbulo con sus sombreros descoloridos o sus pantalones deshilachados en los bordes, sin nada que hacer ni adónde ir. Para salir de allí, y llegar a la estación del metro, debían atravesar un itinerario que yo comencé a conocer bien a partir de aquella tarde: las hileras de edificios quemados, de ventanas sin cristales ni marcos, con sólo la huella negra que dejaron las llamas al salir; los descampados llenos de cascotes cuyo desorden impedía adivinar la posible belleza de los edificios que habían formado antes del caos; las esquinas donde los derrumbes habían creado trampas, de las cuales podía salir un perro o un gato salvajes, o un hombre también salvaje.

Yo comencé a preocuparme con cada visita de aquellos viejos casi evanescentes que se cruzaban conmigo en el ascensor o paseaban por la manzana del hotel, como si algún pariente mío abandonado pudiera vivir allí. No sé por qué, el verles encerrados en aquel hotel me producía un temor silencioso, muy diferente del miedo desesperado que sentía cuando caminaba con prisa por las calles que lo rodeaban, y pensé en mi tío Joaquín, porque se me ocurrió que era muy parecido a aquellos viejos y temí que él también pudiera encontrarse abandonado en un lugar semejante en Madrid. Cuando le pregunté qué hacían, Lisa no me quiso hablar de sus vecinos de encierro, y yo imaginé que mataban las horas tendidos en sus habitaciones mientras llegaba alguna trabajadora social o bajaban a comer al restaurante oscuro y silencioso donde una comida demasiado frita o demasiado rehogada había dejado una marca de fetidez hasta en los tiradores de las lámparas.

La tarde que llegué, Lisa me aguardaba medio desnuda en su habitación de techos altos, tumbada en una cama cuyos muelles rechinaban al menor movimiento, leyendo periódicos atrasados que le manchaban las manos. Yo llegué con mi bolsa llena de comida y nuevos diarios, y la encontré más salvaje, más despeinada que la última vez que la había visto en el hotel de Midtown, contagiada lentamente por la decadencia de su nuevo hogar. Vivía ajena a cuanto pasaba fuera, encerrada entre aquellas paredes donde las noticias que leía parecían pertenecer a un mundo que ella comenzaba a olvidar, asustada ante cualquier ruido proveniente del pasillo. Aquella tarde, mientras comíamos los dulces y nos tocábamos sobre la cama, se puso a llorar y me contó que la noche anterior había sonado la alarma de incendios a las cuatro de la mañana y ella había salido casi desnuda al corredor, aún envuelta en sus pesadillas, sólo para descubrir que la realidad podía ser todavía más fantasmagórica que el sueño. Por el pasillo de su piso vio deambular a viejos semidormidos enfundados en camisones largos y desteñidos, algunos con gorros de dormir, otros completamente vestidos con el único traje que debían tener. Uno se había cortado el pie al salir de la cama e iba dejando marcas de sangre por la moqueta sucia a medida que andaba sin dirección, cubierto sólo por una manta áspera. Un grupo de ancianas muy pequeñas, con los cabellos desgreñados y la piel llena de manchas amarillas, el vientre desnudo hinchado por la falta de alimento decente, caminaban cogidas de la mano, dando aullidos de espanto más fuertes que el sonido de la alarma. Únicamente un hombre joven, un tipo barbudo y pálido que debía estar huyendo también de algo, logró tomar la iniciativa y arrastrar a los inquilinos hacia la escalera de incendios, por donde fueron bajando penosamente hasta llegar al vestíbulo. Allí, nuevos grupos de seres enfermos y amarillentos, sacados de los escondrijos donde debían llevar vidas aletargadas a la espera del fin, fueron concentrándose en una reunión que Lisa contempló con horror. Le parecieron desperdicios humanos, como ella misma, y me dijo llorando, sorbiéndose los mocos, que sólo entonces se había dado cuenta de que ella también podía terminar así, enloquecida y abandonada en el hotel, y me abrazó como para pedirme que no lo permitiera, o que la sacara de allí. Antes de que los devolvieran a las habitaciones había estado hablando con una mujer que llevaba cerca de treinta años en el hotel, una emigrante polaca que vivía con su marido hasta que éste un día no regresó a la habitación, ignoraba hacía cuántos años, y desde entonces le aguardaba allí sola, acostumbrada a los ruidos de la calle que llegaban por la ventana, parecidos a los que sintió una noche cuando todo el barrio comenzó a arder y ella escuchó derrumbarse las paredes y el crepitar de la madera, oyó los gritos animales de quienes quemaban las casas, y se tumbó en la cama a esperar a que incendiaran también el hotel.

Lisa temía que un día yo tampoco apareciera y por eso me abrazó y me besó como si no me hubiera visto en varios meses, quizá porque las horas pasaban muy lentamente en su cuarto y ella pensaba que iba a transcurrir mucho tiempo hasta que yo volviera a visitarla. Olía mal y se excusó diciendo que el agua caliente apenas funcionaba y no se podía bañar, pero a mí me gustó el aspecto montuno que poco a poco iba apoderándose de ella, el olor a su sudor almacenado en el cuerpo y las sábanas, la mirada sumisa y obediente de quien sabía que estaba obligada a complacerme. En ese estado la encontré incluso más deseable, desgreñada y con medio cuerpo fuera de un camisón que le quedaba pequeño y se le abría a cada rato, y enseñaba sus pechos flácidos, derrumbados sobre su estómago duro como si no le pertenecieran, esos pechos que yo volví a acariciar cuando nos desnudamos en la habitación del hotel y comenzamos un acto que repetimos casi sin darnos cuenta, una mezcla de besos y caricias tiernas y una violencia salvaje que ella se esmeró en provocar porque era lo único que la satisfacía enteramente y le causaba espasmos, tal vez lo único que recordaba. A veces yo le apreté el cuello con demasiada fuerza y ella tosió y escupió sobre las sábanas, y me pareció que estaba a punto de morir, tal vez aquella misma noche.

Desde que no frecuentaba a Sam había olvidado ejercer aquel dejo insolente en su lenguaje, aquella desfachatez que arrastraba en el tono de la voz y el movimiento insinuante de las caderas. Aquella tarde me di cuenta de que se había vuelto dócil y apenas hablaba, como si la ausencia del marinero la hubiese eximido de la necesidad de defenderse, e incluso llegué a pensar que había perdido su biografía en aquel hotel alejado del tiempo; que era un pedazo de carne maleable con el cual se podía fabricar lo que uno deseara, una mujer maternal y dulce, un ser violento y brutal, una artista. Pensé que a partir de entonces podría obligarla a comportarse como yo quisiera, a ratos como si fuera mi madre y a ratos como si fuera una mujer desconocida que hubiera recogido en la calle con la intención de asesinarla en una habitación anónima, exigirle que fuera tierna y me besara como si me amase, besos cortos y muy rápidos en mi boca cerrada mientras la obligaba a que me dijera llorando que era mía.

Aquella tarde hizo cuanto yo le pedí, pero en su mirada ausente, en su miedo, comencé a notar que estaba olvidando quién era, que había empezado a volverse loca. Varios días después, cuando llegué a la habitación, la descubrí mirando a la ventana como ante un gran cuadro vacío, igual que algunas veces la había encontrado en la habitación del otro hotel, y cuando la llamé por su nombre no pudo responderme, como si ya hubiera dejado de ser Lisa y nada le importara, ni siquiera si el marinero la mataba. Ese día hicimos el amor con mucha violencia y la dejé respirando muy fuerte, como si estuviera a punto de morir otra vez.

Era de noche cuando regresaba a Manhattan por calles destruidas y recuerdo que me asaltó un miedo violento que permití que se agrandara con los olores fétidos de las casas y los perfiles de los muros troceados contra el resplandor de la luna. Había un punto, como aquella noche, en que la cobardía podía llegar a transformarse en un exagerado valor, y yo caminaba exultante, tratando de ignorar que todo era un artilugio del miedo para defenderse.

Sin embargo, el miedo me estalló de repente cuando un perro surgió del hueco de una casa ruinosa, casi al llegar a la avenida iluminada donde comenzaban a verse algunos comercios, un perro negro y delgado que lanzó un aullido violento como si hubiese reconocido en mí a un antiguo torturador, y se abalanzó con una agilidad que me hizo caer. En el suelo me clavó dos dientes afilados y sucios en la pierna y luego se quedó agazapado, mirándome, esperando que yo huyera de él asustado y vencido, como hice, y lo dejara allí acechando con sus colmillos manchados de mi sangre, victorioso entre un montón de cascotes. Luego, mientras huía sangrando, escuché que alguien le daba unas palmadas en su carne brillante y vi un bulto muy pequeño inclinarse sobre el oído del perro.

Corrí por las calles oscuras con el dolor del mordisco apretándome como una mano forzuda que me impidiese caminar, atemorizado por el aviso cruel de la noche. En la estación recuerdo que había hombres escondidos tras las columnas, y pensé que estaban emboscados a la espera de acabar el trabajo del perro. Incluso temí aterrorizado que alguno de ellos pudiera ser el marinero Sam, y traté de descartarlo escudriñando los perfiles de las espaldas, las respiraciones contenidas en la oquedad del túnel. Eran silenciosos como las ratas que removían con delicadeza la basura por los andenes y las vías, cuyo olor subía hasta mí.

Me sentía tan acobardado que llegué a pensar en arrodillarme en la estación y pedirles perdón, tratar de humillarme para que cualquier acto contra mí perdiera su valor. Todas las operaciones de mi cuerpo, el respirar, el correr de la sangre, incluso el miedo, se habían trasladado a la herida que comenzaba a encharcarme el calcetín, una sensación de suciedad adaptada perfectamente a los desperdicios de la estación, al ronquido de alguien que dormía con dificultad en un banco, a las ratas. Un hombre salió entonces de su escondrijo detrás de una columna, un tipo famélico vestido con un suéter marrón deshilachado que se acercó a mí con pasos inseguros, y cuando ya estaba a punto de tirarme al andén dio un quiebro a pocos metros de donde me hallaba y se dirigió ausente hacia el banco donde el otro dormía. Le vi un momento allí, sentado a los pies del otro, mirando con el cuerpo encogido la actividad de una rata muy gorda que husmeaba entre la basura de una papelera.

En casa me atreví por fin a mirarme la herida, dos agujeros que mostraban la simetría de los colmillos, y deseé tener muy cerca a Kit. Pensé de pronto que el perro podía estar rabioso y sentí temor por el otro, por el artista que estaba a punto de terminar la serie de las serpientes y seguía pintando pacientemente por las noches, cuando regresaba de ver a Lisa en el hotel. Tuve un miedo repentino de morir sin haber terminado los cuadros y llamé temblando a casa de mi padre. Kit cogió el teléfono desde el sueño y no se alegró demasiado al escucharme, pero cuando le conté mi accidente me dijo que mi padre no estaba y me pidió con calma que no me asustara, y me buscó en la guía la dirección del Saint Lukes Hospital en el

Upper West Side, «toma un taxi, te veo allí ahora», con esa ecuanimidad que da a las mujeres la proximidad de la desgracia.

Con el pantalón lleno de sangre, al borde de la histeria, salí a la calle en busca de un taxi; tardó en llegar, y cada minuto que pasé en la avenida iba notando que me faltaba el aire para respirar y que podía desvanecerme en la acera.

El hospital parecía mal iluminado, arrinconado en una calle sin salida, y la sala de urgencias estaba muy sucia de vendajes y gasas ensangrentadas. Los enfermos conversaban en voz baja o dormían sentados en hileras de asientos grises. Dos policías miraban en la televisión un partido de béisbol sin demasiado interés y uno de ellos, un negro muy grueso con modales duros y la cabeza pelada, me señaló con el mentón una ventanilla cuando traté de explicarle lo que me pasaba. «*See first the Triage Nurse*. Vea primero a la enfermera *triage*», decía un cartel en inglés y en español incompleto, escrito con un pulso irregular, pegado en la ventanilla. Mientras esperaba a que una enfermera al otro lado de la ventana acabara de tomar la tensión a una anciana famélica y con cara de haber sufrido mucho, traté de buscar la traducción de la palabra *triage* que el traductor apresurado a quien encargaron el cartel, tal vez el hombre con aspecto de mexicano que recogía las gasas y los apósitos cada cierto tiempo, nunca pudo encontrar. Antes de descubrir la palabra, la enfermera me miró desde una miopía que no disimulaba su odio y me preguntó qué me pasaba. La historia del perro no conmovió para nada su rictus amargo, el hartazgo que le debía producir a aquellas alturas el dolor. Escribió mi nombre en un papel y lo depositó en una bandeja que comunicaba con el siguiente cubículo y se dio la vuelta sin ofrecerme ninguna esperanza.

–*Wait there* –gritó entonces el policía calvo cuando me vio quedarme sentado demasiado tiempo en la silla colocada frente a la enfermera, sin saber qué hacer. Me sentí humillado por su voz insultante, tal y como él había deseado.

Con cierto asco me senté en la hilera de asientos, entre un hombre muy largo que dormía mientras hacía equilibrios para no caerse y un joven de pelo ensortijado cortado como si fuera un seto y unas gafas muy gruesas y una cara patética de imbécil.

Sólo una mujer morena con un pañuelo azul atado a la cabeza y un suéter demasiado grande, que se retorcía como si el hígado se le hubiese transformado en una piedra, parecía estar enferma. Los demás tenían una cara de dolor sordo que podía confundirse muy bien con la tristeza de sus vidas. Dos hombres mayores, un negro con una gorra roja y bigotes blancos algodonosos y un blanco con grandes entradas en la frente, hablaban en español dos asientos a mi derecha.

–Y ya has pensado en jubilarte...

–El problema es qué hacer luego, cuando uno se jubila. Si uno tuviera dinero y pudiera montarse un negocio propio, trabajar para uno... pero qué va, con la pensión lo único que se puede hacer es comer y sentarse mirando la ventana todo el día...

–Algunos se han dado a la bebida...

–Mira tú, ya de viejo caer en eso.

–A mí me gusta la cerveza...

Era como si se estuviesen aburriendo en casa y hubieran ido allí a pasar el rato, a conversar de sus planes sobre lo que se puede hacer con los últimos años de una vida entregada al trabajo más ruin y de paso mirar a la gente que sufre. ¿Qué enfermedad tan bien disimulada los había hecho salir de casa a las doce y media de la noche para acudir a aquella sala de urgencias que se inundaba de un olor a orín cada vez que alguien abría la puerta del baño? Solamente una pasión por la fealdad más sórdida, un amor por la carne putrefacta y el olor a sangre seca en las gasas podía tenerlos despiertos allí. Me divirtió su sordidez, lo macabro y mezquino de sus vidas, y, más calmado, me pregunté si aquella pasión por el dolor podría atacarme algún día, si la búsqueda de una estética de la fealdad me exigiría también juntarme con una mujer horrible, llevar una vida miserable y visitar los hospitales para disfrutar la enfermedad.

Una mujer gordita y risueña, sentada en la ventana de al lado de la enfermera *triage*, iba desgranando lentamente los nombres de los que esperaban, todos hispanos, Ana González, Saturnina Labrador, Ricardo Llopart. Tuvo que pronunciar dos veces mi nombre para que yo me percatara de que pertenecía a aquella colección de enfermos desvalidos, manejados sin compasión por el policía gordo, la enfermera cuyo adjetivo había desistido de traducir, la gordita risueña que me pedía los papeles del seguro médico, el carnet de conducir, una tarjeta de crédito, sin importarle si en dos segundos iba a comenzar a salirme espuma por la boca, si iba a tratar de saltar por encima de la división y morderla a ella en una de sus gorduras antes de que el policía calvo me ultimara con dos tiros en la cabeza y siguiera viendo tranquilamente el partido de béisbol.

–*You, wait there!* –volvió a decir el policía cuando yo me demoré más de la cuenta en la silla colocada frente a la ventanilla de la gordita, y yo le miré con un odio acumulado que él entendió, y al que respondió sólo con el gesto insolente de quien no me consideraba suficiente rival.

Sin responder a su mirada me senté en otro lugar, al lado de un hombre de pelo sucio y aplastado con el rostro lleno de pequeñas costras y un tic aparatoso que le obligaba a levantar los brazos de repente, sin aviso, un recién llegado, seguramente, porque antes no me había fijado en él. Entonces me trasladé al lugar más seguro donde conversaban los dos ancianos, temeroso de que el hombre me golpeara sin querer con uno de sus movimientos inesperados.

–Ése ya se murió –alcancé a oír.

–Pero cómo va a ser, si se acababa de jubilar el hombre. Estaba de lo más contento, porque decía que se iba a volver a Puerto Rico...

–¿Te das cuenta de que no sirve de nada jubilarse? Se jubila uno y se muere. Ave María, toda una vida esperando para morirse.

–Lo mejor es no jubilarse nunca.

–La muerte es la última jubilación.

Aburrido, miré hacia el reloj y comprobé que ya llevaba allí una hora y Kit no había dado ninguna señal. De refilón, casi sin atreverme a mirarlo, vi que el policía tenía el rostro ligeramente tenso mientras contemplaba la televisión y vigilaba a los enfermos al mismo tiempo, pero no supe cuál de los objetivos de su mirada causaba su tensión.

«Ricardo Llopart», dijo al cabo de mucho tiempo la enfermera con una voz muy débil, casi inaudible, como si hubiera querido que yo no la oyera y librarse de mí. Su cabina tenía los instrumentos muy ordenados, sin una traza del desorden que había en la sala de espera. No me miró siquiera cuando me señaló un asiento incómodo para que me sentara. Cuando levantó su vista hacia un lugar indefinido de mi persona me di cuenta de que no era guapa pero tampoco fea, que debía vivir con una amiga o con su madre porque tenía el rictus triste en la boca de la mujer que se está quedando sola sin remedio. Me dieron ganas de hacerle el amor, de quedar con ella para cenar, y cuando estaba a punto de decírselo me colocó un tubo en la boca y me apretó el brazo con su aparato para medir la tensión.

–No tiene fiebre, pero la tensión está alta. ¿Cuándo le mordió el perro?

Estaba convencido de que no había prestado ninguna atención a mi historia del perro y me alegré mucho cuando me preguntó por él. Casi pensé en besarla. Le conté la historia del perro, de cómo su ladrido había sido diferente de todos los ladridos de todos los perros anteriores con los que me había cruzado, como si uno tuviera un perro destinado a morderle alguna vez y la única posibilidad de escapar fuese saber interpretar durante un segundo la diferencia de ese ladrido con todos los anteriores, antes de que el animal se lanzara con sus fauces a cumplir su encomienda. Se rió mucho de mi teoría. Había comenzado a ceder.

–Déjame ver la herida –me dijo en otro tono más dulce, un tono de enfermera como las que describía mi padre, heroicas, destinadas a sufrir el dolor del enfermo.

Ella estaba de acuerdo conmigo en que era un buen mordisco y me puso levemente la mano en la rodilla mientras se reía, echada hacia atrás, cuando le pregunté si me podía morir. Pero no me quiso decir cuánto tiempo debía esperar allí, en aquella sala patética rodeada de enfermos imaginarios.

Los dos hombres mayores habían dejado ya de hablar y se contentaban con hacer gestos para pasar el tiempo, limpiar las gafas con un pedazo de papel, leer los carteles que explicaban las reglas del hospital, contar las monedas sueltas.

La herida me dolía más que antes y entonces me di cuenta de que la enfermera ni siquiera la había limpiado. Imaginé animales minúsculos creciendo en los bordes de la piel, pequeñas fieras que el perro me había trasladado desde sus dientes sucios, habituados a husmear entre las basuras del Bronx, a morder a borrachos famélicos con las piernas llenas de varices y escamas que ahora habrían pasado a mi cuerpo. Ya no sangraba. Dos coágulos negros, repulsivos, se habían endurecido sobre los huecos que dejó el animal, taponando la salida de los microbios. Cuando me levanté para ir a describirle a la enfermera el estado de mi pierna entraron cuatro policías alborotados con un hombre y una mujer vestidos en pijama y camisón, esposados. La mujer era negra y tenía el pelo como un plumero, electrificado y lleno de partículas que no logré descifrar. Parecía extraviada, perdida en una escena anterior de hacía mucho tiempo, hipnotizada. El hombre era delgado y hosco, y se movía empujado por los policías, como si estuviera acostumbrado a aquel balanceo, sin que los golpes leves que le propinaban aumentaran su ira. El policía negro presionó su botón y todos entraron por la puerta. La mujer tenía el camisón desteñido manchado de sangre en la espalda.

La calma del lugar se interrumpió de repente. El hombre enorme que dormía mientras intentaba no caerse se despertó por un momento y observó confuso la escena y luego se volvió a dormir. Nunca sabría si se trataba de un sueño. El negro que no quería jubilarse y a quien le gustaba la cerveza se levantó con cierta energía que me hizo pensar definitivamente que no estaba enfermo y se puso a conversar con el policía negro. Eran amigos, seguramente el viejo era un habitual del lugar.

Al regresar, agudicé el oído para enterarme.

–Esta ciudad está podrida, hermano, hasta los huesos –dijo con un tono de reflexión–. Por eso me gusta venir aquí, porque aquí se aprende de la vida, hermano.

–Qué pasó –preguntó el otro como si me estuviera traduciendo el deseo de saber.

–Los atraparon en la calle, él persiguiéndola con un cuchillo, en medio de la noche –dijo demorando su información, y al intuir que yo escuchaba me miró para incluirme en la conversación–. Parece que la juerga comenzó en la casa y ella logró huir con un par de cuchilladas en la espalda y el tipo salió detrás. Tom dice que ya es la segunda vez que intenta matarla.

Traté de imaginar la vida de aquella pareja demencial, unida solamente por un impulso que juntaba los cuerpos de un hombre y una mujer al azar, sin necesidad de que existiera el cariño, ni siquiera las palabras.

Cuando miré el reloj de la sala me di cuenta de que llevaba ya tres horas allí, un tiempo que me parecía infinito rodeado de aquella gente, como si de pronto hubiese descendido a un submundo grotesco del que nunca iba ya a salir. Otros pacientes habían seguido llegando, un repartidor con un pañuelo ensangrentado en la nariz, una mujer embarazada con dos niños que peleaban entre ellos, tal vez a punto de parir antes de lograr que la atendieran. Me sentí solo y abandonado, convertido en un sucio miserable como los que esperaban, solos y abandonados también, tratando de acomodarse en las sillas de plástico bajo la mirada intermitente del policía calvo.

De pronto todo ocurrió al mismo tiempo. Una enfermera muy pequeña, de rasgos orientales, dijo mi nombre en el instante en que Kit entraba por la puerta con una gabardina anaranjada sobre la cual destacaba su cabellera negra y hasta el policía calvo interrumpió su gesto adusto para mirarla con una cierta dulzura. Su presencia en medio de la miseria del lugar, de las paredes grises y manchadas de humedad, de las papeleras altas, atiborradas de apósitos sangrantes, de la imagen amenazante de los dos policías sentados con sus uniformes azules y sudados tras un pupitre de madera gastada, fue tan insólita que me pareció una aparición. Por un momento percibí el triunfo de la belleza sobre el horror, el poder de la hermosura que era capaz de ocultar brevemente el efecto obtuso y sordo de lo feo.

Me besó en la boca como si acabáramos de hacer el amor y apretó su cuerpo contra mí con un leve temblor, tal vez estimulada por las miradas de los otros y el desafío que representaba mi dolor. La enfermera oriental miró con cierta envidia la escena y en el policía calvo noté de reojo una nueva actitud, la admiración y también el rencor que producen, en los hombres primarios como él, los machos afortunados. Su única venganza fue impedir que Kit traspasara conmigo la puerta cuya apertura sólo él manejaba, pero lo hizo con el mismo respeto de los criados que hacía sólo cincuenta años debían haber sido sus abuelos.

Con el horror a mis espaldas abracé a Kit en el taxi camino de mi casa e intenté olvidar tanta fealdad en el perfume de su cuello, en sus labios gruesos y pintados de rosa que besé con calma, tratando de alargar su contacto, de no agotarlos. Después de las calles destruidas del Bronx, del roce correoso y el mal olor de Lisa, de la visión patética de enfermos resignados y los desechos de las gasas, el cuerpo blanco y sensual de Kit me trajo recuerdos de colores y cuadros olvidados, de imágenes ocultas de mi infancia y un sabor de comidas calientes apetitosas.

En casa, con la pierna doblada para evitar que el dolor me interrumpiera, me tendí sobre la piel de Kit para recuperar el placer, para reavivar mi imaginación y extraer sus olores y el tacto amable, suave, de su espalda. Pasamos horas en aquella adoración que ella consintió sin apenas moverse, tendida boca abajo sobre la cama mientras yo iba desentumeciendo mi sensibilidad. Olía a un perfume que me hizo pensar en un campo de amapolas como el de Monet, y pensé en la generosidad de aquella oferta de su cuerpo perfumado. Entonces hicimos el amor muy lentamente, dejando que el placer durara el mayor tiempo posible, que destruyera lentamente el dolor y eliminara la fealdad de la tarde.

8

Sentada en el salón, vestida sólo con su camisa blanca que dejaba sus piernas al aire, Kit miraba mis cuadros de las serpientes con los ojos humedecidos por un sentimiento que no me quiso confesar, como si le diera vergüenza o tratara de ocultarme alguna verdad. El contraste de su piel lisa, hermosa, con la textura rugosa de las serpientes, tenía un doble efecto: realzaba su belleza impecable, perfecta, seguramente escogida por mi padre entre las de varias mujeres, y, al mismo tiempo, aumentaba la fealdad y la repulsión de mis cuadros. Era una revelación sencilla, el argumento de una nueva teoría para André: la belleza no podía existir si no se contrastaba de algún modo con la fealdad.

Para desayunar, tuvimos que reunir pedazos dispersos de alimentos que estaban colocados al azar en lugares imprevisibles de la cocina, la prueba despiadada de mi caos. Ella no era así, me dijo mientras bebía un café aguado sin ningún gesto de desagrado, como una mujer perfecta. Ella ordenaba su vida según un criterio estético, concebido para aprovechar los placeres, cualquier placer. Esa agenda de celebraciones casi cronometradas incluía los libros de fotografías y los museos, determinados restaurantes y algunos amigos, y, sobre todo, sus rincones favoritos de la ciudad, los lugares que ella prefería sobre los otros y donde tenía guardados ideas y recuerdos a los que regresaba cada cierto tiempo, como si su memoria necesitara asideros para no perderse. Ella me habló en clave de esos sitios y yo insistí en que quería conocerlos, adentrarme de ese modo en su vida, tal vez apoderarme de ellos. Al fin, con una sonrisa misteriosa que fui incapaz de interpretar, Kit cedió.

La lluvia, que se había iniciado aquel día de septiembre para anunciar el invierno, golpeaba los cristales con lentitud, como si la lluvia también pudiera ser discreta. En la calle, mientras agarraba mi mano y se apretaba contra las paredes de las casas para evitar la humedad de las gotas calientes que caían por los aleros, me habló con prisa de mis serpientes: me aseguró que eran los objetos más bellos que había visto en mucho tiempo, y cuando yo protesté, y le respondí que había estado buscando la fealdad, ella me señaló riendo a una mujer muy gorda que cruzaba la calle cubierta por un gorro de plástico y un impermeable rosa, y me empujó con impaciencia a la boca del metro.

Frente a un enorme portalón de hierro forjado, tras el cual se adivinaban los techos puntiagudos de unas casas con las vigas asomando por las paredes, Kit me pidió que la besara. La puerta era negra e imponente, y parecía guardar algún lugar secreto del que sus habitantes no quisieran dar ninguna noticia, como si pretendieran que los dejaran en paz en medio de la ciudad. La lluvia sonaba al otro lado de aquella verja igual que una canción de jazz, sorda e imprevisible. Kit tocó el timbre del portalón, y al rato escuchamos la voz ronca de una mujer mayor, por el tono tal vez enferma. Kit le dio dulcemente una contraseña y la puerta cedió.

En la calle que aparecía una vez traspasada la puerta, el suelo era de adoquines grises y los árboles todavía tenían las hojas verdes, a diferencia de los del resto de la ciudad, que ya estaban perdiendo el color. La desemejanza del verde y el marrón en la hilera de árboles, a uno y otro lado del callejón, contra el rojo del ladrillo de los edificios, era claro, asombroso, de una belleza impecable, como si hubiese sido el producto de varios años de búsqueda de combinaciones distintas hasta lograr ese efecto. Entre las puertas había parterres de flores de colores mates, muy ordenadas. La calle interior que se encerraba en aquel recinto escondido del mundo por la verja podía parecer la réplica de una calle de una ciudad inglesa, tal vez de algún barrio de Londres cerca del río. De hecho, en los dinteles de algunas puertas había colgados carteles antiguos de madera con invitaciones a beber, como los que hay en los pubs ingleses: *Wine Bar. Superior French and Spanish Wines. From the Wood or by the Bottle*, recuerdo que leí en el que estaba más cerca de mí, las letras enmarcando el dibujo de un camarero de chaquetilla roja y grandes bigotes, con el paño de limpiar gotas doblado en el antebrazo. Kit me miraba alegre y risueña, disfrutando de mi sorpresa, su vitalidad transformada por una calma melancólica que le producía el lugar. Había bancos cuyas patas de hierro forjado terminaban en volutas de formas diferentes, como si la simetría de los árboles a uno y otro lado de las aceras y de las hileras de cuatro casas tuviera que ser quebrada por lugares inverosímiles. Avanzamos por el callejón, y vi que las ventanas tenían cortinajes espesos de seda de colores, y en un ojo de buey, justo antes de la cornisa, una niña rubia asomaba su cabeza sobre nosotros en una de las casas, sin sorpresa, tal vez acostumbrada a los visitantes, borrosa por las gotas de lluvia. Había plantas en los antepechos de casi todas las ventanas, que colgaban sobre el ladrillo desde maceteros de madera blanca. Un aire antiguo recorría el lugar, recuerdo, un salto en el tiempo y en el espacio a una época en que la gente viajaba en carruajes y se reunía en el invierno a beber jerez y conversar, y las casas tenían huertas donde se recolectaban fresas en primavera y manzanas en septiembre, y la niña rubia miraba a la ventana entre lecciones de piano. Me sentí muy feliz, arropado de pronto por un pasado amable y limpio, la lenta construcción del panorama hermoso que representaban aquellas casas aisladas de la modernidad de la ciudad, de sus edificios y el ruido, de los automóviles y sus mendigos, tan solas y ajenas como un *cottage* en el campo.

Mientras caminábamos por West End Avenue, casi sin saber qué hacer con la época que se nos echaba encima otra vez, Kit me explicó la historia del callejón: se llamaba Pomander Walk y había sido construido a imagen fiel del decorado de una obra de teatro de Broadway, una calle estrecha y ordenada donde los actores habían cantado al asomarse a las ventanas y habían mirado al público con complicidad cuando hacían apartes en los bancos y las farolas.

Bajo las casas de la escuela de Chicago de West End Avenue, amplias, cuadradas, de cornisas que se asomaban sobre la acera, recordé un paseo de la memoria, cuando caminaba de la mano de mi padre por esa misma calle y nos cruzábamos con mujeres elegantes y pálidas que salían y entraban de edificios con marquesinas historiadas, bajo la mirada de porteros vestidos con entorchados, y mi padre señalaba los sobrerrelieves de rostros colocados encima de los dinteles de las ventanas o en los frisos, y me preguntaba si no me parecían idénticos a los de las mujeres con quienes nos cruzábamos, como si los marmolistas hubiesen adivinado en sus talleres de Brooklyn, sin conocerla, la belleza de aquellas mujeres que miraban hacia un lugar lejano cuando pasaban frente a nosotros, tan parecidas a sus réplicas de piedra.

Al cabo de unas manzanas que yo pensaba haber atravesado al azar, a la deriva, después de haber sido expulsados del paraíso que había sido por un momento el Pomander Walk, Kit me condujo hacia la agitación de Broadway y se detuvo frente a una vitrina donde había objetos descoloridos y antiguos, tapas de cajitas de metal sobre las cuales hombres de otra época aparecían en camiseta, tocados con bombines, con grandes bigotes bajo letras que seguían la forma del objeto, tallas que habían perdido la nariz en alguna mudanza, platos quebrados con dibujos de rosas o manzanas, porcelanas de bailarinas rosadas a quienes les faltaba un brazo. Sobre el cristal, en letras que alguna vez debieron ser doradas, decía *Antiques*, y debajo, en letras más pequeñas, *Mr. Ammler*.

Al entrar, recuerdo que sonó una campana tétrica que me trajo el instante remoto de alguna película. Un hombre alto, mayor, leía un libro antiguo con las páginas amarillas y arrugadas. Llevaba unas gafas gruesas, pasadas de moda, con los cristales empañados y sin una patilla. Hizo un esfuerzo para mirarnos en la estrechez oscura del lugar y, a través de los cristales ampliados, me di cuenta con espanto de que le faltaba un ojo.

–Rich, éste es mi tío Pammler.

El señor Pammler me alargó una mano con forma de garra, muy arrugada, como si usara un guante de pellejo de algún animal, y al estrecharla sentí en cambio un tacto suave de barra de jabón y la ausencia, prominente, del dedo pulgar.

–Kit, mi hermosa Kit, la hermosura. Cada vez vienes menos a visitar a tu tío.

Tenía un acento extranjero, tal vez del centro de Europa, y evitaba algunas letras como si fuesen de mal gusto. Olía a un perfume que me recordó también a escenas del pasado, tal vez a una colonia que alguien usó en algún momento de mi infancia, un olor evaporado desde entonces.

–Tío, siempre tan solo en tu escondrijo.

–Solamente te espero a ti.

–Seguro que ahuyentas a los clientes, que les das precios falsos para que te dejen leer a Meister Eckhart. Richie, este tío loco que tengo ya solamente lee a Eckhart, un teólogo del siglo XIII.

Al terminar de hablar, Kit dio una vuelta sobre sí misma como una aprendiz de bailarina que ensayara los primeros ejercicios, y yo tuve la sensación de que al girar completamente se acababa de despojar de su edad adulta y convertir en una niña. Con grandes zancadas, imitando a un fantasma, se dirigió hacia el fondo del local donde pude ver, apiñados, otros objetos tuertos, mancos y cojos, seguramente polvorientos. Nos dejó a Pammler y a mí solos, el uno frente al otro.

–No es verdad que solamente lea a Eckhart. ¡Qué muchacha! A Eckhart solamente lo leo para descansar: la religión es una fábula tan bella, tan sencilla –me dijo agitando su garra–. Es una de las primeras utopías, la más amable: Dios proveerá. En la guerra, me refiero a la segunda guerra, hoy en día hay que especificar, porque hay tantas guerras, cuando estaba encerrado en aquel cementerio huyendo de la batalla, de la muerte, de la locura que se había apoderado de mis hermanos, lo único que tenía era el libro de Eckhart. Lo leía agazapado entre las tumbas solitarias, acompañado de los muertos que ya no podían hacerme nada y a quienes no quería acompañar en aquel momento. Dios miraba molesto a sus sanguinarios hijos. No le parece maravillosamente absurdo, la existencia de aquel Dios cariñosamente enfadado en medio de la batalla. Si a usted o a mí se nos ocurriera fabricar una serie de monstruos, a un Hitler, por ejemplo, nos asesinaban mañana. Pero a Dios todo se lo permiten. Ni los dioses ni los políticos tienen que rendir cuentas.

Pammler hablaba con calma, acompañado de unas maneras graves y acompasadas, el reflejo de una pedagogía antigua que intentaba perfeccionar los movimientos con paciencia y una vara de fresno. Imaginé de pronto a un niño centroeuropeo sentado a una mesa con mantel de puntillas y un padre con bigotes, severo, y un profesor de geografía que le enseñaba la posición de unos países que acababan de desaparecer del mapa, o estaban a punto de hacerlo.

–Al final lograron atraparme en el cementerio. Primero echaron al fuego a Eckhart y luego comenzaron a pegarme. Seguramente estaban aburridos, cansados de la batalla, los pobres muchachos. Además, sabían que yo era judío, y les habían dicho expresamente que los judíos eran un mundo abierto. Uno me dejó tuerto con la punta de su bayoneta. Y cuando habían empezado a cortarme los dedos llegó un sargento, o un cabo, no sé, yo no entiendo de rangos militares, y les dijo que tenían que marcharse. Sólo lograron cortarme el pulgar...

Kit me llamó en ese momento desde el fondo del local, contenta, el sonido de la salud desordenada frente a la voz profunda, controlada pero trágica, del señor Pammler.

Había ido apilando varios objetos sobre una mesa marqueteada con escenas de caza a la que le faltaban algunos marfiles: el mango de plata de lo que tal vez fue un bastón o un paraguas, una maciza cabeza de pato labrado hasta en el último detalle; la base de un teléfono de hierro con sobrerrelieves de mujeres de altos peinados hablando por receptores cónicos; el cuenco de una pipa sin boquilla donde aparecía tallado el rostro, fiero, de un dios mitológico; un pedazo de azulejo español en el cual aún se podía ver el dibujo parcial de una mujer con un cántaro.

–Como ves, mi tío solamente colecciona pedazos de cosas. ¿Me dejas que le explique tu teoría? –dijo dirigiéndose a Pammler, que accedió, extendiendo sus manos en un gesto algo teatral, conmovido tal vez por la atención que le prestaba aquella mujer joven y bella–. Mi tío piensa que todo objeto, toda obra de arte, tiene un pedazo que supera en excelencia al resto del conjunto. ¿Voy bien, querido? En un cuadro flamenco, tal vez es el paisaje del fondo. En una figurita de porcelana, es el vestido de la mujer, o su carita rosada. En una espada, es la empuñadura en forma de serpiente, en un plato, el escudo pintado en el centro. Entonces mi tío los mutila, mutila los objetos para sacar el pedazo más bello, el trozo impecable, y lo enmarca, lo pone en una peana de plata, lo coloca en una cajita acolchada, lo mima y lo ensalza. Sin el resto, el pedazo perfecto cobra una dimensión absoluta, la belleza escogida y torturada. ¿Verdad que es una pasión extraña?

Mientras hablaba, Kit había mantenido las manos en la espalda como si escondiera un objeto secreto que me quisiera ofrecer. Tenía el gesto radiante de una niña traviesa y dulce, esa niña de ojos verdes y pícaros que debió ser en su infancia, de un atrevimiento sensual que seguramente introducía un remoto desasosiego en las vidas de los amigos de sus padres.

–Esto es para ti, amor.

Era el busto y la punta de la cola, en arcilla negra, de una serpiente idéntica a las mías, partida por la mitad. El resto del cuerpo había debido perderse bajo el martillo de Pammler o estaba en un rincón de la tienda. Pensé que era posible que todos los pedazos que les faltaban a las piezas estuvieran en un sótano debajo de nosotros, incluidos el ojo y el dedo de Pammler.

–Le interesan las serpientes, Richard. Curioso. Los hombres obsesionados con las serpientes suelen temer a la mujer –me dijo mientras encendía un cigarrillo en una boquilla que cogió de una mesa cercana, como si sus antigüedades formaran parte de su vida cotidiana–. Sí, es un mito muy antiguo, más allá de la escena de la tentación. La serpiente es la mujer que ofrece el pecado, el abrazo asfixiante, que se acerca sigilosa sin que nadie la advierta. ¿No es acaso la metáfora más exacta de la actitud de la mujer? Con perdón de Kit y de las otras, eso es. Uno lo puede ver en Nueva York: hombres y mujeres aislados, como dos categorías distintas, que se juntan de pronto. El hombre quiere satisfacerse y huir, pero la mujer, secretamente armada del sigilo y su poderoso veneno, quiere dejarlo inerme y luego retenerlo. ¿Para qué? No puede vivir sola, necesita su aliento, su presencia, la prueba de su habilidad para hipnotizar. Y cuando ya lo ha logrado, comienza a destruirlo, también pacientemente, poco a poco, una pequeña puya cada día, un aguijonazo los martes y un beso el miércoles, un insulto velado el jueves y sexo los viernes. Horror. Ayer mismo lo volví a ratificar por la calle. Estaba sentado en un banco de Riverside, leyendo un libro, y una mujer le dijo a otra: «Y al final, dime, ¿ha logrado atrapar a alguno?». «Sí –respondió la otra–, ya se ha casado.» Me pareció que asistía a la conversación de dos lobos que hablaran de gallinas. Es una cacería constante, una auténtica confabulación. A Richard le obsesionan las serpientes y a mí también. Nos obsesionan las mujeres hermosas que tienen el poder de doblegarnos, de despreciarnos, de amarnos, de consolarnos. Nos da miedo su poder y por eso las odiamos, Richard, las odiamos. Eso es, excepto a Kit.

–Richie piensa que yo soy la más peligrosa de todas. Me lo dice siempre –dijo Kit sonriéndonos a los dos.

–Te equivocas, Richard. Kit no, lo cual no es ningún consuelo, claro. Kit todavía no, mejor dicho. Tiene todas las armas: la belleza, la violencia de su ironía, la inteligencia. Pero Kit no quiere hipnotizar aún, no quiere retener, no necesita demostrarse su poder. Lo tiene, lo sabe, y solamente le interesa gozar, ¿verdad, querida?

–Tío, te mueves sobre generalizaciones antiguas, a las que les falta alguna pieza, como si estuvieras atrapado por tu negocio.

–¿Ves qué mala es, qué irónica es? Además de guapa, inteligente, artista... y, sin embargo, a pesar de todo lo que dice, llegará un momento en que el instinto de clavar el colmillo sea superior a sus deseos de ser una mujer moderna, y ese día será mejor que no estés cerca, Richard.

Kit cogió a su tío del brazo y le besó en su mejilla áspera, arrugada, llena de pequeñas púas blancas que le daban un aspecto de vagabundo o de bohemio. A pesar de su vehemencia, parecía amar en Kit a las otras mujeres a quienes no quería someterse. Le pregunté si había estado casado alguna vez.

–Oh, sí, lo que digo lo sé de primera mano –dijo sonriendo, satisfecho de poseer suficientes pruebas–. Daisy y Madelaine. Hermosas, tan hermosas como Kit. De hecho Madelaine es la tía de Kit, la hermana de su padre. Es la misma nariz, la misma boca con las comisuras hacia abajo como animales agachados a la espera de saltar. Kit es más guapa, pero Madelaine es más mala. O era, para mí era, aunque por supuesto no ha muerto aún, aunque yo haya deseado su muerte tantas veces. En efecto, parecía como si se hubiese estado preparando toda su vida para atrapar a un hombre indefenso y destruirlo. Por el puro placer de hacerlo, como si le hubieran encargado vengarse de una imaginaria opresión masculina. Otros estudian para aprender a curar los cuerpos enfermos con estiletes y tijeras de cirujano, para levantar casas, para embadurnar telas con visiones no siempre interesantes. Mady se educó para destruir, en este caso para destruirme. Tenía todos los señuelos preparados: unos ojos negros y profundos, una sonrisa que parecía inocente, una inteligencia despierta aunque no demasiado cultivada, una aparente candidez que la hacía ver las cosas siempre por primera vez. Durante las dos semanas que estuvimos juntos todo el tiempo, hasta que decidimos por fin casarnos, ella se comportó como una mujer amable y tierna, que decía que me amaba, a quien interesaba el placer del cuerpo con el suficiente ardor como para no dar la impresión de ser fría, pero también con el recato que evitaba que el acto se convirtiera en vulgar. Todo aquello cambió cuando regresamos de Europa, de la luna de miel...

–Yo no voy a defender a tía Madelaine, porque sabes lo que pienso de ella, pero, tío Pammler, creo que no deberías torturarte más...

–¿Quién ha dicho que se debe renunciar al pasado, aunque sea hiriente o feo? –respondió Pammler, y por primera vez le vi perder la calma, y casi estuvo a punto de derribar una mesita llena de objetos rotos, a la espera de que su dueño ensalzara su imperfección–. Es lo único que me queda, mis recuerdos. Sí, los mastico, los rumio, trato de sacar cada día una enseñanza nueva de ellos. Soy un filósofo de mi pasado, podría escribir un libro de enseñanzas con él. No estoy de acuerdo con la idea moderna de que la vida es el presente, que hay que huir al pasado y desconocer el futuro, vivir el ahora. No. Déjame vivir mi pasado, la pequeña obra maestra de mi torturado pasado, querida.

El autobús estaba lleno de pasado, ancianas bien vestidas con abrigos negros de cuellos de piel. Había dejado de llover, pero el cielo permanecía turbio aún, oscuro, premonitorio, como si se estuviera produciendo un asesinato en algún punto de la ciudad. Kit hablaba de pronto, casi sin que yo me hubiese dado cuenta, con una anciana que le había pedido una dirección y luego comenzó a contarle su vida, una historia de un marido muerto hacía diez años que yo apenas escuché, entretenido con los peatones que trataban de esquivar los charcos o esperaban a los taxis en las esquinas con los brazos levantados. Pensé que los autobuses de Nueva York eran pequeñas habitaciones de intercambio de calles y de biografías trazadas con lentitud, porque el tráfico suele ser pesado en las avenidas y los autobuses tardan mucho en llegar a los destinos. De alguna forma había que pasar el rato en una ciudad donde algunos de sus habitantes estaban meses enteros sin hablar con nadie, encerrados en habitaciones donde el agua de la calefacción crujía por las paredes como si fuera un asesino a punto de entrar por alguna ventana, donde ni siquiera se podía conversar con el vendedor de fruta, porque a lo mejor era coreano y no sabía inglés, o el carnicero era alemán y hablaba inglés con un acento incomprensible.

–Qué simpática la viejecita –me dijo Kit cuando el autobús se puso en marcha luego de dejarla sobre la acera, por donde la vimos moverse muy despacio, sin prisa ya por llegar a ninguna parte, tal vez sorprendida de que la muerte tardara tanto.

–¿Qué te contaba?

–Me hablaba de su marido. Era escultor, al parecer

en el Central Park hay varias piezas suyas, escritores con levitas de época, hasta un general montado en un caballo. Siempre tuvo la presión alta, me contaba, pero nunca quiso tomar nada, ni hacer dieta, ni dejar de beber un vino del Rhin que decía que le inspiraba. Cuando murió le dejó un busto enorme de él, su última obra. Dos años estuvo preparando aquella herencia para su mujer, además de algunos buenos dólares en el banco, imagino por la ropa que viste la señora, y cuando la terminó, se murió. Pero la viejecita dice que no le basta la presencia de piedra de su marido en medio del salón. ¿Sabes lo que me ha dicho? Que cuando el escultor se murió, ella se dio cuenta de que no era nadie, de que su vida solamente existía en función de recordarle cada mañana a su marido la presión, de hacerle comer pescado y verduras, de visitarlo en el taller y verlo trabajar mientras ella leía revistas y novelas. Hace diez años que no es nadie, que espera cada día que le llegue morirse como quien espera una carta importante.

–Y todo eso te lo ha contado en quince minutos...

–Tú no sabes la capacidad para resumir toda una vida que tienen estas viejecitas de autobús. A mí siempre me hablan.

Las calles de Chinatown empujaban el tiempo hacia una época anterior a las ciudades, un pasado de aldeas por donde circulaban chinos de aspecto campesino con las sienes rasuradas y una mata de pelo negro, muy brillante, en la cresta, un modelo que tal vez imitaba, pensé, a algún tipo de pájaro. Las verdulerías ocupaban la mitad de las aceras con hortalizas exóticas y frutas de formas alargadas, con los precios escritos en caracteres chinos, rápidos y elegantes.

Había un olor a vegetales podridos en los rincones, a agua sucia corriendo por los canales de las aceras, y al aroma picante de la comida china, que emergía en bocanadas de humo por los respiraderos de los restaurantes.

Entramos en uno de ellos, un lugar oscuro con las paredes llenas de fotos de paisajes verdes, arrozales donde hombres y mujeres idénticos a los que caminaban por las aceras se encorvaban sobre la tierra. Los camareros avanzaban muy lentamente con grandes platos donde la comida era apenas visible, camuflada por varias capas de salsas.

Kit decidió el menú sin mirar la carta que uno de los chinos había arrojado sobre la mesa sin detenerse, arrastrando los pies por el suelo grasiento, con una lentitud que en esa parte de la ciudad pertenecía a un tiempo diferente, un ritmo importado de China junto a los peinados de pájaro y los abanicos de papel.

–Siempre que quiero comer chino vengo a este lugar, a pesar de que es sucio y los camareros te tratan con displicencia, sin esa amabilidad exagerada que siempre despliegan los orientales. En este restaurante se han reunido los únicos chinos antipáticos de Nueva York: nadie te quiere hacer feliz, tal vez porque la comida es la mejor del barrio y a veces hay colas en la puerta que dan la vuelta a la manzana. Yo tengo la teoría de que los camareros no quieren entrometerse con el placer que produce la comida, como si desearan mostrarse neutrales y dejar a la obra del cocinero todo el mérito.

En una mesa contigua, un viejo con matas de pelo que le surgían inesperadamente de ciertos puntos fértiles de su cara, fumaba un cigarrillo como si fuera de opio y miraba al vacío, dotado de una capacidad oriental para perder el tiempo sin que le remordiera la conciencia.

–Prueba este cangrejo preparado como se cocina en Cantón y estas gambas mariposa. Lo mejor de la comida china es que se puede mezclar, que está liberada del prejuicio occidental por ordenar los sabores de una manera racional, lo salado con lo salado, el vino blanco con el pescado, el postre al final –me decía Kit mientras olía y miraba los platos con sensualidad, como si fueran algo más que comida, y yo la miraba a ella. Recuerdo que utilizaba los palillos con una precisión oriental; sus largas manos ágiles avanzaban como patas de cigüeña por entre pedazos de carne embadurnada de salsa con la seguridad de quien sabía dónde estaba escondido el placer y no tenía prisa por apurarlo. Me emocionó de pronto ese universo sencillo que me acababa de mostrar aquella tarde, una capacidad para sacarles brillo a detalles sin importancia, de ejercer el instinto de la felicidad sin demasiada exageración, sino con una calma y una seguridad que parecían esconder una cierta sabiduría. De repente pensé que mi teoría de la fealdad era una estupidez, el producto de una rebeldía contra mi padre, y decidí que el ideal era aquella belleza sin aspavientos de Kit, una belleza lenta y difícil que era preciso trabajar con mucha paciencia.

–Kit, creo que estoy enamorándome de ti –le dije con la voz quebrada, y me asustó al instante pensar que podía ser verdad.

–Deberías seguir el consejo de mi tío Pammler, tener cuidado de la serpiente que te acecha para robarte la libertad, para iniciar su venganza. ¿Sabes que creo que tiene razón, que siempre he pensado lo mismo que él? Cuando era pequeña y escuchaba a mi madre o a sus amigas, siempre consideré que eran una especie de parásitas de los hombres, incluso a pesar de que algunas trabajaran: para ellas el hombre era un ser inferior al que se trataba con cierta ironía, un esclavo de su belleza, un idiota al que era fácil engañar con el señuelo de una caricia o una mirada lánguida. Sólo hablamos de los estereotipos que los hombres tienen de las mujeres, ya sabes, la mujer mala, la gata sexual, la rubia deslumbrante, no sé, la puta con corazón amable, pero no se dice nada de los que tienen las mujeres sobre los hombres. Hay muchos, yo los aprendí entonces, escuchando a mi madre: el marido de éxito que se convierte en un bebé cuando llega a casa, el incompetente que no sabe hacer nada, el hombre que se viene abajo en dos sacudidas, el bruto que te hace gozar y que después se pone a ver la televisión, el pusilánime a quien se puede dominar con la administración cautelosa y sabia de la entrepierna. Un asco. Ellas aplicaban estas visiones sobre sus propios hombres, y puede que tuvieran razón, pero su actitud me resultaba repugnante.

–Pero es peor lo que tú haces, dejarme así, no responderme cuando te digo que estoy enamorado de ti. ¡Ni siquiera quieres jugar conmigo como esas mujeres de que hablas! –dije de pronto alzando la voz, pero ninguno de los chinos que estaban cerca de nosotros se inmutó. No recuerdo si la mueca de Kit fue una sonrisa de triunfo, la revelación de una maldad secreta que yo no había descartado, o era un gesto de conmiseración ante la debilidad de quien era capaz de enamorarse de ella. ¡Oh, Kit, la inaccesible

Kit, devoradora de hombres y de comida china!

–Richard, me voy a Francia. ¿No te he contado nunca que mis padres viven allí desde hace unos años? Sí, mi padre estuvo diciendo durante toda mi infancia que cuando fuera mayor le gustaría retirarse a Saint Emilion, donde estuvo en la Segunda Guerra Mundial con el ejército americano. De vez en cuando, en casa, después de comer, frente a la televisión, le surgía repentinamente el recuerdo de Saint Emilion y nos hablaba de los viñedos que atravesaban campos llenos de ruinas góticas, y de calles empinadas donde había tiendas pequeñas con pan y botellas de vino en las vitrinas. Nosotros, mi madre y mis hermanos y yo, nos mirábamos con gestos de burla y esperábamos a que se callara para seguir viendo el programa. Pero hace cinco años, cuando se retiró, nos sorprendió a todos. Había comprado una casa en Saint Emilion con no sé qué dinero de unas acciones y le dijo a mi madre que había que empacarlo todo porque se marchaban. Y allí están, felices, bebiendo el mejor vino del mundo en Saint Emilion. Todas las vendimias voy a visitarlos.

–Siempre quise conocer Saint Emilion, querida. Me voy contigo.

Sonrió levemente, recuerdo ahora, y se levantó para ir al baño con aquel dominio de su cuerpo que me asombraba, aquella capacidad por lograr que todos sus movimientos fueran armoniosos, ordenados, exactos, una habilidad que a otra mujer podía haberle costado horas de ensayo delante de los espejos, pero no a Kit, que había nacido con ella.

Al cabo de quince minutos de esperar me di cuenta al fin de su trampa. El baño de mujeres estaba vacío y un chino displicente, que caminaba ladeado como para exagerar aún más su actitud de desprecio, me dijo que la mujer morena por quien acababa de preguntar había salido hacía diez minutos. Cuando le pedí la cuenta para salir corriendo tras ella, el chino me dijo sin mirarme que la cuenta ya estaba pagada.

9

Cuando Kit se marchó a Europa yo pasé tiempos difíciles, y una sensación de soledad se abatió sobre mí, un desamor que me recordaba algunas tardes de la infancia, cuando me encerraba en el baño porque no quería comer, y la criada me gritaba y sollozaba al otro lado de la puerta, y yo disfrutaba con su desesperación, y le decía con calma que trajera a mi padre, lentamente, sabiendo que la imposibilidad de mi deseo iba a perpetuar su angustia y mi encierro.

Esa época fue parecida: estaba solo todo el tiempo, siempre con una botella de vodka cerca de mí y el olor también etílico de los cuadros. Kit se había marchado de viaje a un lugar que me parecía lejano y muy remoto, y Lisa me llamaba algunas tardes desde el vestíbulo del hotel del Bronx para pedirme que la visitara, pero era como si me llamara desde una ciudad también lejana y remota, a la que me fuese imposible llegar. Solamente hablaba algunas tardes con Débora, cuando nos encontrábamos por casualidad en el portal y yo le rogaba entre dientes, sin importarme siquiera la presencia de algún vecino, que subiera a mi habitación, mientras ella miraba para otro lado.

Pinté mucho entonces, borracho e inspirado por el temor. La pintura era como un refugio, como el cuarto de baño donde podía huir y encerrarme, y esquivar, por medio de un cerrojo, el mundo compungido, oloroso a repollo y a piel rancia y a ropa usada, de la criada. Solamente las serpientes me acechaban en mi nuevo refugio, pero eran de tela y sus cuerpos me liberaban de mis sueños, y el fondo de los cuadros me permitía colocar algunas imágenes que me acosaban.

Pintar era una habilidad que había acudido sola, que venía acompañándome desde hacía mucho tiempo sin que yo la hubiese cultivado jamás, y a veces pensaba que la naturaleza iba repartiendo oficios antes de que las generaciones nacieran, desordenadamente, en un lugar oscuro donde no se veía bien quién era cada cual. A mí me habían dado el oficio de pintor y yo lo llevaba con cierta indiferencia, como si me supiese condenado y a la vez bendecido con el regalo.

Mientras pintaba la serie de las serpientes solía sentarme frente a la ventana, desde donde seguía vigilando la presencia de Sam, y trabajaba como un amanuense en las pieles de las serpientes y en los colores de la tierra o del cemento. Era mi sexto cuadro, y aquellos animales abominables ya habían invadido la ciudad y se arrastraban por una acera al amanecer, volcando las papeleras de donde surgían los desperdicios de todo el día, y dejando un rastro de periódicos desordenados y de latas de coca-cola y de cerveza abandonadas en medio de la acera, los objetos pasajeros cuya utilidad solamente dura un día.

Así estuve varias semanas cuyo número exacto no recuerdo, porque todos los amaneceres –su color, el aroma que venía de la calle, las escenas bajo los toldos de los tenderos– me parecían iguales, y sólo cambiaba lentamente lo que sucedía en los cuadros, en el estrecho espacio que iba de un volumen al otro. Me despertaba mareado en cualquier lugar de la casa, a veces desnudo y otras cubierto por una manta india, con el cuerpo manchado de gotas de pintura, intoxicado con el olor a melocotón que despedían los óleos. Entonces volvía con ojos nuevos a los cuadros y me reconciliaba aún más con ellos o me desesperaba ante la forma de un farol o los dibujos que adornaban el cuerpo redondo de una de las serpientes, y de pronto me entraban deseos de rajar las telas como quería rajar al marinero Sam o el vientre blando de Lisa, y corría hacia la cocina a coger un cuchillo que siempre estaba sucio de algo. Pero al rato me calmaba y pensaba que era preferible ir hacia el hotel de aquella mujer también sucia y desgastada, aceptar la posibilidad de marcharme a vivir allí con ella para siempre, encerrados los dos, y cambiar la pintura por aquel sexo despellejado y violento.

Y sin embargo, otra vez poco a poco, como cuando se sale de una enfermedad, volvía a recuperar el hilo de los cuadros, a veces de los seis al tiempo, y entonces recomponía un color o una sombra en uno de ellos, la forma de un castillo o de un matorral en otro, y pronto estaba de nuevo sentado frente a ellos como un domador tratando de amansar a las fieras, con caricias y una inesperada ternura, moldeando de nuevo los paisajes y los cuadros y barnizándolos de una bruma a veces azul y otras veces roja, según la escena exigiera la impresión de una aurora misteriosa o un crimen terrible.

Una tarde descubrí que había terminado seis cuadros y los tenía frente a mí, alineados en la pared, grotescos, inútiles y llenos de colores. Los esquivé, y por primera vez en varias semanas encendí mi pequeña televisión y dejé de pintar. Al principio estuve mirando las imágenes como si no las entendiera, como si hubiera visto el aparato por primera vez. Luego fui reconociendo algunos paisajes y anuncios, pero sólo para darme cuenta de que el mundo había cambiado en torno a mí: apenas sabía dónde estaba, quién era aquel presidente Ford que aparecía en la televisión con cara de estar muy apenado por algo. El locutor se parecía a mi padre y mostró unas escenas de sangre, de un hombre que había asesinado a una multitud en un centro comercial, y en la fotografía de su carnet de conducir el asesino tenía cara de ser feliz. Después, en el descanso del noticiero, un hombre calvo y obtuso lloraba frente al mundo porque su mujer le había escondido su pastel de manzana Sara Lee. Pensé que todo aquello era aún más ridículo que mi propia situación y apagué la televisión como si la estuviera destruyendo, y me acordé de Lisa, que ya formaba parte de un recuerdo antiguo, aunque su imagen desnuda todavía me excitara y me sirviera a veces para masturbarme pensando en sus pechos flácidos.

Con los seis cuadros preparados, espesos, incluso unificados por el mismo motivo de búsqueda del asco, pensé en que alguien los tenía que ver. Aquella tarde llamé a André Clementi, después de varios años de no saber de él.

Ahora lo recuerdo y resulta curioso, porque los trajes grises de lino de André habían formado algunas de las imágenes más agradables de mi infancia, tan lejos ahora de mí: la presencia de André en la casa, enfundado en uno de sus trajes magníficos, brillantes, con un pañuelo liso de seda de cualquier color muy fuerte colocado en el bolsillo de la chaqueta y una corbata con manchas de colores brillantes, me causaba esa admiración que los adultos con un pasado lleno de historias misteriosas producen en los niños, la posibilidad de escapar del mundo imaginario de la niñez, hecho solamente de personajes ficticios, y convertir en realidad los sueños. Recuerdo que a veces André me traía unos libros extraños, que nunca he vuelto a ver, llenos de estampas de figuras que al comienzo no entrañaban ningún misterio aparente: señores paseando en bicicleta frente a un faro, una mujer con una sombrilla caminando por un malecón, un barco en alta mar, la pista triste de un circo. Entonces André colocaba encima de las imágenes una lámina mágica, transparente en apariencia, y de pronto surgían otras escenas ocultas por encima de los dibujos sin misterio, y donde los señores paseaban, el faro se convertía en un dragón y los señores en caballeros medievales, y la mujer que caminaba por el malecón estaba desnuda tras la lámina, y el barco se incendiaba en alta mar y los pasajeros surgían en la borda tratando de salvarse a un tiempo, y en la pista triste del circo ocurría un asesinato. Un día un hombre vestido de levita apareció debajo de la lámina con un enorme falo, y André me miró como para medirme, y yo recordé otra vez que aquel amigo de mi padre también me ofrecía una región prohibida. André me disputaba la posesión de la lámina y las ilustraciones como si las acabara de descubrir, ilusionado con el truco, entretenido incluso más que yo con la posibilidad del juego y el misterio.

Otras veces nos pasábamos horas en mi habitación montando un tren que él me había regalado e imaginando una ciudad al anochecer donde un ladrón se bajaba muy misteriosamente, dispuesto a robar por la mañana el Banco Central. Entonces André me agarraba la mano brevemente y me ayudaba a levantar pequeñas casas en miniatura en torno a la estación y nombraba algunas de las calles. Yo escuchaba su respiración jadeante, su mirada turbia y cargada de una intención que yo temía y me halagaba, sus ganas intensas de besarme que veía reflejadas en sus labios rosados. Pero a pesar de que yo también esperaba con ansiedad que aquellos labios se inclinaran de repente hacia mí y me tocaran la cara, André se concentraba en el juego, procurando calmarse: «Aquí, en la calle Soledad, vive Miss Ruth, una anciana que tiene escondido en un baúl el primer traje con el cual conoció a su difunto Mr. Williams, y se lo pone todas las noches y sale vestida de jovencita por la ciudad sin que nadie la reconozca», decía con la voz entrecortada, mirándome aún intensamente, y yo decidía olvidarme de los besos y me sumergía en el juego. «Ella es la primera que descubre al ladrón», decía yo, y André se quitaba la chaqueta de lino y jugaba conmigo durante horas en el suelo, y me miraba mientras yo daba marcha al tren y me daba cuenta de que su perfil italiano era parecido al de algunos cuadros del Renacimiento, y su camisa estaba muy planchada y nunca se arrugaba.

André era por entonces crítico de arte y sus escritos, que aparecían en *Partisan Review*, provocaban largas discusiones con mi padre y otros amigos tras las cenas en casa que se prolongaban hasta altas horas de la noche y a las cuales yo no estaba invitado. Yo dejaba abierta la puerta de mi habitación, alegando un miedo fingido, y cuando mi padre y la criada ya se habían olvidado de mí, acudía a una de las puertas del salón sin hacer ruido y escuchaba los discursos apasionados de André con esa emoción, parecida a la de la música, que producen las palabras indescifrables.

André había sido también el descubridor de mis primeros cuadros, inspirados en su idea del arte, que comencé a pintar poco después de que mi padre se marchara a Buffalo a construir la residencia de artistas. El lienzo no era ya un espacio para expresar ideas o sentimientos, sino el recinto exclusivo del color y la forma, un objeto que no representaba a nadie ni nada, porque era un material en sí, hecho para ser mirado sin imaginar otra cosa, como uno mira un vaso lleno de vino y no piensa en un elefante o un tambor, sino en que el vaso sirve para contener el vino y para mirarlo a través de la luz.

André, que por entonces había comenzado a dirigir una galería nueva en el Village, llegaba al comienzo de la tarde a mi taller, el mismo que luego ha estado usando Kit, con su traje perlado del cual tenía muchas versiones, un poco más gordo con el tiempo, y miraba los cuadros durante horas mientras conversábamos o me observaba pintar, sin abandonar del todo la misma tensión y el deseo que me mostraba cuando niño, aunque ya no jugáramos a los indios o a las adivinanzas, y ya no me trajera sus libros de imágenes ocultas ni me cogiera de la mano. Una tarde, cuando yo estaba a punto de cumplir dieciocho años, André fue seleccionando en mangas de camisa, como cuando jugábamos, una docena de cuadros que colocó juntos, apoyados contra la pared. «Mañana vendrán dos hombres a buscarlos, porque voy a prepararte una exposición.» Lo dijo con cierta severidad, como si al tiempo que lanzaba mi carrera como pintor estuviera despidiendo mi infancia, o lo que él compartía de mi infancia.

Por eso, cuando terminé los seis cuadros de las serpientes, inspirados por la locura que me habían producido Lisa y el viaje con Débora a Coney Island, y no tenía a nadie a quien enseñar aquella pintura misteriosa y horrible nacida del miedo, me acordé de André, a pesar de que hacía mucho tiempo que no le veía, sobre todo porque llevaba varios años alejado de mi padre. Primero lo llamé a su casa, donde un hombre de voz jovial me informó que André estaba en la galería y me dio el teléfono. Allí lo encontré, con su voz ronca de fumar mucho. Se alegró de escucharme, pero no me preguntó por mi padre. Torpemente le hablé de mis cuadros, y me dijo que quería verlos esa misma tarde.

Al cabo de algún tiempo –ahora no sé si fueron muchas horas o llegó enseguida– apareció en mi apartamento como si nos acabáramos de ver el día anterior, vestido del mismo gris con que lo recordaba. Yo estaba más borracho que cuando había hablado con él, y él estaba más viejo, las sienes plateadas, y los ojos azules parecían estar más vacíos, como si hubieran perdido el interés por las cosas y apenas se fijaran. Sin dedicar ninguna atención particular a mi desorden se dirigió, movido por el olor, al salón de paredes blancas donde los cuadros de las serpientes se hallaban en su extraña reunión, a la espera de algo, tal vez de ser colgadas y admiradas. Entonces pude comprobar una repentina transformación en él, como si acabara de colocar sobre su imagen clásica de traje gris y pañuelo de colorines una de aquellas láminas de la infancia: André cambió su actitud ensimismada, de desatención, y se quedó un rato observando los cuadros con inquietud, y paseó delante de ellos como si estuviera solo frente algún objeto ritual que le hubiese introducido en un mundo imaginario del que sospechara algo, un peligro quizá. Yo había desaparecido de pronto, y noté que cada vez estaba más pálido. Rápidamente, con los ojos humedecidos por una emoción que trató de ocultar –igual que en el pasado había tratado de ocultar ante mí sus otras emociones– me miró extrañado, como si no pudiera establecer la relación entre el niño que jugaba con él –o entre el hombre enflaquecido y sucio que tenía delante– y los cuadros, y dijo con una voz quebrada, que me sorprendió: «Ricardo, querido, pero...». Entonces se interrumpió como si estuviera a punto de decir alguna blasfemia y murmuró para sí: «Son magníficos, ¡oh, sí!, magníficos». Luego, cuando se sentó sobre el sofá manchado de gotas de pintura de muchos colores y bebió directamente de la botella de vodka, vi que estaba llorando.

André organizó en un mes la exposición de mis cuadros, como si no pudiera esperar. Saltó por encima de planes, calendarios y compromisos, y se enfadó con una pintora abstracta que llegó incluso a mandarle una manzana envenenada por correo, todo para montar mi exposición.

Recuerdo que las calles del Soho tenían el aspecto de arrabales de una ciudad de puerto, abandonada misteriosamente, cuando me dirigía al *vernissage* después de varias semanas de haber bebido mucho y hablado poco. En las casas, cuyas fachadas yo atravesaba apresurado, parecía que sólo vivieran los perros que escarbaban en las basuras y los vagabundos cuya sombra se reflejaba contra luces situadas al fondo de una acera, bombillas desnudas e iluminadas de milagro, colgadas sobre puertas de metal cerradas. Aquellas casas despintadas, con ventanas cegadas por cartones de cajas de embalaje, tenían un aire quieto, escultórico, como si no sirvieran para nada.

Al caminar por las aceras levantadas, mis pasos hacían un ruido exagerado. Escuchaba el sonido de metales mientras el vodka me enredaba los pies y la soledad me asustaba. A pesar de que llevaba un mes pintando otros cuadros de serpientes que atravesaban desiertos o ruinas, para redondear la exposición, y no había visto a Lisa en todo ese tiempo, me apeteció mucho volver a tocar su piel, y el paisaje sombrío me recordó sus gestos violentos y la imagen siniestra del marinero.

De improviso, cuando el ruido de los metales y el miedo, siempre el miedo, me habían obligado a correr y a tropezar, West Broadway apareció de la nada, llena de ruidos, las terrazas con mesas sacadas a la acera donde mujeres vestidas con colores claros abrían sin pudor sus faldas y los hombres les mostraban sus dientes al reír, y les miraban con descaro las piernas largas. Toda la ausencia de las calles laterales había desaparecido allí, ahora lo recuerdo bien, en aquella franja habitada y llena de luces donde se podían atisbar cuadros recién pintados en las galerías abiertas y olía a platos italianos llenos de tomate que cargaban camareros altos y afeminados. En las esquinas, cerca de las farolas, grupos de hombres harapientos habían extendido telas negras y vendían sus collares y cajas de madera traídos de Marruecos, o dibujos pintados en sesiones de ácido o heroína, o gasas de la India, y otros hombres oscuros, con sombreros de alas rotas, vendían revistas pornográficas o interruptores barrocos de la luz, o lámparas de dormitorio con las pantallas de un cristal delicado extrañamente intactas.

Por primera vez desde que lo conocía, André se había puesto un traje azul y paseaba una amabilidad digna por entre grupos de mujeres maduras, envueltas en telas elegantes que no disimulaban su vejez ni la decrepitud de sus cuerpos, telas que quizá hubiesen sentado mejor a las estudiantes de arte y jóvenes curiosas que entraban a contemplar mis cuadros enormes vestidas con camisetas y vaqueros, ligeramente excitadas por algún vino y la imagen alargada de las serpientes. André miraba de refilón a sus hombres y se dedicaba a cultivar a las viejas de cabellos teñidos y ropas distinguidas, las propietarias de los automóviles largos y relucientes que estaban aparcados en doble fila a la puerta de la galería. Conversaba entre sorbos de jerez, atento a sus confidencias, mientras ellas se adueñaban de los canapés y las copas de champán, y comían y bebían ajenas a los cuadros, como si ya no les interesara decorar más sus casas.

Cuando llegué, y vi mis serpientes brillantes, iluminadas por las luces que los asistentes de André habían colocado a propósito para darles una impresión siniestra o romántica, me di cuenta de que ya no eran mías. Mientras las observaba de reojo con cierta extrañeza, domesticadas por los marcos elegantes que André había escogido, estuve a punto de marcharme: sólo me retuvieron las botellas de alcohol alineadas en una mesa y la visión de los escotes de las mujeres mayores y los cabellos de las jóvenes, los gestos que cambiaban velozmente por la estancia y cuya belleza o fealdad era muy difícil de precisar.

Al cabo de un rato de estar allí solo, tambaleándome mientras miraba aquellas pieles de mujer con una copa en la mano y un aire de intruso, André me reconoció y me llamó con un gesto elegante, y escuché que me presentaba a unos hombres con trajes de rayas en cuyos rostros impávidos y fríos no vi el menor indicio de sensibilidad artística, sino el fulgor del dinero, y unas mujeres de manos huesudas que conservaban los restos de una belleza aún sostenida en hermosos trajes. Una de ellas me hizo una broma sobre la poderosa cuadratura de mi mentón mediterráneo y también me preguntó si la próxima vez podía pintar paisajes de Martha's Vineyard para que ella pudiera colgarlos en su habitación. Luego habló para los otros, entre sorbos de champán y risas, de un cuadro de Francis Bacon que había tenido que vender porque le angustiaba aquella visión de costillares colgados, chorreando sangre en medio del salón.

Mi amiga Gracie, la hippie millonaria que se dedicaba al mecenazgo de los artistas más extraños, llegó al poco tiempo con un grupo de pintores jóvenes vestidos con cazadoras de cuero que miraron mis cuadros como si les dieran asco y comieron con mucha hambre los canapés abandonados por las ancianas. Ella era feliz cuando podía rodearse de varios hombres jóvenes y hoscos, a quienes parecía tratar de pervertir por turnos, indiferente a las miradas ausentes de ellos y a su aburrimiento. Recorrió a grandes zancadas toda la sala, tropezando con codos levantados en el aire para sujetar copas o comidas, ajena también al revuelo que causaba entre la clientela el traje de gasa que transparentaba su cuerpo seco. Señalaba con una mano los ojos de las serpientes, los paisajes de basura o de acera o de mármoles romanos, y con la otra arrastraba a alguno de sus jóvenes, tan contenta como si se tratara de sus propios retratos.

–*Oh, they are beautiful, Rich* –me gritó desde el otro lado de la sala, y yo le envié una sonrisa y el resto de la gente se rió, como si el elogio fuera también para ellos.

André vino hasta mí con su nueva mirada frágil que no se posaba en nada, aunque noté en ella un cierto resplandor cuando observó a los amigos de Gracie sin simpatía pero con deseo, como si fuesen unos intrusos o unos electricistas hermosos que hubiesen llegado a la hora equivocada –demasiado pronto–, y me llevó hasta la calle, donde el humo de los cigarrillos formaba una niebla a la puerta del local. Miró hacia el interior, tal vez satisfecho de haber sabido aprovechar a tiempo su legendario poder de convocatoria, y me dijo que había vendido algunos cuadros. Me pareció bien, pero el dinero nunca había tenido demasiado interés para mí, tal vez porque mi padre me lo daba, y el orgullo que él pretendía sonsacarme no apareció, como si me estuviera hablando de los cuadros de otro pintor. Luego señaló disimuladamente al crítico del *New York Times*, un hombre delgado y muy alto vestido con una chaqueta otoñal y una corbata verde de seda que observaba con ojo de perito mis telas.

–Ya he hablado con él, y está encantado, Rich. Creo que la próxima vez vamos a subir los precios.

Dijo algo más pero yo ya no lo escuchaba, porque al final de la calle, con la melena blanca al aire y acompañado de una mujer muy guapa que yo no conocía, vi aparecer la figura elegante, extrañamente poco familiar, de mi padre.

Aquella noche, bajo las luces tenues de la única calle bien iluminada del Soho, me pareció que mi padre pertenecía al grupo de los hombres que fundan las ciudades, o dictan leyes, o establecen una nueva cultura sobre las ruinas aún humeantes, y los cadáveres todavía calientes, del enemigo conquistado. Estaba radiante, cogido del brazo de aquella mujer rubia, indiferente y delicada, tan parecida a sus otras mujeres. Me abrazó como si estuviera tan orgulloso de ser el padre de aquel hombre delgado y alcoholizado como yo lo estaba en aquel momento de ser su hijo, y dio la mano a André con cortesía y frialdad. Supe que éste se había convertido de repente en alguien menor, un apéndice de la dignidad y la hermosura de mi padre. Como si se tratara de reyes, y aquello fuera un pasillo del palacio y nosotros dos cortesanos, les dejamos pasar, y entonces fue mi padre quien de pronto empequeñeció, porque perdió su compostura y olvidó el brazo de la mujer hermosa que supo que su hora había pasado por el momento y se retiró hacia los canapés, y él se lanzó como un poseso sobre los cuadros, absorto y descompuesto. Los fue recorriendo con estupor, quebrado sobre los detalles, oliéndolos como si necesitara de todos los sentidos para apreciarlos, y sólo cuando llegó hasta mí, y volvió a abrazarme, supe por primera vez, a pesar de todas las señales anteriores de Kit y de André, que mi búsqueda de la fealdad había sido un fracaso.

–Ricardo, tú has pintado esto, Ricardo –me dijo, y me cogió el cuerpo con sus dos manos muy cuidadas, morenas por el sol, y casi me sacudió como si quisiera arrebatarme algo–. Tú estabas buscando la fealdad, Ricardo, y yo esperaba encontrar aquí el horror, alguna imagen de un accidente al anochecer, copiado de alguna fotografía, una escena en la que una pareja tiene los cuerpos cubiertos por sábanas y un policía apunta algo en una libreta sobre lo que queda del capó del coche destrozado. Incluso me temía alguna imagen borrosa, o hasta los trazos grotescos de un monigote. Venía preparado para perdonarte, Ricardo, para pensar que el arte ya estaba perdido, querido –y en ese momento me apretó más y estuvo a punto de llorar y los demás invitados empequeñecieron también y nos miraron desde las paredes, y ahora estoy seguro de que tomaron a mal aquella escena que los convertía en nadie–, venía dispuesto a reconciliarme contigo, a renunciar a la belleza, a reconocer que la fealdad era necesaria a cambio de reclamar un público más amplio, no sé, estaba convencido de que me iba a encontrar con el horror y estaba preparado para aceptarlo, Ricardo.

En ese momento los dos temblábamos y la gente ya nos escuchaba con atención, e incluso miraron con aire de reproche a un hombre que se atrevió a toser en medio del repentino silencio. Mi padre observó los cuadros, se dio cuenta de que todos nos miraban y entonces retrocedió hacia un rincón y me abrazó y siguió hablando.

–Pero tú me has engañado, Ricardo. Cuando me hablabas de la fealdad yo no entendía, no. Tú has descubierto la belleza más increíble, tú te has equivocado, querido, es a ti a quien has engañado. Esto no es fealdad, estos cuadros no son la fealdad. –Y me cogió de la mano y me paseó por todas mis telas, y entonces yo vi a las serpientes brillantes arrastrarse por el desierto seco, por los labios de la mujer india, y las vi recorrer los muros de una casa donde había un escudo que me recordó a España, y las vi adentrarse en una plaza de círculos y esferas, y atravesar una acera de Manhattan por la noche–. Estos cuadros son la belleza más cruel, Ricardo, porque son la belleza inesperada, la belleza que hiere porque desborda, la absoluta, impresionante, indescriptible belleza.

En ese momento el crítico del *New York Times* se acercó a nosotros. Era un hombre delgado, con barba hirsuta y una chaqueta de tweed que le daba un escorzo de elegancia. Se presentó muy deprisa, como si no quisiera sacar ningún partido de su condición, o tal vez no le pareciera un argumento suficiente. Luego nos habló.

–Le he escuchado, señor Llopart, y estoy de acuerdo. Se lo decía ahora mismo a André: la trayectoria de su hijo en la pintura se mueve en el mismo sentido que mi evolución en el plano crítico. Yo también fui un discípulo de los papeles de André, también pensé que al cuadro había que despojarlo de cualquier referencia a otra cosa, que era un nuevo producto de la naturaleza como puede serlo un árbol. Pero un día viajaba con mi mujer por Amsterdam y comencé a ver en los rostros de la gente los ecos de los personajes de los pintores flamencos: la cajera de una tienda era como una virgen de Van der Weyden, un hombre sentado junto a nosotros en un café era exacto a un Van Eyck que acabábamos de ver en Brujas. Brueghel, Van der Goes, Memling, David, habrían pintado por fuerza a aquel hombre sentado en el café con el mismo preciosismo y la misma profundidad con que pintaron entonces alegorías de San Juan en Patmos o David retrató al medallista Candida, e imaginé al hombre del café rodeado de las ventanas por donde se asomaba el paisaje perfecto de la plaza del fondo, con sus festones cuidadosamente reproducidos, las hornacinas con sus pequeñas estatuas, y le dije a mi mujer: «Keelly, qué pena que vivamos en una época en la que los pintores ya no se interesan por el mundo».

Parecía fatigado después de hablar así, embutido en su chaqueta de tweed en medio de su cuerpo demasiado deshilachado y aquella noche inusitadamente benigna de mediados de noviembre, aturdido ante la perspectiva de poder dar su opinión en un ámbito diferente del de las páginas de su periódico.

–No es que piense que se deba dejar de explorar otras formas de expresión –dijo cada vez más acalorado, como si en vez de hablar se hubiese tomado un trago–, pero ya no creo que porque sean nuevas deban tener una especie de valor añadido. Calma, yo pediría calma, reflexionemos un poco: no todo Picasso es comparable a Rembrandt, De Koening no es Goya, señores. Y en la pintura de su hijo, aunque supongo que su intención ha sido romper con la belleza tradicional, describir la piel abominable de la serpiente y no la rosada y cálida de la mujer, hay un aliento que viene de muy atrás, que es flamenco y se acerca a Goya y tiene mucho que ver con los prerrafaelitas: hay un entronque con la pintura en todos sus aspectos, no sólo en el de la actitud, o en el de la forma o el color. Mañana lo voy a escribir en el *Times*, pero hoy se lo puedo adelantar a los dos: pienso que las cosas de su hijo son muy interesantes, señor Llopart, que por ese camino puede llegar un día a ser un gran pintor.

Me tendió una mano ligeramente temblorosa, como si tuviera alguna enfermedad de la articulación o estuviese demasiado emocionado por lo que acababa de decir o sentir, y se marchó, solo, mirando las serpientes del cuadro que estaba cerca de la entrada, las primeras, las que atravesaban los terrones apelmazados de un desierto mientras yo me moría de calor y de hambre, desnudo, con el cuerpo manchado de gotas de pintura, y pensaba que había descubierto la fealdad, hacía ya mucho tiempo.

Mi padre volvió a coger del brazo a la mujer, cuya belleza rivalizó de nuevo con la de mis cuadros, y paseó con ella por las telas, y le habló al oído como si él mismo las hubiera pintado. Yo me quedé otra vez solo en medio de la gente, cada vez más consciente de que me había equivocado.

Mi padre se acercó entonces con la mujer y me la presentó. Era hermosa y dulce, y no sé por qué pensé que me hubiese gustado que fuera mi madre. Ya he olvidado su nombre. Mi padre la dejó cortésmente de lado.

–Ricardo, cuando estuviste en España, ¿llegaste a pasar por un pueblo que se llamaba Miranda del Castañar?

–Cuando estuve en España solamente conocí unos pocos lugares: el aeropuerto de Madrid, unas calles soleadas con gentes pequeñas, los bares donde comía chocolate con churros con el tío Joaquín, y luego una carretera llena de árboles y diminutas montañas y muchas vacas que interrumpían el paso del coche y ese pueblo que se llamaba Barco de Ávila del que te he hablado ya tantas veces, de donde hace poco tiempo me dijiste que era Anselmo, un personaje de Hemingway, de *Por...*

–Miranda del Castañar está cerca de Barco de Ávila, Ricardo –me interrumpió como si tuviera una urgencia por saber algo y le molestara que yo no supiera aquel dato–. En el cuadro donde las serpientes han debido llegar a España, por el tipo de edificios que se perciben en el fondo, hay una casa con un escudo solariego de una familia que yo conozco bien: es un escudo de poca monta, no de grandes nobles, por eso el escudo solamente se encuentra en esa casa, en Miranda del Castañar. Haz memoria, Ricardo, por favor, tal vez tu tío o tu madre te llevaron una tarde de merienda.

–De merienda en Miranda –le dije–. Papá, tú sabes bien que mamá nunca sale de casa.

Volvió más veces con preguntas. Parecía que hubiese descubierto en mis cuadros no solamente una belleza misteriosa de la que se había apoderado como si le perteneciera –y tal vez le pertenecía, y el resultado de mi error fuese el producto de sus esporádicas enseñanzas en los breves momentos en que no me había abandonado con la criada–, sino que también había hallado en aquellas telas algunas claves de su vida, ciertos momentos intensos de su biografía. Del brazo de la mujer rubia que a ratos me miraba con curiosidad, como si su hermosura estuviera compitiendo con mis cuadros y le extrañara que aquel personaje desastrado tuviera tanta fuerza, mi padre paseaba frente a las telas y se detenía largamente ante algunas, y yo espiaba su atención desde mi soledad en un rincón de la sala, oculto tras el vaso. Entonces, sin percatarse de mi interés por su curiosidad, venía a mí y me preguntaba de dónde había sacado determinado adorno de una farola, o la forma de una casa en el paisaje, o la exactitud de unas columnas en un templo griego que pertenecían a una mansión diseñada por él en Boston y que yo nunca había visitado. Yo no sabía qué decir: ignoraba de dónde habían salido aquellos reflejos del pasado a los que antes, mientras los estaba pintando, apenas había prestado atención, aturdido por el efecto grotesco de los cuerpos de las serpientes. Ahora los detalles eran de repente importantes, tenían la fuerza de los paisajes azulados, con río y edificios y grutas escabrosas, que aparecen como fondo de los cuadros flamencos, esa extensión infinita que describía una región, incluso los avatares de una ciudad y de un mercado, y una fornicación tras una curva del camino, y que la visión del pesebre y los pastores ocultaba.

Mi padre parecía hechizado por aquellos detalles, y seguía haciendo preguntas al tiempo que me iba describiendo los objetos que le pertenecían en los cuadros, arrastrándome junto a la mujer que tenía un olor idéntico al de Kit, un perfume que era imposible y a la vez parecía natural, como si la belleza pudiera oler. Me fue mostrando una torre gótica que surgía en un lugar misterioso de uno de los cuadros más grotescos, y me dijo que era la torre de la iglesia de Uncastillo, un pueblo donde él había pasado la juventud estudiando las fachadas de las casas y los tres estilos de aquella iglesia que ahora yo había descrito sin conocerla.

–Tú has tenido que ver alguna imagen de esa iglesia, Ricardo, porque es idéntica.

–Esa iglesia es mía –le dije yo, alzando la voz–. Es la iglesia de Barco de Ávila y la serpiente ha violado a mi madre, y por eso huye...

La mujer lanzó una ligera exclamación que pareció agitar su perfume de lapislázuli, porque olió aún más. Me miró, y tuve la impresión de que quería explorar desnuda junto a mí el significado de aquel incesto. Mi padre me agarró del brazo y me alejó de ella y en un rincón donde había vasos de plástico medio llenos, que yo bebí sin mirar lo que contenían, me habló cálidamente, como cuando me enseñaba.

–Tienes que ir a España, Ricardo. Tú no sabes lo mucho que hay de España en tu piel, en tu atracción por lo morboso que transpiran esas pinturas tuyas, en el pasado que todavía no has descubierto, en la influencia que sin saberlo, porque la transmisión de la tradición es un fenómeno que los que la reciben no perciben siquiera, tienes de Zurbarán y Velázquez y Goya. Ellos están allí, porque debes saber de una vez que el cuadro es un grito en la noche, único, como una sola página o un poema de muy pocas estrofas, que lanza ese personaje sensible, demencial, importante, que es el pintor. Deja de contarme historias sobre tu búsqueda de la fealdad, de la invención de una nueva forma de arte. Ya he visto muchas nuevas formas de arte, Ricardo, y sé que lo único que existe es el arte bueno o el malo. Lo demás son excusas, invenciones, el esfuerzo de los mediocres por abrirse paso. La pintura es un esfuerzo enorme por contar una visión y los colores y las formas y las tonalidades y la luz solamente son los instrumentos, porque el lienzo no es plano, como André te habrá dicho tantas veces, ese imbécil de André, sino una cueva oscura llena de las ideas y los sueños y las enfermedades de los hombres. Y esos sueños están ahí, y no son tuyos solamente, también son míos, Ricardo, son mis símbolos, y los símbolos de Thèrese, y del mundo, incluso los símbolos de André, y ese escudo de Miranda del Castañar, aunque tú no lo sepas porque yo no te lo he dicho nunca, es el escudo de la casa de mi padre, donde yo nací.

Era verdad, no me lo había dicho nunca, y en ese instante me di cuenta de que mi padre había sido un niño alguna vez, había tenido también un padre, había pasado la infancia en un paisaje desconocido del que no me había hablado como si se avergonzara de él, y al mismo tiempo lo reclamara a través de la nostalgia, quizá para transformarlo y vivirlo de un modo diferente otra vez.

Se fueron poco después, y al besar a Thèrese, la mujer rubia, su olor me hizo desearla, y recordé mucho a Kit, y tuve ganas de amar a alguien hermoso yo también.

Cuando me levanté del alféizar de una ventana donde había cerrado los ojos para tratar de despejar mi borrachera, vi que André y yo nos habíamos quedado solos en el local, rodeados de las serpientes que ahora me parecían las pinturas de otro, de un hombre más noble que yo, alguien que solamente tenía pensamientos amables y desconocía la fealdad y miraba con unos ojos dulces al mundo, sin ningún asco por las muchachas negras que se subían al autobús en Amsterdam Avenue, sin odio por las criadas. André estaba muy contento y cuando se despidió de una mujer con un mechón de plata en medio del cabello que prometió entre risas comprarle alguno de mis cuadros, me contempló con una de aquellas miradas intensas del pasado, y a mí me repugnó pensar que alguna vez había querido que me besara. Con un gesto de su mano regordeta y blanca me condujo hasta su despacho del fondo con cara de malicia, con un amor por el juego que me recordó otra vez al André de mi infancia. Entonces me cogió una mano y con la otra sacó uno de aquellos libros de láminas que me traía de pequeño, uno que yo recordaba vagamente de nuestros juegos en el salón de la casa de mi padre, y lo colocó en la mesa llena de catálogos y papeles.

Tenía un aire de triunfo, pensé, como si estuviera a punto de ganar una apuesta a alguien. Abrió una de las páginas que había señalado con un marcador y me mostró una imagen anodina, un paisaje rudimentario donde había una casa al fondo enmarcada entre dos gruesos árboles y un gran jardín. Cuando colocó encima la lámina de plástico sonrió con sus grandes dientes blancos, y sólo cuando dijo *«Voilà!»* yo percibí asombrado que el paisaje anodino había cambiado de una manera dramática, porque, bajo la lámina, un grupo de serpientes gruesas y enormes huían sigilosas de un pueblo, y la torre del fondo me pareció que era, más que en mi propio cuadro, la iglesia de Barco de Ávila.

10

Aquella noche, cuando dejé a André y estaba insomne por el alcohol y la soledad, y sentí que deseaba tocar a alguien, regresé otra vez a la miseria del sur del Bronx, el único lugar donde podía encontrar una piel, pero durante el trayecto por los túneles y las luces de la ciudad pensé en Kit en lugar de Lisa, porque era a Kit a quien quería ver y oler, y no a la mujer destruida, casi animal, que era la otra.

El recuerdo de Kit me trajo su voz, sus ojos verdes y la boca inclinada que se doblaba en las comisuras con un gesto hiriente y vulnerable a la vez, la mueca que inspiraba el terror de su tío Pammler, y pensé que nunca la volvería a ver, que estaba condenado a arrastrar aquella sensación opresiva cuando la recordaba y a contentarme con el amor sucio de Lisa, con la fealdad de las paredes en la habitación del hotel y el olor a sudor rancio de su cuerpo. Kit era de mi padre, igual que las pinturas de las serpientes, y a mí me correspondían Lisa y las alimañas de la noche que me rodeaban en el tren. Sentado en un asiento sucio, asfixiado por el olor que despedían los vagabundos, decidí que mis próximas pinturas grabarían directamente la fealdad de los pasajeros, de los bañistas de Coney Island, de las muchachas negras del autobús de Amsterdam Avenue, del rostro enfebrecido y desagradable, con los dientes hollados o perdidos, de Lisa. Esta vez no me equivocaría porque pensaba reproducir la fealdad tal y como aparecía delante de mis ojos, en las estaciones del metro o en el hotel del Bronx: las comisuras húmedas, con mucosidades pegadas, del hombre que dormía frente a mí, o los brazos de Lisa amoratados por mis golpes, sus piernas deformadas por las varices y la mala circulación; las venas azules y gruesas, llenas seguramente de una sangre oscura, de un hombre tumbado en la estación, observado brevemente a través de las puertas, o las tetas flácidas de Lisa que le caían sobre el ombligo y ofrecían una imagen patética, de tristeza y de soledad.

Cuando llegué a la estación había muy poca luz, pero pude ver a una mujer al fondo, tendida en el suelo como si la hubieran matado. Pasé junto a ella deprisa, sin mirarla de cerca, y atravesé bajo la luz sucia del amanecer los descampados malolientes donde parecía reinar la calma del sueño y el cansancio, y supe que debajo de las ruinas de las casas hombres harapientos dormían después de haber estado todo el día bebiendo vino barato, o tratando de asesinar, o vendiendo heroína en alguna parte. Me pregunté si en una de las esquinas acechaba también el perro.

En la puerta del hotel gigantesco vi de lejos un grupo de personas en camisetas y batas de dormir, y varios policías con ojeras que trataban de apartar a la gente, hablando y riéndose entre ellos, tal vez a costa de los viejos. Quise acercarme para escuchar, para saber qué había ocurrido. No era la primera vez que un viejo se tiraba por la ventana, aburrido de esperar a la muerte legítima, o que alguien trataba de robar y acababa por asesinar a alguna víctima. Pero cuando iba acercándome con decisión, ansioso por verla, me quedé helado en medio de la calle, apenas oculto tras una camioneta. Entre los hombres y mujeres del grupo, con una mirada dura y terrible, vi el rostro intenso del marinero Sam, su pelo afeitado que le daba un aspecto de legionario.

Por las mismas calles por donde hacía un tiempo había corrido con el pantalón ensangrentado, con el dolor del perro en la pierna y el terror que me asfixiaba, me vi huyendo de nuevo, cargado de un miedo idéntico. En la primera calle donde había luces traté de parar un automóvil y el conductor me gritó algo que no oí. Paró un poco más allá y me dijo que me dejaba en la estación. Era un hombre gordo, hispano, con un olor hediondo a vómito. Mientras arrastraba su automóvil destartalado por las calles inmundas, la fealdad que aquellos lugares me habían inspirado me pareció miserable y odiosa, y quise refugiarme en alguna imagen bella, pero todo era feo. La mujer seguía tendida al fondo de la estación, aunque había cambiado de posición. No estaba muerta, solamente borracha o drogada. Me acerqué un poco y vi que era negra, que roncaba y parecía embarazada.

En casa estuve pintando los bocetos de los hombres y mujeres siniestros que recordaba de los vagones del metro y de Coney Island. Luego dormí muchas horas, y cuando me desperté amanecía otra vez. O anochecía. Había perdido la noción del tiempo, como si no me interesara ya. En la esquina, en el Coffee-Shop que abría las veinticuatro horas, unos hombres hablaban de un crimen mientras leían el periódico. Comí dos huevos fritos y café. Compré el *New York Post* en la esquina y subí a casa. Lo abrí con desgana sobre la cama, aún hambriento a pesar de los huevos, y en la página tres del diario la imagen de Lisa me miró con una seriedad compungida, como de chica que ha hecho algo malo y asegura que no lo volverá a hacer. Pero era ya muy tarde para enmendarse: allí estaba, en una foto que yo recordaba haber visto en su carnet de conducir un día en que rebusqué sus cosas mientras ella dormía, amoratada por mis golpes. En la otra foto que acompañaba el artículo, un par de hombres fuertes y gruesos, con caras sonrientes a pesar de su oficio, cargaban un cuerpo enfundado en un plástico negro, el cuerpo blando, castigado, de Lisa. «LOVE CRIME IN THE BRONX», decía el titular sobre un texto que describía con naturalidad los detalles del cuerpo ensangrentado de Lisa, su garganta abierta como una segunda boca, «una carcajada siniestra», decía el cronista, y el ruido que nadie escuchó en el Hotel Morrisania mientras Sam asesinaba a su amante y luego destrozaba la habitación.

Recordé, sin poder impedirlo, el sonido de los muelles de la cama vieja del hotel que silenciaba los otros ruidos de la habitación cada vez que Lisa se inclinaba para coger un cigarrillo o tirar un periódico, con aquel gesto ajeno, nebuloso, que se le había puesto últimamente, el presagio de lo que había terminado por suceder, y su boca deforme por los dientes mellados. Vi delante de mí, en las paredes de mi habitación y sobre las sábanas, sus pechos flácidos que me atraían como si en ellos estuviese encerrada una cierta felicidad mórbida, la decrepitud que a veces me emocionaba más que los rasgos perfectos y estilizados de Kit. Imaginé la mirada de Lisa hacia su asesino, el hombre a quien temía desde que lo conoció, desde que vio sus tatuajes descoloridos en los brazos y su mirada desvalida e inquieta. Ese mismo temor me pertenecía ahora enteramente, la certeza de que el próximo en la lista del marinero tenía por fuerza que ser yo.

Entonces pensé aterrorizado que no podía morir: debía pintar los rostros de los pasajeros del metro y de los bañistas de Coney Island, de la imagen deslucida de Lisa en la foto de su carnet de conducir; necesitaba buscar a Kit para amarla lejos de allí, tal vez en Saint Emilion, rodeados de ruinas góticas y viñedos, y no en una ciudad donde se sucedían hechos siniestros, sórdidos, que terminaban en incendios o asesinatos, en puñaladas en la espalda de mujeres dementes, en mordiscos de perros rabiosos o en los gritos de negros desesperados que ventilaban su odio matando a alguien.

No quería morir a manos de Sam, que debía estar acechándome por la ciudad, intranquilo ante la idea de no acabar el castigo, obsesionado solamente con la muerte. Traté de recordar los objetos que había ido dejando en la habitación de Lisa durante mis visitas, prolongadas a veces hasta la madrugada por el convencimiento de que muy pronto todo iba a acabar. Fui recorriendo en segundos las tardes que habíamos pasado juntos, el sonido de la cama cuando nos agitábamos desesperados sobre ella, como si fuera necesario romperla para satisfacer el deseo, el miedo cuando me asomaba a la ventana con un cigarrillo en la boca, desnudo, después de acabar el amor y la violencia, y esperaba encontrarme la silueta de Sam bajo alguna farola. Entonces, cuando recordé las revistas que llevaba a Lisa para ayudarla a esperar con calma mi próxima aparición, me di cuenta de que una tarde de soledad había abierto la puerta a un hombre limpio y honrado y me había suscrito sin desearlo a *People*, y algunas revistas que ella tenía desparramadas en el cuarto, tal vez ahora ensangrentadas, llevaban mi nombre escrito en un pequeño marbete colocado en un vértice. El recuerdo del marbete donde Sam habría descubierto mi dirección, el nombre de quien estaba engañándolo y debía merecer solamente la muerte en su código de veterano de guerra, me produjo un miedo espantoso, una vulnerabilidad que me sobrecogió en la cama unos segundos antes de oír el teléfono. Anticipé su voz borracha, la voz siniestra y segura de quien sabía que debía matarme. Incluso supe lo que me iba a decir.

La voz de mi padre al otro lado fue tan inesperada como si hubiese muerto hacía mucho tiempo y de repente me estuviese llamando desde el vacío.

–Ricardo, ¿te has enterado ya? –me dijo muy agitado.

Por un momento pensé que lo sabía, que Kit le habría hablado de mis escapadas al sur del Bronx, y mi padre conocía toda la historia y podía salvarme.

–Papá, ¿dónde estás, desde dónde llamas?

–Estoy en casa, pero no te oigo muy bien. Ya lo sabes entonces, lo de la muerte...

En esos segundos estuve seguro de que lo sabía. De una manera inverosímil, él sabía que yo estaba a punto de morir, que era necesario que me ayudara a huir porque podría perder muy pronto a su único hijo, justo cuando acababa de descubrir aquellas serpientes que le pertenecían más a él.

–Pero ¿cómo lo sabes, papá? ¿Te lo ha dicho Kit? –le interrumpí.

–Kit, ¿qué tiene que ver Kit con esto? Lo he escuchado en la radio, Ricardo, ¿me oyes?

Quise entonces encender la radio, saber si habían detenido a Sam, si ya no tenía que huir ni que temer.

–¿Y han detenido al asesino, papá?

–¿De qué coño hablas, Ricardo? Nadie lo ha asesinado, se ha muerto solo, de viejo, abandonado por todo el mundo, una muerte terrible cuya crueldad no soluciona sin embargo nada.

–Papá, ¿de quién hablas? ¿Quién se ha muerto?

–Así que no lo sabes... se ha muerto Franco.

Por un momento, el nombre de Franco no me dijo nada. Cuando mi padre colgó poco después de preguntarme si quería marcharme con él a España, pensé que podía tratarse de algún amigo suyo, uno de aquellos hombres como Teo, el pintor, que se habían quedado atrás, pero lo descarté muy pronto, al recordar que mi padre había escuchado la noticia por la radio. Entonces quise pensar en alguien importante y enseguida me acordé de él: mi tío Joaquín me lo había señalado en una pequeña oficina que había en una estación del metro, el retrato de un hombre calvo y solemne que entonces me pareció insignificante. También recordé que mi padre me había hablado de él algunas veces como el culpable de su partida del reino de la memoria, e incluso yo mismo lo había invocado por mi cuenta hacía poco, cuando preparaba mi estética de la fealdad y al buscar un símbolo que oponer a la belleza de mi padre me había acordado del retrato del hombre calvo en una estación de metro de Madrid, y había pensado que él podía ser un motivo perfecto para la representación de la fealdad. Pero aquella noche se convirtió en algo más importante, porque aquel Franco remoto y ordinario, de rostro tan vulgar, había muerto la misma noche que Lisa sólo para salvarme.

11

Mi padre vestía una camisa de seda de color vino, y su piel morena y las facciones cuidadas y equilibradas de su rostro, los trazos ordenados de un hombre que había gozado en exceso pero sabiamente, me ampararon en la oscuridad y me acogieron en un regazo de retratos con perfiles intensos y paisajes de colores alegres, de muebles cuyos cajones y vitrinas yo quise abrir de pronto para oler su madera y acordarme de otros tiempos.

Estaba preparándose para un viaje largo, para una reconciliación con la memoria. Había sacado algunos libros que tenía esparcidos por los sofás mullidos de telas mates, algunos bosquejos de edificios que había llegado a levantar, o tal vez no, algunas fotografías en las que casi invariablemente aparecía con alguna mujer hermosa, cerca de alguna casa, o a veces solo, con una postura elegante y orgullosa.

–Sólo pienso en España, Ricardo, como si hace veinte años me hubiera olvidado algo allí que ahora me hace mucha falta, y no sé qué es –me dijo cuando me acomodó en su universo de cuadros y de muebles, y me sirvió un alcohol que primero me quemó la garganta y luego también me acogió.

Miré sus manos que se movían en el aire y noté que estaban más arrugadas que la última vez, y me pregunté si esa última vez que me fijé en sus manos había sido hacía mucho tiempo. Me sonrió sin hablar, como si ya supiera lo que estaba pensando y le gustara que yo pensara así. Entonces cogió dos fotos que tenía en una pequeña mesa al lado del sofá y me las enseñó con la misma sonrisa. Una era la de un joven que llevaba un jersey de lana con una cremallera, un muchacho pertrechado tras un gesto difícil de la cara, tal vez de rabia o de amargura, que se parecía mucho a mí. La otra era la foto de un hombre moreno que contemplaba la ciudad desde el Empire State con un aire satisfecho, como si acabara de comprar todos los rascacielos. Las dos fotos eran de él.

–Durante todo este tiempo he tratado de arrojar el pasado de mi lado, como si el pasado fuera un pariente pobre o demasiado bruto que delatara mi origen. Quise anular mi biografía anterior, eliminar todas las páginas en las que se explicaba mi nacimiento y los treinta años de inexistencia que viví allí, e incluso los momentos felices, cuando huía a los pueblos viejos a contemplar las casas como si estuviera loco. Quise empezar de nuevo y aquí me tienes, a punto de viajar, tratando de recuperar al muchacho triste que fui.

Sacaba de un armario maletas y las traía al salón, y descartaba los trajes demasiado bien cortados en favor de otros más sencillos, y me enseñaba mapas que yo desconocía, y más fotografías de España que tenía en un sobre amarillo y roto donde él aparecía con sus hermanos o con su padre, y que nunca me había enseñado.

–Un día me di cuenta de que debía salir de allí. Había dejado los pueblos exhaustos, sin imágenes, y ni siquiera las iglesias cargadas de fachadas y rizos de Salamanca o de Santiago me enseñaban nada. Las había visto una y otra vez, tratando de desentrañar sus misterios, y había conseguido entenderlos. El resto me aburría, sólo las piedras habían logrado sostenerme todos aquellos años. Detestaba el claroscuro de los paisajes, el vacío de las ideas, la insistencia de las consignas, el desguace que se ejercía de la imaginación. Me aterrorizaba la vulgaridad, angostarme en aquel país, pactar con aquellos salvajes. La opresión es como si te encerraran en un cuarto pequeño, sin apenas un ventanuco para respirar. ¡Y yo que quería tragarme el aire a bocanadas! Se lo dije a Teo y a tu madre: Me voy, no puedo más. Mi padre acababa de morir y mis hermanos se habían lanzado como desesperados sobre los objetos de la última fortuna que el hombre había logrado reunir. Teo dudó, pero tu madre decidió venir. Tal vez ella también quería huir de la enorme casa en el pueblo, de la herencia de una familia llena de mujeres enloquecidas y hombres inútiles, de su vida lánguida en Madrid. Yo me hubiera marchado sin ella, aunque ya estuviera preñada de ti.

Me miró de pronto de soslayo, como si hubiera recordado demasiado tarde que no debía decir aquello frente a mí. No hablamos más de mi madre. Yo le ayudé a escoger las ropas del viaje mientras me describía los recuerdos que le traían las telas, las escenas de su vida en Nueva York. Entonces dejó caer un pañuelo de seda y se quedó con los brazos abiertos, desamparado de repente. Me sirvió otro vaso de aquel licor que ahora me supo a bourbon –y entonces recordé que mi padre siempre bebía bourbon cuando quería entonarse– y me dijo, como si fuera la confesión de un crimen, que un día le había atacado la nostalgia desprevenidamente, cuando creía que había logrado enterrar el pasado. Se acordaba bien de ese día, porque ya trabajaba en un estudio de arquitectos importante, y acudía a espectáculos de Broadway que hacían palidecer con su magia cualquier otro lugar, y recorría las calles hasta el anochecer, alucinado ante la idea de que una ciudad pudiera haberse construido a sí misma con tanta fuerza, y no se acordaba apenas de España –mientras mi madre seguramente miraba por una ventana una calle de árboles pelados y personajes extraños y se tocaba el vientre donde yo me alojaba e iba incubando la locura como una enfermedad...

Aquel día la nostalgia atacó a mi padre en medio de un parque sereno, lleno de bancos armoniosos donde se arrellanaban señores que leían libros o el periódico en silencio, y tuvo que sentarse él también para palparse el corazón y notar con miedo que le dolía, que varias voces cargadas de zetas bullían en su interior, y unos pueblos que había enterrado en su memoria comenzaban a surgir con castillos casi en ruinas e iglesias de estilos confundidos. Entonces regresaron los campos llenos de cerezas de Miranda del Castañar, y las fachadas con cabezas de santos de Salamanca, e incluso el sabor áspero de un vino peleón que servían en una taberna de la calle Santander, y el color verde helecho de los mandiles de los fruteros y los pescaderos del mercado de Maravillas. También llegó la música, una música que le estaba sonando en los oídos incluso antes de darse cuenta de que era real, de que en aquel parque había un hombre que tocaba en una guitarra una canción española que él había estado escuchando y tarareando todo el tiempo.

A partir de aquel día esas imágenes cada vez diferentes, como de un álbum del recuerdo, se le atravesaban sin aviso y le pellizcaban la memoria, y no paró hasta que descubrió la Nacional, donde se reunía un grupo de españoles a jugar al mus, y entonces pudo calmar un día a la semana su nostalgia, aunque siguió reprochando al pasado su oblicuidad y no quiso revivirlo para nadie.

Mientras le ayudaba a cerrar maletas y sacar bolsas de armarios llenos de ropa inútil para el viaje, le pregunté otra vez por qué me había ocultado el pasado, por qué me había privado de su memoria. No respondió. Siguió revolviendo los armarios para escoger con precisión lo que debía llevar, e incluso me pidió consejo, pretextando que yo también había estado en España.

Con las maletas cerradas en el pasillo, llenas de los accesorios que representaban el mundo que había construido aquí, mi padre ordenó comida a un restaurante para que nos la trajeran a casa y, mientras esperábamos bebiendo y mirando por la ventana para despedirnos de la ciudad, habló desde la oscuridad que se había ido formando en torno a nosotros, alumbrado solamente por el resplandor de las farolas amarillas del parque, que entraba por la ventana.

–Cuando uno ha decidido huir, destruir la antigua identidad como esos asesinos de las películas que se cambian de rostro, y me acuerdo ahora de una película de Humphrey Bogart, el pasado se convierte en un estorbo. Para qué rendir homenaje a un lugar del que te han echado, donde no has podido ser feliz, ni salir a la calle y descubrir a tu alrededor un mundo lleno de arte como yo lo descubrí en Nueva York. No, yo no les debía nada, no debía nada al pasado, era un hombre nuevo que había descubierto la ciudad exacta que le correspondía, con sus rascacielos de piedra y de metal, y sus aceras llenas de historias de mujeres disfrazadas con sombreros anchos y hombres con gabardinas. Sí, Nueva York me gustó tanto cuando llegué que me pareció haber descubierto el mundo opuesto al que dejaba, su más exacto contrario –dijo mientras nos asomábamos a la noche del Central Park, como si quisiéramos abarcar la isla, y yo me contagié de su amor por aquella ciudad que la mayor parte del tiempo me había resultado indiferente y ajena, y a veces había llegado a detestar en mi soledad–. Salía a la calle –siguió hablando ensimismado, mirando por la ventana– y olía el viento que bajaba por la avenida, y observaba las construcciones que se erigían a mi alrededor, y entonces me sentía feliz solamente de caminar por allí, estaba eufórico, alejado del olor a acelga y a gato de las calles estrechas y tristes de Madrid. Por eso, Ricardo, me parecía inútil acordarse de un pasado vacío e infeliz cuando el presente me ofrecía la transformación, el vértigo, la belleza a la que había que aspirar, de la que había que rodearse, tras la que era necesario pertrecharse y resistir.

La comida llegó, traída por un camarero de uniforme azul con el anagrama elegante y discreto del Petrossian. Mi padre bendijo aquella posibilidad de instalar uno de los mejores restaurantes de Nueva York en el comedor de tu casa mientras destapaba un plato cubierto por una campana plateada donde había una taza de cristal llena de caviar, y yo vertía en dos copas el champán frío que el camarero había abierto para nosotros poco antes de que mi padre lo despidiera con un billete de cincuenta dólares.

El sabor fuerte del caviar me hizo pensar en lo que había estado perdiéndome todos aquellos años, desde que me marché de casa de mi padre siguiendo a una mujer ojerosa y azul, pero con un cuerpo cálido. Mi padre comía y hablaba con lentitud, saboreando la comida y sus palabras, como si estuviera a punto no de viajar a España, sino a un lugar primitivo y remoto donde se comieran raíces y no se hablara, y fuese necesario hacer acopio de algo.

–Ricardo, las teorías son absurdas, son el origen de los mayores disparates. El hombre establece una idea y luego, al cabo de los años, se da cuenta de que se había olvidado de considerar el ingrediente principal de la mezcla, él mismo, el propio hombre. Lo mismo me ocurrió. Pensé que podía forjar otro Pablo Llopart, que se podía renunciar al pasado, y, de repente, la nostalgia me atacó en un parque, tras una canción, o tal vez tras un olor, no sé, no recuerdo exactamente, es posible que fuera después de ver una boina calada, o una botella de Anís del Mono en un escaparate. En aquello que me atacó de improviso estaba el olor a sótanos de las casas de pueblo, las zambombas de Navidad, los jamones colgados en la alacena de mi abuelo, las techumbres bajas. Y lo peor es que aquella sensación me gustó, me reconfortó, me protegió en medio de la ciudad desorbitada, a pesar de que a mí me gustaba el caos y ya comenzaba a ser un arquitecto de prestigio, y hablaba con los artistas que habían nacido en Manhattan, y tenía un hijo rubio a quien cuidaba una tata irlandesa, y me acostaba con una amante de ojos azules y discreta que me recordaba la belleza más pura, la belleza salvaje de los blancos. Un día la voz de la bajeza me atacó y condujo mis pasos a la Nacional, donde comencé a embriagarme de nostalgia una vez por semana, jugando al mus y hablando mal del gobierno. Pero yo no quería volver, vivir en España, abandonar Nueva York, ni tampoco contaminarte con mi pasado. Solamente te llevé una vez a la Nacional y luego me di cuenta de mi error, cuando regresamos a casa y medí el efecto de aquellos hombres en ti, y me percaté de lo mezquina y miserable que era la nostalgia, y por eso quise que nos quedáramos hasta la madrugada trabajando en la maqueta, ennobleciéndonos con la belleza y olvidando la memoria de aquel pueblo atrasado. Solamente la belleza es el antídoto de esa vulgaridad con la que el hombre parece obcecarse.

Recordé la Nacional, una reunión fugaz adonde acudí una vez con mi padre y en la que solamente el lamento por el sesgo que habían tomado sus vidas parecía calentar las conversaciones y juntar a los hombres. De pronto, como a mi padre le había ocurrido aquellos años, me pareció insoportable la idea de tener un pasado.

–En una de mis facetas, Ricardo, yo era el hombre elegante y rodeado de mujeres hermosas, el arquitecto que hablaba de los alzados de Palladio como si la noche anterior hubiese estado cenando con el maestro. Era un hombre cosmopolita porque vivía en Nueva York, la ciudad que no era de nadie, un lugar hecho a la medida de los que se sabían ciudadanos de un reino más amplio donde solamente cabía la inteligencia y el arte. Pero en algún rincón vivía la nostalgia como una maldición que me impidiera olvidar el lugar arrasado de donde procedía, donde los hombres se habían degollado en una guerra cruel. La nostalgia actuaba como la necesidad que tiene el alcohólico, y a veces me sorprendía a mí mismo escuchando los partes de Radio Nacional de España como si estuviera masturbándome en el baño de una visita, como si estuviera robando algo o insistiendo en una mentira en la que me acabaran de atrapar. Escuchaba el sonido agudo de la tonadilla de la estación, un sonido infeliz comparado con el preludio de Purcell que adornaba las emisiones de la BBC, y me reprochaba a mí mismo estar allí frente al transistor de onda corta que tenía escondido en mi cuarto para que nadie descubriera mi secreto. Noche a noche, durante años, fui escuchando aquellas emisiones clandestinas que me reconfortaban de una necesidad de los instintos mientras mi cerebro se percataba de la precariedad de aquel mundo atrasado y bárbaro que percibía rodeado de ruidos en la radio, y del cual me alegraba de haber podido huir.

La voz de mi padre, sólo un poco más ronca que cuando yo era un niño y lo escuchaba descubrirme secretos, comenzaba a confundir la noche con otras noches de la infancia. Me acordé de escenas anteriores en las que mi padre hablaba con el aplomo de quien revela algo importante, y a la vez presentí la tensión que podría cobrar el cambio inesperado de paisaje, el inminente regreso a España que iba a transformar nuestras vidas para siempre, porque nada iba a ser igual a partir del viaje.

–Una mañana recibí una carta de tu tío Joaquín,

hace ya trece años. Aparte de Teo, que era como una isla en mi pasado, o más bien pertenecía a mi presente de Nueva York y estaba tratando de convencerlo para que se viniera, no me escribía con nadie de España. Y de quien menos esperaba una carta era de Joaquín, porque nunca me había llevado bien con aquel charlatán en cuya incapacidad yo siempre había visto la caricatura del carácter patrio que me repugnaba. Joaquín, en el estilo enrevesado de quienes consideran que los preámbulos son lo más importante, y al final la vida se les va en los preámbulos, me pedía en nombre de su hermana que te dejara visitarla. Me mintieron, dijeron que tu madre se estaba muriendo, y me pidieron que te dejara ir. Tú tenías doce años y yo nunca te había hablado claramente de España. Te había enseñado veladamente los cuadros de Ribera y de Zurbarán, los óleos de Velázquez que recuerdo que te encantaban, sobre todo los de los cortesanos deformes. Pero España era para ti como Nueva Zelanda puede ser para mí, un lugar desconocido porque yo quería que lo fuera así, porque no iba a permitir que te contaminaras. Era muy radical, lo sé, pero explícame qué le debes a un país del que te han expulsado. Y, sin embargo, la nostalgia pudo más, porque de repente comencé a urdir que si te ibas a España podría sonsacarte después impresiones e imágenes, recuerdos que se confundirían con los míos, y además te haría cómplice de mi nostalgia.

De madrugada pedimos más champán al Petrossian y luego acabamos con los licores como si fueran a evaporarse durante la ausencia que estábamos planeando, o como si no pensáramos volver más. Mi padre siguió hablando del pasado y me contó la historia de su padre, mi abuelo, un médico antiguo que fabricaba remedios homeopáticos con las hierbas del campo y que incluso había recorrido los pueblos de Castilla en una carreta, tratando de ofrecer un poco de ciencia en aquellos campos.

–Mañana, desde el avión, cuando empiece a ver esa tierra ocre y amarilla que llevo añorando más de veinticinco años sin explicarme por qué, casi sin quererlo, te enseñaré tal vez los pueblos por donde tu abuelo vendía sus remedios desde una carreta, primero, y luego en una camioneta destartalada que le duró bien poco, porque nada más empezar la guerra se la requisaron un día los nacionales. Yo me acuerdo bien de la guerra, porque tenía diecisiete años cuando acabó. ¿Tú sabes lo que significa estar en una guerra, Ricardo? No, nadie en este país puede saber lo que es una guerra así, ni siquiera los que han estado en Vietnam, porque ésa es una guerra ajena, que transcurre lejos, como un serial de radio, en otro país. La guerra que yo te digo se había instalado en la boca del estómago, se oía por las noches como metralletas y gritos de dolor. Recuerdo que a partir del segundo año nos refugiamos en Miranda del Castañar, en la casa de mi padre, y escuchábamos los ruidos del infierno a lo lejos y en los últimos meses solamente comimos hierbas. Aquella guerra había acabado con mi niñez, pero cuando terminó, y un día mi padre y yo nos aventuramos en las mulas de la antigua carreta, a ver los destrozos que nos dijeron que había en Badajoz, y vimos los pueblos derruidos, las iglesias quemadas y desportilladas, yo recuerdo que odié, y también recuerdo que fue ante una de aquellas imágenes terribles cuando descubrí que amaba las casas, y que su destrucción me dolía aún más que la de los hombres que primero las habían construido y luego arrasado.

Después de la guerra mi padre y su familia se fueron a Madrid, supe esa noche, y solamente allí descubrieron el grado al que había llegado la tragedia, el desprecio por la belleza y la obra del hombre que revelaban los muros derrumbados y las calles levantadas.

–Cuando vi aquello ya quise huir de allí, sin darle tiempo a nada. La gente tenía una mirada acobardada y hambrienta, y olía mal porque no había ni siquiera agua sucia con que lavarse. Todos recordaban alguna desgracia, alguna escena terrible que guardaban en la mirada y solamente ahora comenzaban a describir, como si al contarlo pretendieran exorcizarse u olvidarla. Mi padre y yo recorrimos en silencio las calles, las fachadas acribilladas con el impacto de las balas que describían muy bien el odio, los portales sin dinteles, cuyas puertas eran únicamente un boquete, las plazas solitarias y rotas, los árboles descuajados. Entonces, aunque yo no sabía que llevábamos una dirección, mi padre se detuvo de pronto frente a la fachada de una farmacia: vi un mosaico y un niño con el culo al aire, y un elefante con un hombre montado encima y una mujer sentada en un sofá con un fuerte dolor de muelas: «Odontálgico Llopart», «Purgante Llopart, compuesto de plantas y flores aromáticas», «Diarretil Llopart», leí, y al principio no supe que aquél era mi propio nombre. Luego recordé enseguida que aquél era el lugar adonde había ido de niño con mi padre a llevar las cajas con los remedios, y entonces me alegré mucho de que estuviera intacto. En ese instante mi padre dijo: «Por lo menos la farmacia está intacta», y entramos dentro, y un hombre de color verdoso nos recibió con un asomo de alegría y nos habló de la guerra.

Después de planear el viaje a España, de trazar un itinerario sobre el mapa para recorrer los pueblos al azar como mi padre los había recorrido en la juventud, para recuperar los recuerdos y la estética del pasado, nos quedamos dormidos sobre los butacones de la sala, cuando el día ya clareaba en las ventanas y en el Central Park se oían los pájaros como si estuviéramos en el campo. A cierta hora escuché el ruido del timbre y tuve frío, y me di cuenta de que había estado soñando con Lisa y pensé, sin desperezarme del todo, que alguien venía por mí. Sentí a mi padre levantarse, y el ruido de las botellas que cayeron cuando él tropezó. En la puerta, una voz amable se lamentaba ante el aspecto dormido de mi padre. Era una voz muy joven, que no podía pertenecer a Sam. Cuando mi padre entró en la sala y yo abrí los ojos por un instante, oí que me dijo: «Los pasajes, Ricardo, salimos esta tarde», y luego volví a dormirme pensando en España.

SEGUNDA PARTE

12

Mi padre solía salir temprano con Teo, a reconstruir sus memorias de la ciudad, y yo me levantaba tarde, aturdido por el reflejo de los sueños que me hacían llevar una vida paralela y en los que se mezclaban historias de Nueva York y otras que había vivido en España durante mi primera visita, persecuciones alocadas por los pasillos de las estaciones del tren y el silencio pesado de la tarde que se instalaba después de comer en casa de mi madre.

A veces, mientras me encontraba tumbado y aturdido en el sofá del salón, desnudo como las mujeres de los cuadros de Teo, escuchaba el ruido discreto de la cerradura y sentía los pasos del hombre de cabello plateado y de la mujer muda y enloquecida, aquella pareja extraña que había conocido mi primera noche en Madrid, en aquella misma casa. Sabía que eran ellos porque venían con frecuencia, a media mañana, a fornicar en un cuarto que Teo mantenía cerrado al fondo de la casa, donde guardaba algunas telas grandes que no podía colgar. La primera vez que llegaron recuerdo que no les oí entrar; solamente percibí varios ruidos en algún lugar y me asusté porque temí que hubiera un ladrón, o una mujer de la limpieza que fuese a espantarse ante mi desnudez. Volví a oír un murmullo en el cuarto del fondo y al abrir la puerta descubrí por fin el secreto de su presencia: les vi allí, tratándose de acoplar con dificultad en la cama, en un acto que visto desde fuera, desde la puerta entornada, parecía una pelea confusa de dos cuerpos muy blancos tratando de hacerse daño, un acto en principio violento al que ellos eran ajenos, pero que yo alcancé a vislumbrar por un segundo, antes de cerrar la puerta con un golpe seco.

Al cabo de los días ya habíamos establecido una complicidad invisible, porque yo nunca les veía entrar, pero los tres sabíamos que el otro estaba allí, tal vez pendiente. Yo me paseaba por la casa desnudo, como si estuviera solo, y les oía hacer ruidos sin pudor, ajenos ellos también a mi presencia.

Cuando salía a la calle después de haber bebido el café y registrado las alacenas de Teo en busca de alguna galleta seca que comer, me dejaba llevar por el trazo absurdo de las calles y al cabo me daba cuenta de que yo también estaba desempolvando mis recuerdos de la ciudad, como mi padre, descubriendo la felicidad dolorosa que provoca la nostalgia cuando me encontraba ante los edificios chatos y adornados de las calles en cuesta, ante las pastelerías llenas de dulces de muchas clases y los olores a verdura de los portales, que me recordaban el viaje de mi infancia. Caminaba sin descansar por las avenidas de árboles ennegrecidos por los humos, miraba a través de los ventanales de los cafés que remataban las esquinas de las calles, llenos de hombres pálidos y de alguna pareja que se besaba, entraba en los mercados, donde permanecía mirando desde la penumbra toda la agitación: los tenderos que cortaban los escabeches jugosos ante una audiencia expectante; los muchachos que cargaban paletillas chorreantes de sangre y silbaban zarzuelas o músicas militares; los carniceros sonrosados y gruesos, enmarcados bajo sus salchichones colgantes y aquellas ristras de chorizo que me evocaban la tarde en que yo había comido un bocadillo de un chorizo igual en la cocina de la casa de Barco de Ávila, y la criada me había mirado con ojos de deseo sin hacer caso de los gritos desgarrados de mi madre en otro cuarto. Salía entonces de mi penumbra y oía las discusiones de los vendedores y de las mujeres, y todas las voces me parecían de la misma persona: un sonido fuerte y agudo, cargado siempre de una sorna y una burla que me desbordaban.

Iba y venía por las calles y no dejaba de asombrarme ante las costumbres de la gente, ante los bares abiertos a la calle y llenos de parroquianos que comían y bebían sin parar, sin otra cosa que hacer, como si los únicos que trabajaran en aquella ciudad fueran los camareros que movían con gran velocidad las frascas de vino para llenar los vasos que volvían a vaciarse con rapidez. Entraba en los bares y me quedaba mucho tiempo como testigo de aquel ajetreo, de las reuniones de parejas o grupos de amigos que hablaban a voces sin decir nada delante de platos de mejillones que sudaban limón, de las mujeres que jugaban con los puños crispados a las máquinas tragaperras, con las cestas de la compra olvidadas en las banquetas, de los hombres mancos o ciegos que entraban con los pliegos de loterías de colores cantando números. Los bares eran un lugar misterioso para mí, un regreso a algún siglo pasado donde solamente la televisión inútil en lo alto, con el volumen bajado pero arrojando imágenes absurdas sobre las cabezas de aquellos parroquianos, me sacaba de mi viaje al pasado y me devolvía a un presente extraño, tan lleno de recuerdos que me seguía resultando irreal.

Una tarde estaba bebiendo aquel vino muy rojo y áspero que me gustaba, y que me producía una borrachera pesada y grave, en un bar de mostrador de zinc donde un tabernero con mandil verde lavaba los vasos a una velocidad impresionante, cuando un hombre me sonrió desde el lugar donde el mostrador hacía una esquina y se me acercó.

Llevaba una boina cuyo color negro se había perdido en el color de la ceniza de su cigarro, y la barba de algunos días, blanca, áspera y brillante como mica, le hacía aparentar más edad. Su mirada era igual que la de los perros tristes que había empezado a ver en las plazas –los perros sabios de las civilizaciones antiguas, pensé entonces– y sus zapatos grandes y deformes me dieron pena.

–Usted debe ser extranjero, por lo del pelo –me dijo, y entonces me propuso pasearme por la ciudad si yo le compraba un bocadillo de calamares y le invitaba a todos los vinos que pudiera beber.

Me fue perdiendo por las mismas calles por donde yo antes había pasado casi sin mirar, y ahora el hombre de la chaqueta negra me iba enseñando sus propias visiones: una fachada enorme con una ventana enrejada en lo alto era un convento de monjas que vivían encerradas allí, y que por las noches se asomaban a ver el mundo por las rejas y a escuchar las obscenidades que les decían desde abajo los hombres que no tenían nada que hacer, a quienes excitaba enseñarles el miembro bajo la luz de las farolas mientras ellas asistían en silencio, probablemente temblando de deseo, al proceso de su corrupción.

–Yo también se lo he *enseñao* –me decía agarrándose la boina cenicienta y los cojones, como si ambos tuvieran una sutil combinación, la misma necesidad imperiosa de ser colocados–. Da su gustito que te lo vea una monja, por lo prohibido tal vez, o alguna venganza, quién sabe. También da algo de pena, pensar que llevan tanto tiempo encerradas y llega un granuja como yo y por pasar el rato las mete en el pecado. Claro que más pena da la religión, porque es una engañifa de monjas y de estrechas.

Un palacete escondido por una maleza de arbustos y de rejas era la residencia del conde, un hombre al que le gustaba tocar a las mujeres demasiado jóvenes y que pagaba bien cada vez que mi guía le llevaba alguna criadita adolescente para que disfrutara de sus senos pequeños. Una iglesia que nos asaltaba de pronto, imponente frente a las casas de vecinos, era un refugio en la noche, una timba donde se jugaba a las cartas en los altares laterales mientras el cura decía la misa a tres beatas y los vestidos de los santos se caían de podridos y viejos, y los oros se robaban. Y luego estaban los bares, tabernas con puertas de madera desteñida, de muchas pinturas desgastadas, donde el hombre seguía bebiendo el vino que yo le pagaba. En uno de esos bares el tabernero era pintor, «digamos que pintor aficionado», me dijo, y me mostró sus cuadros colgados de las paredes oscuras de su taberna mal iluminada, y luego nos bajó a la bodega y me enseñó en las paredes blancas sus frescos: y vi a los monstruos de Coney Island comer helados, y a los pobres viejos del Bronx bailando con sus sombreros aplastados, como si Ensor hubiese bajado a aquella gruta acompañado de mi memoria.

El hombre de la boina bebía en cada bar un vino denso y barato que a mí me mareaba y me exaltaba. Unos bares eran húmedos y siniestros, como los del tabernero pintor, y estaban llenos de viejas en camisón que habían bajado a comprar el vino de sus hijos o sus maridos con frascas de vidrio muy sobadas, o de hombres aplastados por la vida, con las cabezas tendidas sobre las mesas cojas, abandonados por quienes alguna vez los quisieron. Pero otros bares donde me llevaba eran pubs muy modernos y nuevos, recién estrenados, en los que había mujeres hermosas que respondían a mis miradas con cara risueña, tan distintas de las mujeres altas y delgadas que miraban para otro lado desde el infinito de su belleza en Nueva York.

El hombre de la boina me arrastraba por las calles estrechas como si quisiera recorrer todos los bares de aquella parte de la ciudad, y cuando pasamos brevemente por la Puerta del Sol, una plaza de edificios cuadrados, levemente majestuosos, llena de putas y de grupos de hombres de facciones grotescas, como las de mi guía, de policías vestidos de gris y gitanos huraños, Ramiro me detuvo en una esquina, cerca de un puesto de periódicos, y me dijo que me fijara bien, porque aquélla era la plaza de los miserables.

–Los que están más jodidos vienen aquí, a ver si pillan algo.

Ramiro me arrastró por una calle en cuesta donde sólo un lugar con una puerta abierta, llena de luz, de donde surgía un ritmo de música flamenca, parecía estar habitado.

Había una barra larga de madera donde hombres encorvados custodiaban su vaso con mucha precaución, como si temieran que alguien pudiera arrebatárselo. Algunos saludaron con la mirada al hombre de la boina, que se abría paso entre la gente como si yo fuera un alto dignatario que le confiriese una dignidad especial por obra del contagio. En medio del ruido de las guitarras que sonaban con furia y las voces que cantaban quebradas y roncas historias de trigos y claveles, de tierras rojas y llanuras del tiempo, el hombre de la boina consiguió sentarnos en una mesa apretada, al lado de un americano calvo y borracho y una puta que le miraba aburrida, y dos mujeres gruesas que se abanicaban el escote con un periódico.

Olía a sudor y a flores viejas, al mismo aroma que dejaban los ramos que a veces Débora me traía de las verdulerías en Nueva York y que yo dejaba marchitar en las botellas de vodka donde ella los colocaba, olvidado de su presencia y de su olor encharcado. En una tarima sin cortinas, sin ningún decorado, dos hombres sudorosos, vestidos con camisas muy blancas con las mangas anchas, cantaban y tocaban la guitarra con sentimiento, ajenos a la derrota del público. Sus voces ásperas, altísimas, echaban fuego sobre el local, que estaba abarrotado de sus quejidos y el rasgueo de sus guitarras. Algunas mujeres y hombres se alzaban de repente hasta la tarima y allí trataban de bailar siguiendo el canto ausente, intemporal, de aquellos dos hombres pulcros que parecían quebrarse cada vez que hacían tronar el sonido hueco, a cosas rotas, de sus palmadas.

Había putas que me miraban con codicia, y marroquíes tristes que recorrían con sus miradas acuosas el local en busca de algún bolso suelto, y parejas de amantes, casados con otras parejas, que se besaban en la oscuridad, emocionados con lo prohibido y las canciones desgarradas que celebraban su amor y les invitaban a seguir besándose. Las dos mujeres gordas salieron también a la tarima y se movieron con ritmo y con cuidado, como si supieran modelar con sus cinturas exageradas los movimientos necesarios, los pasos justos, el ritmo que surgía de sus estómagos y se esparcía por el aire. Una tenía un pelo largo y rizado, y la otra los labios gruesos y la mirada furiosa. Bajo la mirada perruna de mi guía Ramiro, el hombre de la boina color ceniza, las amé como si fueran mujeres bellas, las deseé en sus movimientos precisos y quise oler el sudor de sus frentes y de sus sobacos.

Ramiro me sugirió que subiera a la tarima. Había una luz oblicua sobre los parroquianos huraños del mostrador, pero los focos del lugar estaban sobre las tablas del escenario. Sentí las manos fuertes de una de las gordas clavándoseme en la cintura, me vi girando mareado, tropezando contra los músicos en la tarima mientras la gente gritaba y batía las palmas y las dos mujeres me gritaban cosas, «Ea, muévete, tío hermoso», me decían, y yo giraba sin parar, asido a sus manos. Me dejaron tendido sobre el suelo, como si el repertorio y los gritos y las palmas exigieran un muerto, y el público aplaudía mientras yo trataba de enderezarme desde el suelo.

En la calle la noche estaba fría pero llena de estrellas, ocupada sólo por el sonido hueco de los pasos. Ramiro se iba tambaleando delante de mí, cantando mal alguna de las canciones escuchadas. El ruido de sus zapatos deformados sobre los adoquines húmedos tenía un eco siniestro, como si el timbre de los objetos pudiera delatarnos desde lejos. Saltamos la valla corta del parque de un convento y allí nos tumbamos Ramiro y yo, borrachos y cansados.

–Aquí duermo a veces –me dijo Ramiro–, cuando hace menos frío. Me trajo un perro.

Mientras trataba de encender un cigarrillo y luego echaba el humo contra la luna, como si quisiera taparla, el hombre me habló de su llegada a la ciudad desde un pueblo manchego, un recorrido casi a pie por los campos de trigo y polvo hasta que se perdió en la ciudad y no volvió a ver más aquellos campos. Tampoco había visto nunca el mar, y en el pueblo de donde venía había sido alguien y aquí era solamente un miserable. No tenía amigos, me informó desde el suelo, como hablándole al cielo, únicamente los perros callejeros. Siguiendo a los perros y a los borrachos por las calles había conocido la ciudad, y el suyo era un itinerario de animales que vagaban husmeando la presencia de algún parque donde mear y echarse a descansar, y de borrachos cuyas postas eran las tabernas más sórdidas, donde el vino era más barato y más duro y el dinero que Ramiro ganaba de las limosnas y de algunos recados le servía para beber una frasca de tinto y algún caldo con carne.

–Salía del sótano de un carbonero de mi pueblo, donde dormía cuando llegué aquí, y cuando veía al primer perro me ponía a seguirlo. Y le voy a decir algo: Usted mismo debería hacerlo. Los perros son unos buenos guías, sí, señor, se lo dice alguien con la experiencia, y además no cobran nada. Se conocen la ciudad mejor que las putas, oiga, la necesidad obliga –creo que me dijo–, e incluso se les puede hablar y contar las penas mientras uno les sigue, que aunque no hacen caso tampoco se quejan. Y luego los borrachos son también buenos *pa* seguirlos, porque van a lo suyo, y esos cabrones se conocen bien las tabernas. A veces creo que alguien me sigue a mí también, algún paleto recién llegado, y no sé si pensar que me sigue por perro o por borracho.

Cuando me desperté, helado en el jardincillo de aquel convento, Ramiro se había ido y me había robado. Poco, el dinero que me había sobrado y un Rotring, y la cazadora de cuero. Caminé aterido por las calles y vi que las mujeres que iban a la compra me miraban con algo de sospecha y murmuraban. El recuerdo del asesinato de Lisa, que por alguna razón me había venido al despertarme, tal vez porque lo había estado soñando, me dio más frío aún. Una mujer dormía con los pechos al aire en el sofá de Teo y en la habitación que yo compartía con mi padre había otra mujer que se despertó cuando yo abrí, y luego se volvió a dormir mientras yo miraba el cuerpo recio de mi padre, desnudo junto a ella, y cerraba la puerta. En la cama donde el hombre de azul y la mujer extraña celebraban sus encuentros grotescos me eché temblando, sudoroso y enfermo, pensando que ya nunca me iba a despertar y que aquella mañana la pareja de amantes iba a llevarse la sorpresa de descubrir mi cadáver.

13

Recorría las calles hasta agotarme, perdido en el aroma rancio de los portales y el olor a comidas grasientas que salía de los bares, pero empezaba a tener una nostalgia por las calles anchas y misteriosas, llenas de imágenes distintas, de Nueva York, aunque también deseara cada vez más a Marisa, los pechos duros de Marisa que surgía de pronto en la casa de Teo, cuando yo creía que era la pareja siniestra que regresaba a fornicar, y era ella que me invitaba a amarla y a pasear por la ciudad.

Una mañana me levanté enredado en los sueños, como solía ocurrirme, y mi padre y Teo estaban todavía en el salón, y me preguntaron si quería ir con ellos a visitar el museo del Prado. Más bien la oferta fue de Teo, porque mi padre había mantenido una extraña distancia desde nuestra llegada a Madrid, como si le estorbara de pronto mi presencia para regresar a aquel tiempo anterior donde yo no estaba.

Cuando bajábamos cerca de la Puerta de Alcalá, muy sobria con la luz de la mañana, mi padre propuso una excursión en taxi hasta un chalet oscuro de la calle de Zurbarán, donde vivió una época mientras terminaba la carrera, para reproducir desde allí el recorrido que había hecho muchas mañanas con Teo en el pasado, camino del museo del Prado. Era como si quisiera revivirlo todo, como si el repetir los mismos movimientos de hacía muchos años fuera a traerle el tiempo pasado. Teo estaba de muy buen humor, y se burlaba de la nostalgia de mi padre mientras caminábamos por un bulevar lleno de quioscos vacíos y nos cruzábamos con soldados y viejos. La ciudad comenzaba a alegrarse con el anuncio lejano del fin del invierno, como si los edificios no absorbieran bien la luz nublada y estuvieran pidiendo a gritos el sol. Teo describía aquellos edificios pretenciosos, y las gentes con las que nos cruzábamos, con cierta pesadumbre, sin amor, como si la repentina pasión de mi padre por la ciudad de donde había huido se alimentara del rechazo que Teo comenzaba a sentir por el lugar en el que había decidido quedarse.

El museo olía a humedad y los rostros de los ujieres, la mayoría mancos o cojos, reproducían las facciones duras, angulosas, de algunos cuadros religiosos, de los Cristos que descendían de innumerables calvarios o de los personajes populares que adoraban a la Virgen y el Niño, rasgos que apenas habían cambiado, que seguían allí, sentados en las sillas, enfundados en uniformes rozados con mangas demasiado largas, tal vez hechos para hombres más grandes.

En la galería donde los Cristos chorreaban su sangre desde la cruz, obscenos como figuras de un Bacon impecable y fotográfico, me fijé en los paisajes que se extendían al fondo de los cuadros, ciudades azuladas, ajenas a la geografía del Oriente Medio, donde aquellos pintores europeos habían instalado sus iglesias góticas y sus palacios, las ciudades de murallas y tejados rojizos que veían todos los días y deseaban reflejar en algún lugar. Me gustaron aquellos pueblos pequeños a los que se accedía a través de puentes estrechos, donde la gente parecía comerciar o pasear completamente ajena a la escena de la cruz, como si el acto terrible que sucedía en el primer plano fuese obra de unos locos. Por un momento quise ser un habitante de aquellas ciudades, vivir en aquel mundo antiguo de colores.

–Mirad el cuerpo de ese Cristo –nos dijo Teo cuando nos colocamos frente a la presencia pálida, amarillenta, de uno de los locos crucificados y llenos de sangre–, mirad cómo se adivina la mano de un pintor erótico camuflado, de un vicioso a quien la religión no permite concentrarse en el cuerpo del hombre, pero a quien le da una excusa al mismo tiempo, con la escena de la cruz, para estudiar los pliegues de los músculos y la redondez de los pechos.

Las carnes de Cristo crucificado estaban en tensión, extendidas con su anatomía impecable a la que no estorbaba el sufrimiento. Teo contemplaba oblicuamente el cuadro con su mirada zumbona, y sus manos regordetas y su panza enjundiosa contrastaban con la delgadez del Cristo.

–Fijaos en la zona donde el Cristo tiene solamente una gasa que le tapa las vergüenzas, esas caderas y ese anuncio del pubis –dijo señalando las curvas del hombre con el dedo quemado por el ácido nítrico–. ¿No es acaso un pubis tremendamente erótico? Siempre caderas anchas, redondas, como si el Cristo tuviera una anatomía femenina en esa zona, exactamente en ese punto, y el pintor se dedicara a imaginar el pecado en esas caderas, a erotizarse con el pubis de mujer del Cristo sangrante.

Teo tenía un cuadro subversivo, que nunca se había atrevido a exponer y que estaba guardado en el cuarto del fondo donde fornicaban los amantes extraños, en el que el Cristo que descendía de la cruz era una mujer, y un hombre también desnudo, barbudo como el Cristo auténtico, la abrazaba y la consolaba.

Algunos turistas a nuestro alrededor atendían a las explicaciones de los guías con aspecto de tener hambre, frases engoladas en un inglés apenas inteligible, repetidas maquinalmente, sin muchas ganas. Había estudiantes concentrados que reproducían algunos cuadros clásicos sentados delante del caballete, azules demasiado metálicos donde el tiempo había dejado azules tenues y matizados.

La sala de los alemanes y los flamencos, hacia la que Teo nos guió con el paso firme de quien ha acudido muchas mañanas a explorar la cara enigmática de Durero, la nariz deforme por el tiempo del anciano de Holbein, los cuerpos efímeros de las mujeres de Baldung, estaba dominada por *El Jardín de las Delicias*. Teo y mi padre contemplaron lentamente el panel central, que ellos habían recorrido muchas veces en el pasado, adentrándose por ese paisaje exuberante dominado por la carne de los torsos impúdicos y el rosa de las edificaciones de crustáceos y vegetales. Mi padre parecía haber encontrado una memoria perdida en el panel, porque se le iluminó la cara mientras miraba el cuadro sin hablar.

–Teo, te acuerdas cuando veníamos por las mañanas a visitar este cuadro y jugábamos a que por un momento podíamos entrar en él, que nos dejaban participar en esa orgía fantástica, desnudos, acompañados de alguna de las putas de la casa de la Jacinta

–dijo al fin cuando recuperó el habla, con los ojos concentrados en la pintura, como si en realidad les estuviera hablando a los personajes del cuadro–. Mira las tetas pequeñas y enhiestas de la mujer que está ahí abajo, a la derecha, escuchando las proposiciones seguramente deshonestas del hombre tumbado a su lado. ¿No te acuerdas de ella, Teo? –preguntó en un tono de voz más alto de lo que era usual en él, y su amigo asintió–. Mira la negrita con el fruto colocado en la cabeza, el sombrero posmodernista que podría causar revuelo en cualquier fiesta de Nueva York y que una mañana decidimos copiar para vendérselo a una sombrerería de la calle Mayor. ¡Todavía debo tener en Nueva York los bocetos que hicimos!

A nuestro lado había hombres solitarios y extraños, algunos con sombreros y gabardinas blancas, que miraban los cuadros flamencos con la calma de quien va a visitarlos una vez por semana, como si fueran familiares enfermos. Pero ninguno se atrevía a acercarse al cuadro del Bosco, porque mi padre se había apoderado de él y no lo soltaba.

–Mira, Ricardo, fíjate un poco más arriba en ese tipo que está metiendo flores en el culo del otro hombre, qué imagen tan hermosa esa copulación floreal. Esa pareja podría inspirar por sí misma un cuadro fantástico. Y el hombre que carga el mejillón donde se ven las piernas de esos amantes, imagina un ambiente más idóneo para hacer el amor que el interior húmedo, oloroso, de un mejillón. No te parece impresionante la imaginación erótica de este hombre, esas metáforas del amor tan frescas, tan nuevas, «me gustaría amarte dentro de un mejillón». Ricardo, hijo, fíjate al otro lado, cerca de la pareja que baila encapsulada en un capullo, el hombre con cabeza de baya azul que seduce a una mujer. Acércate, mira conmigo cómo tiene la mano cogiéndole del brazo, observa el gesto de fascinación de la mujer ante el rostro vegetal del acompañante. ¿Conoces una imagen más surrealista? Casi me había olvidado. En este cuadro está todo el arte encerrado, todas las escenas de amor, todos los vicios. Quien se rebele contra el arte más clásico, contra el canon que ha presidido el tiempo, debería venir a observar el Jardín: es como una reunión del arte antiguo y el arte posterior, un momento en que todas las posibilidades de la pintura se han reunido. Hay arte medieval en el panel izquierdo, renacentista en la apoteosis del cuerpo humano, las escenas tenebrosas de Goya se encuentran recogidas en el panel del infierno, hasta la O'Keefe está aquí, fíjate en la calavera de vaca, mira la escuela simbolista en las dos orejas y la navaja, o el impresionismo en los incendios que se desatan en lo alto, los volcanes que desbordan lava, la luz de Rembrandt que sale de las bocas de los edificios incendiados. Es increíble verlo así, tenerlo por fin delante después de tantos años de soñar con él...

Cuando salimos del museo nos fuimos a comer un cochinillo asado en una taberna donde solía cenar Hemingway, cuyo fantasma a veces yo tenía la impresión de evocar con mi acento ligeramente extranjero y mi cuerpo grande en medio de esta raza pequeña. Mientras comíamos, Teo nos dio también su versión del Bosco.

–Cualquier pintor que esté un poco escaso de imaginación puede asomarse al Bosco y robarle una escena. Yo le he robado muchas a lo largo de los años, mujeres con fresas en lugar de pezones, o montadas en animales de su propia mitología, caballos con cuernos de ciervo, cerdos gigantes, tías que comen frutas afrodisíacas bajo la mirada apasionada de varios hombres. Dicen que era un profundo católico, admirado por nuestro rey más austero y gilipollas, el Felipe II, pero yo creo que tenía que hacerse pajas delante de esos cuerpos eróticos, que no es posible resistir tanta carne.

Para bajar el cochinillo mi padre y Teo decidieron que camináramos hacia el Retiro, y en la cuesta de Moyano los libreros con mandiles azul claro, gastados y llenos de trazos de bolígrafo, estaban comenzando a guardar los libros y cerrar las casetas. Al final de la cuesta, cerca de los últimos puestos, Teo nos agarró del brazo con sigilo y nos llevó detrás de un árbol, y desde allí nos señaló a un hombre alto y con ojeras, muy delgado, que miraba un libro con la intención de robarlo. «Pablo, a que no te acuerdas de ése: es Luis Medrano», dijo Teo en voz baja, emocionado, como si las coincidencias le revelaran la posibilidad de la magia. El hombre, vestido con una gabardina llena de manchas de grasa, miró el libro y después, muy lentamente, observó de reojo a su alrededor, cogió otro libro que enseguida depositó a su lado, estuvo a punto de dejar el que tenía en la mano y en un instante, con un movimiento muy rápido, se lo escondió bajo la gabardina. Teo se le acercó por detrás y le agarró los brazos.

El hombre se llevó un buen susto y el libro cayó al suelo sin gracia, enredándose en sus piernas, abierto en una página. «Te has asustado, cabronazo.» Teo recogió el libro del suelo y se lo compró. Entonces el hombre vio a mi padre y lo reconoció casi enseguida, después de guiñar algo los ojos, y por un instante me pareció que se sintió muy humillado ante el resultado del destino, él desharrapado y con un abrigo usado, la barba gris y sucia y mal cortada, y mi padre con su abrigo impecable y su cabello gris. Se abrazaron en silencio, y Teo y yo vimos que los dos tenían los ojos húmedos, y nos miramos.

Subimos hasta el parque con Luis Medrano, que hojeaba el libro sin interés, una historia de portadas de la revista *Vogue* desde su fundación, como si sólo el robo le fascinara. Todavía estaba asustado y tembloroso, y subía la cuesta con fatiga, arrastrando sus zapatos enormes y sin cordones, pegados a la piel sin calcetines.

–No sé qué haces con tanto libro que robas, Luis. Debes tener el cuarto de la pensión lleno de libros sin leer.

–No creas, que me los leo todos –respondió Luis Medrano con un rasgo de orgullo–. Es lo único que le queda a un ilustrado pobre, leer para matar el hambre, Teo. Por cierto, no tendrás veinte durillos para un bocadillo.

–Joder, siempre me sale caro encontrarte por la calle. ¿Sigues esperando a la puerta de los colegios para ver salir a las niñas? Putañero, que un día te van a arrestar y cuando te registren el cuarto te van a encontrar todos esos libros robados y verás, te van a caer cien años.

El hombre hizo una mueca de disgusto, un intento por mantener la dignidad frente a mí y a mi padre, a pesar de su gabardina llena de manchas y descosidos y la evidencia de su robo. Pero desistió pronto.

–Ojalá me llevaran a la cárcel, coño, que al menos así podría comer y olvidarme. ¿Sabes que con todas las cabronadas que he hecho en la vida nunca he terminado en ninguna cárcel? Estoy seguro de que es parte de la suerte, la mala suerte. Por cierto, Teo, ¿no tendrás veinte duros por ahí, para comprarme un bocadillo?

Mi padre sacó la cartera y le dio un billete de cinco mil pesetas y el hombre casi se arrodilló y bajó la cuesta saltando, con una levedad repentina, como si la posesión del dinero le hubiese aligerado el hambre y el orgullo. Nosotros entramos en el parque por una pendiente llena de hojas sucias y descuidadas, los árboles desnudos, manchados por el humo, los bancos despintados donde algunas parejas se miraban a los ojos en posturas estáticas, sin saber qué hacer.

–Seguro que éste se gasta ahora los mil duros en libros, el muy majadero. Es un caso, el tío. Te acuerdas de él, ¿no, Pablo? Era un cachondo mental, y pintaba bien, por cierto. Además, ahora recuerdo que era muy amigo tuyo, es verdad. Pues eso, que fue la bebida lo que lo jodió. Hace unos años me lo encontré durmiendo en un banco de la calle, después de no verlo en mucho tiempo, y le dije: Luisito, coño, vente a mi casa unos días y a ver si te encontramos algo, que no puede ser que estés así. Se quedó seis meses en casa, el muy cabrón, en la misma habitación donde ahora dormís vosotros. Me cogió prestado un traje, que todos los días usaba hasta que al final tuvimos que tirarlo, y se marchaba a las librerías por la mañana, después de desayunar como un señor, eso sí. Al mes tenía la habitación llena de pilas de libros, publicaciones de lo más variadas, aunque siempre ha preferido los tomos gruesos con fotos, los más caros. Le fascina robar libros al tío, en fin, es un caso. Cuando ya estaba desesperado y no sabía cómo deshacerme de Luisito, una tarde me llegó todo alborozado, llorando, y me dijo que le había tocado la lotería, no mucho, una pedrea, pero algo es algo. Lo primero que hicimos fue alquilarle un cuarto en una pensión. En un mes ya se había pulido las ganancias y una madrugada, cuando regresaba un poco borracho a casa, me lo encontré tirado otra vez en un banco. Pero esta vez, a pesar de la borrachera, pasé de largo, macho... que uno es gilipollas solamente una vez, como en la canción.

Cuando llegamos a casa nos cruzamos con el hombre de azul y la mujer extraña que salían. Teo habló un rato con ellos y yo los miré de reojo, y el hombre me recordó a Marisa, porque él también se había acostado con ella. Lo odié por ello, y odié también a la mujer nerviosa e histérica, porque era fea y desagradable.

Por la noche Marisa vino de improviso, aunque yo pensé que aquella llegada estaba ya preparada, y los cuatro nos fuimos a comer a un restaurante lleno de bodegones y de cuadros que, según me explicó Teo, el dueño había ido cobrando a sus clientes pintores a cuenta de las cenas que le adeudaban. En la mesa que siempre le reservaban a Teo, bajo un óleo suyo de una mujer desnuda cuyos pechos se confundían con unas rajas de sandía y unas manzanas, los camareros comenzaron a desfilar con una ofrenda de chorizos y salchichones, de boquerones en vinagre y gambas al ajillo. Lo hacían con una veneración que me hizo pensar que aquello era un rito de homenaje, una repetición de una vieja costumbre de remotas tribus ibéricas que agasajaban al ceramista, al que teñía las telas de las ropas, al que labraba la madera, con el mismo respeto que profesaban por el sacerdote. El artista, de pronto, era el mago de la tribu en aquel restaurante donde los platos de las mesas se reflejaban contra los bodegones colgados en las paredes. Mientras comíamos mejillones con una salsa roja que me recordaban la copulación del cuadro del Bosco, Marisa me rozó con su pie desnudo por debajo del mantel.

–¿Qué habéis hecho hoy? –preguntó a todos al mismo tiempo, como si el pie que me acariciaba no fuera de ella.

–Hemos estado paseando por *El Jardín de las Delicias*, tocando las tetillas de mujeres muy delgadas con sombreros de fresas, y hasta nos han dejado poner flores en el culo de un señor muy simpático.

Bebíamos un vino de un sabor muy intenso cuyas etiquetas estaban decoradas por Teo. Los camareros seguían depositando sus ofrendas, navajas que devorábamos con las manos, salpicando el mantel, pimientos empapados de aceite que Teo calificó de «conversación con los dioses», sardinas con sabor a brasa.

–Yo no sé si se debe al hambre que hemos pasado –dijo mi padre mientras agarraba un pedazo de lomo de un rojo oscuro veteado–, pero este pueblo no solamente come bien, sino que tiene incluso una estética y una ética de la comida, o tal vez de la gula. Ya me había olvidado. Veo a la gente comer en los bares o en los restaurantes con una actitud de adoración, con el gesto de quien padece una experiencia religiosa, y la famosa mística española perteneciera ahora al terreno de la comida. Desde el cocido madrileño de la portera a las cocochas del marqués, la gula parece unificar el carácter del español.

–Es lo que digo yo, joroba, que deberían añadir la cocina a las siete artes mayores. ¿Verdad, Marisa? A menudo se lo suelto a Julián, el dueño: «Julián, tú eres más artista que yo y que todos los otros, porque tus bodegones al menos se pueden comer». Julián se ríe con modestia. Los cocineros tienen a menos su propia profesión, me he dado cuenta, y creo que es por culpa de sus mujeres. Las mujeres no respetan la cocina como un arte, porque para ellas es algo de todos los días.

Marisa olió el contenido de una nueva botella de vino que un camarero acababa de escanciar en su copa y emitió un suave grito de felicidad, un sonido parecido al que yo escuchaba cuando la besaba en la oscuridad de las calles y ella parecía cambiar de voz ante la cercanía del placer. Su pie descalzo, ligeramente duro en los bordes, seguía frotando mi pantorrilla distraídamente, y añadía otro goce al que me producía el vino y la comida.

De pronto, el ruido alto y acompasado que retumbaba en el lugar se vio desplazado por voces más fuertes aún que acallaron las otras. Dos hombres se levantaron con dificultad de su mesa, tambaleándose al encontrarse con la gravidez de la posición vertical, y continuaron increpándose de pie, con las servilletas todavía prendidas de sus regazos. Parecía que discutían de política, que uno de ellos defendía el orden y el otro la libertad, dos palabras ajenas e irrelevantes en medio de los pimientos que aún quedaban en el plato y las morcillas humeantes que los camareros acababan de traer, siniestras con sus pellejos negros, pero que despedían un olor dulce, hermoso como un color o el brillo del mármol. Los camareros acallaron a los dos hombres y el ruido rítmico de antes volvió a poblar nuevamente el resto de las mesas, un martilleo de zetas y de risas que parecía reflejar una alegría inconsciente y poderosa.

Cuando terminamos de comer, algunos hombres y mujeres se acercaron a nuestra mesa para saludar a Teo y vi sus gestos de sorpresa y admiración cuando nuestro amigo les presentó a mi padre. Marisa volvió a acariciarme la pantorrilla por debajo del mantel, tal vez estimulada por el peligro novedoso que le provocaba la presencia de los recién llegados. Cuando miré sus ojos verdes al sentir el roce lánguido de su pie, me encontré de nuevo con aquella expresión salvaje que precedía a nuestros encuentros.

Salimos casi sin despedirnos de los otros para evitar cualquier demora, esquivando a los camareros que seguían transportando comidas en una ofrenda interminable, azuzados por una repentina urgencia de besarnos. La abracé en la puerta del restaurante y volví a sentir otra vez que su cuerpo pesaba menos en el instante mismo en que comenzaba a buscar el placer, una ingravidez que me permitía atraerla contra mí y manejarla a mi antojo.

En el coche, cuando estaba a punto de desnudarla sobre el asiento, excitado por la embriaguez y el ansia que me producía su abandono, Marisa se resistió con una fuerza que me sorprendió.

–Ahora no, Ricardo, por favor. Tengo que recoger algo.

De pronto supe que aquella noche el objeto de su urgencia no era yo, sino la atracción de otra aventura que entonces ignoraba.

Condujo en silencio y muy deprisa por calles cada vez más desiertas y edificios más grises y desnudos, lugares sin plazas y con sólo farolas esporádicas, donde yo observaba los descampados y los andamios de una ciudad en construcción. Parecía que no le preocupara el silencio, que había olvidado ya las escaramuzas a la salida del restaurante, todavía reflejadas en su pelo ligeramente desordenado y una tira del vestido caída sobre el antebrazo, e incluso había olvidado también nuestros encuentros en la Casa de Campo y en las calles abandonadas, el amor desordenado que practicábamos. Me miró varias veces con un gesto ausente, como si no estuviera pensando en mí sino en el lugar de su cita, y yo me sentí en aquel momento un imbécil por estar allí, junto a aquella mujer que de pronto era una desconocida para mí, rodeado de edificios grises e iguales que me parecían cuarteles o prisiones, en lugar de haberme quedado bebiendo vino con Teo y mi padre.

Frente a un portal de una calle estrecha y mal calculada, donde una acera miserable apenas dejaba pasar un solo cuerpo y los edificios oscuros de ladrillo parecían una larga pared sin ningún relieve, Marisa estacionó el automóvil y me pidió que la esperara.

Recuerdo que tenía un cansancio repentino, como si el vino no hiciera efecto en medio de aquella calle angosta por donde no caminaba nadie ni se escuchaba ningún signo de vida. Pensé en poner en marcha el automóvil y regresar al restaurante, volver a beber y comer otra vez hasta recuperar el espíritu festivo que poseía antes de que Marisa me hubiese llevado a aquel suburbio donde sentí que habitaba un horror oculto y la gente debía comer las sobras de la noche anterior y beber vino barato y dormir acosados por pesadillas. La fealdad de las paredes me recordó también a Lisa, a quien no añoraba, y las calles mal construidas parecían un remedo de las calles contorsionadas del sur del Bronx.

Una pareja subió la calle estrecha cogida del brazo, en silencio, con una tristeza que no supe si era obra del lugar o era en verdad de ellos, que la arrastraban en forma de amor cansado mientras esperaban que se les angostara la vida en una de aquellas casas. Cuando pasaron junto al coche vi el dolor de sus rostros, una pesadumbre que debía tener que ver con las paredes delgadas del apartamento donde vivían, o con la falta de dinero o el comienzo de la desilusión. Entraron en el mismo portal que Marisa había atravesado hacía más de veinte minutos, o dos horas. Había perdido otra vez la noción del tiempo. El portal era estrecho y olía a basura recién sacada. El portero automático tenía varias luces fundidas y yo apreté una de las pocas que todavía funcionaban. Nadie preguntó nada al otro lado: únicamente sonó el ruido desagradable de la puerta, como si fuera una trampa. La baranda de la escalera no era de madera noble, como la del apartamento de Teo, sino de un metal despintado por el roce de muchas manos. Subí con la respiración contenida porque olía a pobreza y suciedad, y los restos de la basura que alguien había bajado con torpeza estaban en cada escalón, pedazos de papeles, mondas de patata, la cáscara de un plátano. En el rellano del primer piso me detuve a escuchar, pero sólo pude oír ligeras respiraciones cansadas. Apreté el timbre del primero derecha. Al cabo de un rato escuché unos pasos. Una mujer anciana, medio desnuda, me abrió la puerta y se quedó mirándome como si tratara de reconocerme.

–¿Eres tú, Julián, hijo? No veo bien, sabes que no veo bien.

Llevaba una bata vieja, llena de una mugre que no pude identificar, y olía a sudor acre, almacenado por mucho tiempo, tal vez años.

–Usted no es Julián. ¿Qué quiere, señor, dónde está mi Julián? Lo han matado. Dígame si es verdad, si lo han matado. Julián, ¿estás ahí, Julián?

Salió al descanso y se asomó por el hueco de la escalera, tambaleándose, con la bata abierta que dejaba ver un cuerpo lleno de bultos y de venas, un asqueroso desorden. Luego se me acercó, y sus ojos vacíos de imágenes, de expresión, me miraron sin que yo pudiera adivinar en ellos si reflejaban rabia, miedo o curiosidad.

–¿Dónde está mi Julián? ¿Lo han matado, dígame de una vez, lo han matado ya? Sabía que una noche iba a ocurrir, que un hombre iba a venir a decirme que habían matado a mi Julián. Pero pase, pase, usted debe ser policía, ¿verdad? Pase que le dé un café, cuénteme, dígame que sólo lo han detenido, que esta noche me lo traen otra vez, sin nada roto. Ha sido por culpa de esa puta, ¿verdad?, la rubia esa con la que estaba ahora. ¡Juliaaaán!

Gritó en medio del rellano, un alarido terrible que tenía guardado para aquella ocasión y que podía haber despertado a todo el edificio. Yo subí sin mirarla de nuevo hasta el segundo piso y escuché el ruido de la puerta que se había cerrado. Oí murmullos en el segundo izquierda.

–Te he dicho que no quiero que me critiques más, joder –decía una voz ronca, tal vez algo bebida, quizá la del hombre que había subido hacía muy poco con la mujer–. Que estoy harto de que cada cosa que haga tú la aproveches para machacarme un poco más, hostias, para destruirme. ¿Qué quieres, si las cosas no salen bien, si el Pepe era un hijo de puta y se ha rajado a lo último? Dime, qué quieres, imbécil.

Se oyó el ruido de una bofetada sonora y luego los gemidos de la mujer. En la puerta del tercero derecha había un cartel enorme con las caras de los Beatles. Toqué el timbre y oí los pasos lentos de alguien. El hombre misterioso del Rastro, el que una vez llevó una gabardina negra y tuvo una barba esponjosa, estaba de pronto frente a mí con el torso desnudo y el pantalón muy ancho de un pijama azulado. Parecía estar peor que cuando le vi aquella vez hablando con Marisa, los ojos perdidos en un pensamiento remoto, o en el vacío. Me dio la espalda y caminó lentamente hacia un sofá donde se sentó con desgana. En el suelo, tendida sobre una alfombra junto a la mancha húmeda, negruzca, de un vómito, vi a Marisa vestida, con los ojos cerrados. Cuando dije su nombre, abrió los ojos por un instante, aquellos ojos verdes en los que ahora solamente se apreciaba la calma, y me mostró una sonrisa desdibujada antes de cerrarlos. Me senté junto a ella y la acaricié, pero no respondió. En la mesa, junto a una cucharilla doblada y un paquete de cigarrillos, había una jeringuilla con la punta manchada de sangre, una gota marrón que no acababa de caer. Las paredes amarillas y desconchadas de la habitación me evocaron, otra vez, la fealdad, y me acordé de Nueva York, de los hombres que se quedaban muertos en las esquinas o en las casas destruidas, y del hotel de Lisa, que se había muerto también en una habitación perdida entre edificios abandonados.

14

El apartamento donde vivía Marisa apenas tenía muebles. Era un largo pasillo con habitaciones atravesadas por donde apenas transitaba la luz, y paredes de un color pálido que resultaba difícil descifrar, heredado al parecer de una tía soltera. Recuerdo que olía a un queso rancio que debía haber quedado abandonado en algún aparador desde los tiempos de la tía, y el suelo de las habitaciones había comenzado a abrirse y levantarse como si la madera padeciera alguna enfermedad. De un día para otro las puertas se iban quedando abiertas porque la hinchazón del suelo no permitía cerrarlas, y Marisa vivía envuelta en mantas, perseguida por las corrientes que circulaban libremente por el largo pasillo.

Un día me di cuenta de que me había instalado allí sin quererlo, que llevaba una semana acostado en el colchón viejo de una habitación llena de pedazos de madera, abrazado a una Marisa ausente que sin embargo conservaba intacta la suavidad de la piel y sus tetas duras. Cuando me levantaba por las mañanas, con frío por culpa de las puertas abiertas, me clavaba los pedazos de madera en los pies descalzos e iba arrastrándolos conmigo por toda la casa, dejando un reguero de suelos superpuestos que complicaba el paisaje.

No sé por qué me instalé en aquel lugar casi en

ruinas, por qué abandoné el apartamento de Teo, donde los muebles eran de madera antigua y había pinturas de mujeres desnudas por las paredes y olía a café en el portal. Creo que me fui allí porque quería averiguar su secreto, saber la causa de su adicción, descubrir por qué Marisa había decidido que la pasión de enseñar su cuerpo a muchos hombres ya no era suficiente, ni tampoco el estado de delirio en que la dejaba hacer el amor, y había necesitado algo más, iniciarse en aquel acto destructivo que la anulaba. En aquellos días no me lo quiso decir, pero yo adiviné que había comenzado a cansarse del amor y estaba probando un placer infinito y manejable, un goce mecánico que se aplicaba fácilmente con una aguja, sin la complicación que suponía el tener que buscar un hombre en la calle para disfrutar con él.

Aquellas primeras semanas, cuando comencé a vivir en su casa, a dejar que mi presencia se fuera acoplando al espacio vacío, lleno de piezas de madera como un rompecabezas incompleto, yo rechacé el placer de la aguja que me ofrecía a cada rato. Me gustaba que ella se colocara al borde de su estado de desconsuelo, un goce blando y ajeno, y desnudarla sin que a ella le importara, o se percatara siquiera, y recorrer con los dedos y la lengua la superficie de su cuerpo como si fuera el cadáver de una mujer asesinada hacía escaso tiempo. Era una muerta aún caliente, hermosa y pálida, que murmuraba semidormida cuando yo acariciaba sus pezones morados, aquel pecho tan enhiesto que parecía de madera, aquel coño oscuro y abierto que al final terminaba por reaccionar a mis besos, y se encendía como un motor, y palpitaba ajeno a su dueña.

Pasamos varias semanas así: ella salía a su ronda de exhibición en los estudios de pintores famosos que la miraban con lujuria pero se limitaban a pintar y a pagarle, y ella se gastaba el dinero en comprar sus dosis. Por la tarde, cuando llegaba a casa agotada y ansiosa, tan indiferente a mí como al resto del mundo, yo la ayudaba a quemar su droga en la cuchara con agua, a sorber con la jeringuilla el agua mezclada, y la veía inyectarse con rabia, mordiendo con sus dientes feroces la goma con la que retenía la sangre. Cuando llegaba la noche yo la amaba sin que a ella le importara.

Perdí de vista a mi padre y a Teo, me fui diluyendo solo en la ciudad desconocida de la que cada vez sacaba menos símbolos y menos recuerdos, como si la necesidad de acechar a Marisa, de esperarla para amarla mientras ella pensaba en otra cosa, fuera suficiente. Caminaba a veces por las calles, por los parques, sin mirar a mi alrededor, ajeno a la vida que retumbaba en torno a mí, como hubiera vivido en cualquier ciudad desconocida. Notaba que algo se había angostado en Madrid, que ni siquiera tenía la urgencia de pintar, de rebuscar los rostros y los objetos de la fealdad, de rebelarme contra nada en protesta por una existencia ordenada y estúpida que no quería vivir. Y cuando escudriñaba en mí, solamente acudía una sensación de vacío que cada vez me iba empujando más hacia el día definitivo en que Marisa consiguió compartir conmigo su destrucción.

Recuerdo que había salido a pasear por el Retiro y había visto los colores de las hojas al comenzar la primavera, y me había fijado también en las mujeres, y había pensado que todas tenían una belleza secreta y común que las hermanaba, y que únicamente yo podía ver. Pensé entonces que mi oficio era el de pintor, que hacía mucho tiempo que no me ponía delante de una tela en blanco y trataba de crear algo de la nada, un nuevo objeto que al principio sólo iba a estar destinado a mí. La belleza de las flores y de las mujeres me perseguía cuando cerraba los ojos en un banco, frente a un estanque lleno de barcas blancas que remaban a la deriva, encerradas en su pequeño mar. Había una estatua de un jinete subido en lo alto, y un pórtico de columnas donde las parejas se besaban. Un viejo con boina y arrugas, quemado por el sol como Ramiro, el hombre que me había robado mi cazadora de cuero después de haberme enseñado su insólita visión de la ciudad, vendía barquillos dulces colocados en una vasija de metal. Hombres de expresiones inquietas miraban a las mujeres sentados en los bancos, y algunos les decían cosas, piropos que no pude entender, pero que imaginé grotescos, como ellos mismos. Miré a mi alrededor, más allá de lo que ocurría junto a mí, y vi matrimonios gruesos y prósperos empujando un carrito con sus retoños, y militares con mujeres de piernas feas que iban anunciando la ilusión en sus ojos, y niños que corrían como en la Nacional, y arrasaban con todo, y las nubes del cielo eran chatas y algodonosas, y las mujeres mayores tenían los cabellos enhiestos y hablaban en voz baja. De repente me acordé de un paisaje parecido, el paisaje que había contemplado una tarde de fiesta en Coney Island, y todo me resultó muy feo otra vez, pero de una fealdad mezquina, pequeña como los edificios, sin ningún atisbo del drama y la fealdad que había en Coney Island. Pensé que era imposible pintar aquello, que tal vez era cierto que ya no deseaba pintar. La saliva me supo a arena, a los dulces que me daba mi madre en una habitación llena de muebles de madera olorosa y vieja. Entonces corrí hacia casa, caminé por calles de aceras manchadas de grasa, me crucé con mujeres de cabellos esponjosos y teñidos, recién salidos de las peluquerías, con niños que corrían sin dirección, con curas de rostro de aceituna, verdosos y avinagrados. Marisa me inyectó aquella noche por primera vez, con la complicidad de quien te invita a un viaje al vacío, y entonces descubrí el lugar donde se había instalado, y me gustó porque en aquel lugar no existía la pintura ni la nostalgia, y ni siquiera la belleza o la fealdad eran ya necesarias.

15

Un mes después, cuando mi padre me llamó por teléfono a casa de Marisa para proponerme que alquiláramos un automóvil y nos fuéramos unas semanas por los pueblos pequeños donde hacía muchos años él ya había tratado inútilmente de encontrar algo que le impidiera huir, yo pensé que aquel paseo que estaba planeando ahora se parecía mucho al viaje que me había ofrecido la noche de la muerte de Lisa. El recorrido por los pueblos, que precisamente habíamos planeado en Nueva York aquella misma noche, la víspera de nuestro viaje a España –cuando él sacó el mapa y me fue enseñando los puntitos negros y describiéndome las ciudades que representaban–, me alejaba casi milagrosamente de la destrucción que desde hacía un mes vivía con Marisa, y lo hacía en el instante más preciso, poco antes de que ya no pudiera hacerse nada.

Recuerdo que le oculté a Marisa la perspectiva del viaje, y la mañana misma en que teníamos previsto salir no le dije siquiera que estaba a punto de marcharme, como si fuera así de fácil huir. Aquella noche había soñado otra vez con mi madre y al volante del automóvil rojo que parecía demasiado estrecho para los dos, bajo los edificios de juguete de la ciudad, pensé que mi padre y yo íbamos en busca de mi madre, y que el viaje por los pueblos solamente era un pretexto para encontrarla después de tantos años.

Mientras atravesábamos el tráfico camino de la salida de la ciudad, sentado a mi lado como si él fuera el más joven de los dos, mi padre no paraba de hablar de sus recuerdos: parecía que al expresarlos en voz alta tuvieran el efecto de perdurar aún más en su memoria, de hacerse más reales. Su voz me sonaba desde muy lejos, ausente como el paisaje imaginario que estaba describiendo. Poco antes de salir de casa había abierto el bolso de Marisa y me había inyectado su última dosis en el baño.

–Ese edificio de allí, donde dice Metrópolis en lo alto, siempre fue para mí una rendija que se abría de pronto a otro mundo, alejado de mi país, una enorme advertencia de lo que tal vez me estaba perdiendo y que sólo a ratos, desde la esquina del Círculo de Bellas Artes donde me aposentaba para mirarlo, lograba rodear de personas con un aire lo suficientemente cosmopolita como para imaginar otro Madrid por donde no hubiese pasado una guerra, una ciudad abierta al mundo en la que su historia tuviese al menos un parecido con sus edificios –me decía mientras se asomaba a la ventana del coche y señalaba un edificio grisáceo y deslucido al comienzo de la Gran Vía, y yo mantenía como podía la línea recta entre el desorden de los otros viajeros–. Yo veía cómo en mi país triunfaba una vez más la oscuridad y la soberbia, Ricardo, cómo se desmontaban los avances de la imaginación para sustituirlos lentamente con la fuerza, la ferocidad, el elogio de la incultura, y entonces trataba de alejarme de todo aquello desde la esquina del Círculo, que era precisamente el símbolo de la felicidad que nace de la belleza, aunque en ese momento se encontrara desierto, convertido en cantina militar y lugar de ensalzamiento del régimen, porque la cultura había muerto, o estaba en la cárcel o en el exilio.

Recuerdo que no entendía mucho lo que estaba diciendo, pero sus palabras se me han grabado como las frases precisas que utilizaba cuando yo era pequeño para comunicarme la belleza y contagiarme. Escuchaba la descripción de aquella ciudad que él había contemplado al principio de los tiempos, y trataba de compararla con el paisaje de edificios negruzcos que ahora yo veía a través del parabrisas, y sólo a ratos las dos coincidían, y el horror que él había sentido un día se me aclaraba de repente, sólo por un instante, como si yo también lo hubiese presenciado pero se me hubiera olvidado. Entonces me parecía que las sensaciones del último mes eran idénticas a aquel horror que él trataba de explicarme, y yo también buscaba una salida a través de él, y necesitaba que me hablara de la belleza de las casas de Nueva York y de las columnas corintias de Palladio, como si fuera un asunto de vida o muerte que yo no lo olvidara.

–En la esquina del Círculo de Bellas Artes, donde Antonio Palacios, mi arquitecto favorito, había querido construir una ciudad dentro de la ciudad, como para también aislarse él del resto y esconderse en un lugar lleno de habitaciones dedicadas a la conversación y la lectura, a las exposiciones, al teatro, a la civilización, en fin, que otra vez volvía a esquivar a este pueblo, en la esquina ésa yo me sentaba en primavera con unos pequeños anteojos y un papel de bocetos y un lápiz, y recorría el edificio: la rotonda con columnas corintias y los entablamentos con esculturas donde habitaban hombres ajenos al entorno, personajes de un sueño clásico que se celebraba en otro lugar, aunque al mismo tiempo se parecieran en sus rostros angulosos a los hombres que caminaban debajo, el peinado de la mujer que remataba la rotonda cercano a los de las mujeres que tomaban chocolate con churros en los bares de la Gran Vía, tal vez en el Manila, un poco más arriba, debajo del edificio Capitol. Yo miraba las esculturas, y la pizarra de la cúpula que los hermanos Fèvrier habían traído de París para convertir Madrid en una sucursal de la ciudad más hermosa de Europa, y me daba cuenta de que era un edificio, o tal vez una calle, toda la Gran Vía, una calle y un edificio que no se correspondían con el tiempo ni con los hombres de chaquetas oscuras de pana y rostros tristes que la recorrían; toda aquella pompa de antorchas flamígeras, de festones con pámpanos y uvas, era completamente ajena a las cabezas que pasaban delante de mí, como si la arquitectura de esa parte de la ciudad fuera invisible para aquellos viandantes preocupados con su miseria apenas descubierta, y solamente permaneciese erecta para que yo pudiera verla e imaginar otra ciudad, un laberinto de edificios idénticos a los de la ciudad desconocida pero hermosa adonde quería huir cuanto antes.

Las palabras de mi padre seguían describiendo la ciudad paralela que a duras penas se reflejaba sobre el paisaje verdadero de edificios trasnochados y sin sentido, sobre los balcones de hierros delgados y elegantes y los adornos de escayola que colgaban de fachadas negruzcas manchadas por los gases y abandonadas por la indiferencia de los que caminaban debajo. Traté de imaginarme otra ciudad distinta, pero la memoria solamente me hacía regresar a la imagen de muchos ángulos de una calle de Nueva York. Aquí, en cambio, todo era similar, provinciano y algo feliz, lleno de mujeres y hombres sencillos, ajenos y adocenados, sin prisa en una tarde de domingo casi primaveral.

–La cúpula, rematada entonces por un águila y su jinete, porque antes era un águila con un jinete, el símbolo de la Unión y el Fénix Español, y no esa especie de Victoria que he visto ahora, me evocaba ciudades europeas estudiadas en libros donde esculturas poderosas simbolizaban el comercio, donde la industria había sustituido a la Iglesia como promotora del arte hacía ya mucho tiempo. Aquí, en un país donde la Iglesia había vuelto a traer su mundo de cuellos cerrados y oscuros infiernos y en vez de promover el arte lo enfoscaba en las fachadas de los templos antiguos de los pueblos o prohibía la entrada a coros donde Eva estaba desnuda y enseñaba unas tetas hinchadas de madera, donde el comercio y la cultura habían sido pasados por las armas y la cruz, el edificio que yo observaba cuando estudiaba arquitectura en el Madrid de la posguerra pertenecía a otra vida anterior, era un superviviente de la barbarie. Y esa vida por mí soñada encajaba también con un aspecto del edificio que no era plástico, ni tenía formas, ni imitaba a una naturaleza estilizada: era que su construcción me evocaba una ciudad que no existía, un lugar amplio y hermoso, lleno solamente de aquellos edificios, donde los hombres eran conscientes hasta de los remates de las agujas y las columnas eran gigantescas, una gran ciudad que se extendía por amplias zonas y tenía calles dedicadas al comercio, y otras para que trabajaran los artistas, y miradores inmensos desde donde se podían ver los tejados de los edificios, en la misma perspectiva bajo la que habían sido pensados por su autor. Era precisamente una metrópolis, la celebración de la ciudad, el aprovechamiento de los edificios y las esquinas para desplegar la imaginación y contagiarla, algo que solamente descubrí unos años más tarde en Nueva York.

El coche que mi padre había alquilado para nuestro viaje era pequeño y estrecho, y no tenía aire acondicionado ni radio, tan distinto de los autos enormes, seguros como barcos, llenos de pequeños detalles, que había en mi país. A mi padre, a la dignidad de mi padre, no le sentaba bien aquel coche rojo y modesto, demasiado apretado para él, muy parecido al mundo de edificios pequeños que nos rodeaba como en una maqueta descomunal donde las avenidas fueran de mentira y las fachadas de las casas una cáscara de cartón-piedra sostenida detrás por tablones. Y sin embargo parecía feliz, contento con el retorno al mundo añorado del que había huido a causa de su estrechez y ahora volvía a apreciarlo sin el temor que había tenido hacía muchos años, cuando pensó que aquellas mismas calles que nosotros recorríamos ahora eran una trampa que alguien le había tendido para atraparlo allí y hacerlo infeliz.

–La Gran Vía tiene el aire de un río y alguien me dijo una vez, quizás otro arquitecto o Teo, que por eso los edificios de la calle tienen forma de proa de barcos.

Las palabras de mi padre, su voz y el sonido de las

explicaciones que me daba sobre aquella ciudad que solamente existía en su recuerdo, comenzaron a hacer efecto sobre la soledad y el vacío del último mes. Mientras le escuchaba recordaba la infancia, el tiempo en que nos dedicamos a levantar el *Interior para una Decoración Elegante* y él me iba contando su percepción de la belleza sin explicarme nunca cómo la había descubierto. Me di cuenta entonces de que el viaje por los pueblos era una repetición de aquellos escasos momentos de mi infancia en que mi padre lo había abandonado todo, sus mujeres, sus edificios, sus conversaciones en salones almohadillados, protegidos del exterior por cortinas espesas, y se había dedicado a estar conmigo. Un regreso a las épocas breves en que yo me alejaba de la rutina miserable que me imponía el colegio, la mentalidad pequeña, práctica, mezquina, de las criadas, el aburrimiento del clima invernal, y entraba con mi padre en su universo mágico de columnas y arquivoltas, de tracerías planas o impostas, de linternas o chapiteles, palabras que me iba enseñando en español y en inglés, a veces tan parecidas entre ellas –*archivolt, tracery, impost, lantern*–, otras tan diferentes –*steeple*–, cuando paseábamos por sus calles favoritas, sobre todo por West End Avenue, y me señalaba los detalles de los edificios, algunos de los cuales él apuntaba muy rápidamente en una libreta que siempre llevaba en el bolsillo, en la que yo a veces espiaba porque me gustaban sus dibujos de adornos y su letra apretada.

En nuestro recorrido por los pueblos que comenzábamos aquel domingo de sol tibio todo era igual que entonces, cuando la mediocridad del invierno y la rutina me acosaban: mi padre me vinculaba de nuevo a su universo elegante, armónico, que él construía impecablemente con aquella capacidad que tenía para escoger lo mejor e ir descartando sin darse cuenta lo grosero, lo que no importaba. Mi padre me acogía justo cuando yo volvía a rodearme en Madrid de la fealdad como me había ocurrido en Nueva York, cuando una cierta atracción por lo morboso que allí me acercó a las ojeras disolutas de Lisa, a los hoteles sucios y los prostíbulos de putas viejas donde me perdía por la noche y escuchaba las formas más bajas de muchos idiomas, en el Madrid de Marisa y los domingos en el Rastro me había colocado al borde de lo único que no había probado en Nueva York y en esos días me estaba atrapando lentamente, mezclado con los besos y los escalofríos de ella cuando nos amábamos violentamente en los rincones de su apartamento vacío. En ese preciso instante en que yo estaba de nuevo a punto de la disolución, mi padre acudía con sus recuerdos y su capacidad para revestir de hermosura las cosas, en el inicio de un viaje olvidado y luego planeado a última hora, para el que no llevábamos ni siquiera un itinerario.

Le vi hacer un escorzo imposible hacia mi lado, en aquel coche estrecho, para observar un edificio por la ventana.

–Mira, ése es el Palacio de la Prensa, mi primer recuerdo arquitectónico. Iba caminando por Callao del brazo de mi madre, o de mi hermana, no me acuerdo, mirando al suelo y los otros peatones, y de pronto, sin saber por qué, levanté la vista al cielo y en lugar de las nubes me encontré con esa mole de ladrillo rojo, con esa hornacina gigantesca llena de ventanas, y a partir de entonces comencé a tropezar con las farolas y la gente porque siempre iba mirando las fachadas de las casas.

Pasamos el edificio Capitol, la enorme masa del edificio España que me recordó los zigurats de Nueva York que tanto amaba mi padre, aunque éste tenía un aire reluciente y demasiado ostentoso que parecía hablarle al paseante de la existencia de un ilimitado poder, una prepotencia de pirámide nueva y ajena. Mi padre iba mirando junto a mí las casas y las caras y las esquinas de la calle Princesa mientras yo esquivaba como podía los arranques nerviosos de los conductores que me miraban furiosos desde sus rostros desfigurados por el humo de los cigarrillos que llevaban en la boca y les impedía ver bien; pensé que debía estar haciendo algo mal porque escuchaba el sonido insultante de sus bocinas mientras mi padre me distraía señalándome algún detalle que acababa de recuperar del olvido, la cristalera de una terraza donde había vivido una amiga suya, la fachada de una taberna donde había bebido con sus compañeros un vino duro y raspante cuando salían de clase, los grupos de estudiantes que caminaban por las aceras estrechas con cierto desparpajo, mujeres pequeñas y guapas y mandonas que arrastraban a hombres torpes y vestidos con pantalones americanos, «eso de ahí, ese Escorial que recuerda a Felipe II y a la concepción austera de la vida, a la apoteosis de la gloria militar de aquel régimen que entonces acababa de instalarse y hoy acaba de morir, es el Ministerio del Aire, un edificio con el objetivo de asustar», me dijo ante una construcción descomunal cuando ya íbamos saliendo de Madrid y el tráfico era más veloz de pronto y los dos nos transmitimos una sensación extraña de libertad, como si el dejar la ciudad atrás, o las ciudades, o la ciudad doble, fuera el comienzo de nuestro viaje a los orígenes de algo que todavía no sabíamos.

Recuerdo rastros de nieve en la sierra del fondo, un muro sin demasiado dramatismo que acercaba un paisaje de pueblos desperdigados con una falta de ordenación parecida a la de las peñas grises y enormes colocadas aquí y allá a lo largo del valle. Mi padre me señalaba un merendero a la derecha de la autopista, la Pérgola, leí de refilón, adonde iba con su padre y su madre y sus hermanos los domingos a comer tortilla de patatas, y se acordó de pronto del bigote de su padre y su estómago patriarcal que exigía dos sillas, «tu abuelo, Ricardo, es posible que haya sido doloroso para ti crecer sin la presencia reconfortante, severa y dulce a un tiempo, del abuelo».

Mi padre volvió a contarme como si fuera la primera vez, como si en la noche de la víspera de nuestro viaje a España no hubiese empezado ya a revelarme algunos secretos, que mi abuelo era médico y fabricaba ungüentos para enfermedades diversas que luego aparecían en los periódicos con su nombre, «Tónico Capilar del Dr. Llopart», «Aceite Llopart contra el Reuma», decorados con hombres calvos de bigotes en punta que en una segunda imagen tenían un frondoso y revuelto cabello o mujeres dobladas antes del aceite reumático que luego paseaban erguidas y orgullosas con sus faldas en forma de campana. Recordé un escaparate en Nueva York y luego me vino el olor de Kit y la tienda de antigüedades de su tío Pammler, donde había una imagen quebrada del huecograbado de un anuncio de tónicos capilares.

Todos aquellos anuncios, me seguía contando mi padre, y los óleos del paisaje de la sierra de Guadarrama que ahora yo contemplaba por primera vez y que mi abuelo pintaba los domingos por las tardes después de merendar, rodeado de sus cinco hijos que pronto aprovechaban la quiebra de disciplina que suponía su concentración y se dedicaban a esconderse detrás de los pedruscos, todo aquello se perdió cuando los hermanos de mi padre vendieron la casa paterna de Miranda del Castañar, con los objetos de la memoria que había dentro, poco después de que mi padre se fuera a Nueva York, y desde entonces no los había perdonado.

A medida que avanzábamos por la carretera, negra como un metal entre campos dorados e iguales, yo me sumía en un agujero impreciso que disolvía el pasado de Nueva York y me convertía en otro, en un ser que podía desdibujarse bajo aquel cielo chato y las palabras de mi padre que describían su historia, como si otro Ricardo con abuelo y paisaje me hubiese estado aguardando todos aquellos años para decirme ahora que yo era diferente, que yo tenía un pasado y no era ese pintor abandonado que pocos días antes huía de un marinero desquiciado en la ciudad, sino que era otro con una cultura muy antigua en la memoria.

Atravesábamos campos secos, muy planos, donde era posible ver el final a lo lejos, bajo un cielo demasiado grande que parecía aplastarlos. La tierra estaba dividida en extensiones de colores diferentes, con los bordes rectos, espacios de una geometría irregular donde se reflejaban siglos de disputas entre hermanos por repartirse los labradíos del padre, las decisiones selladas por muros cortos, levantados con piedras colocadas una encima de la otra. Veía a mi padre mirar entusiasmado los contornos de los sembrados y sus tramas distintas, o tal vez las colinas secas o los montones de paja repartidos entre los prados, o los muros que dividían los terrenos, y supe del dolor que tenía que producirle aquella visión, porque todo aquello, colinas, pueblos, pastizales desiertos, conformaba el pasado que a un tiempo había querido olvidar y transportar consigo para siempre. De pronto, en medio de aquel campo, me pidió que detuviera el automóvil y quiso que saltáramos a una cuneta llena de pedregales y avanzáramos bajo un cielo tan ancho que causaba más soledad que el cielo troceado por los edificios de las ciudades. Al fin llegamos a uno de los muros y entonces me pidió que mirara con atención el trabajo cuidadoso de la erección de aquel muro sencillo sin el uso de la argamasa, la paciencia de ir buscando las piedras de un tamaño similar, de irlas colocando una a una, encajándolas, midiendo el empuje de una para compensarlo con otra hasta crear una pared hermosa, una organización diferente de la naturaleza aunque al mismo tiempo guardara un inevitable parecido con los filos de las montañas.

–¿No es bonita esta pared, Ricardo? –me preguntó como si no dudara de mi respuesta. El sol caía a plomo sobre nuestras cabezas y las piedras grises despedían un calor oloroso y tenían en sus lomos los mismos dibujos que las lagartijas–. Es tan sencilla y compleja a la vez que me da ganas de copiarla, de instalarla dentro de cualquier casa. Piensa en el hombre que la levantó, en su doble trabajo: por una parte necesitaba dividir la tierra, marcar su propiedad, y seguramente mientras lo hacía sintió que ya poseía algo, que la vida era hermosa porque él podía cultivar aquella tierra suya. Y tal vez como agradecimiento decidió hacer la pared bonita, porque la pared era también suya, era el homenaje a su vida, era, y tal vez lo sabía, su contribución a la posteridad. A una posteridad que fue cierta, porque aquí estamos ahora tú y yo, admirando esa obra suya, tal vez a punto de llorar.

A lo lejos, envuelto en una de esas escenas que parecían existir en aquella tierra solamente para enlazar el tiempo, del mismo modo que los muebles antiguos establecen la edad de una casa, o las casas más viejas la fecha de la fundación de un pueblo, vimos un pastor que cuidaba un rebaño: un movimiento de perros negros y obcecados dando vueltas nerviosos en torno al perímetro delimitado para las ovejas, que se movían en círculo, asustadas o tal vez indecisas. A su lado, el hombre fumaba.

Al acercarnos vi que tenía la cara estirada y morena, los ojos pequeños de quien los guiña todo el tiempo para evitar el sol y el humo azul del cigarrillo. Nos miró con curiosidad, con mucha atención, tratando de apurar aquel preludio a la ruptura de su soledad. ¿Y si el hombre hubiera estado calculando en esos segundos quiénes éramos, tratando de adivinar nuestro pasado como yo hacía cuando estaba en el metro de Nueva York y jugaba a adivinar la biografía de los viajeros más extraños?

–A la paz de Dios, amigo –dijo mi padre con cariño, como si le conociera de antes.

–Buenos días, señores... qué, de paseo por el monte, como los animales –contestó con una sonrisa enigmática.

–Ya ve, mirando el paisaje –dijo mi padre sin inmutarse.

–Es bonito el paisaje, qué pena que sea siempre el mismo.

–¿Es que ya se ha cansado de él?

–No, no, señor, usted pone palabras en mi boca. Yo he dicho: es bonito el paisaje, cada mañana es nuevo, depende de la luz, y las ganas de uno, y depende de si ha almorzado bien, o de si ha pasado una buena noche. Pero ustedes no son de aquí... tienen pinta de venir de muy lejos. No traerán alguna mala noticia para el pueblo...

–No traemos noticias, ni buenas ni malas, pero sí que venimos de lejos, de Nueva York, en América...

–Sí, ya sé. Muchos de por aquí se fueron para allá cuando la guerra, a Cuba. Algunos hasta volvieron con dinero –dijo con un acento cerrado y hueco, y trató de aspirar una colilla que se le había secado en la boca–. Pero volvieron, ¿sabe?, porque decían que no podían estar más tiempo sin mirar el paisaje, sin pasar frío en los campos... el hombre es de querencias, como decía mi padre. De querencias y también de ausencias, cuando empieza a velar a los muertos.

–Y dígame, ¿vive aquí mucha gente, señor...? ¿Cómo se llama usted?

–Raimundo, *pa* servirle. ¿Que si vive aquí mucha gente? Pues no, señor, dos o tres pobres que no tienen adónde irse. Y es una pena cómo se están vaciando estos pueblos, que ni después de la guerra había un paisaje así de solitario: algunos campos están tan solos que no quedan ni perros. Los jóvenes, en cuanto se van a hacer la mili, ya no vuelven.

Silbó un pitido que rebotó por el campo hasta perderse. Seguro que cuando estaba solo hablaba consigo del vacío del campo, o charlaba con los perros o con el rebaño, o con las lomas que todavía le asombraban. Debía insultar a Dios. Las ovejas volvieron a moverse como si temieran un destino oscuro al final del pueblo, como si aguardaran una matanza general durante un arrebato del dueño, o el pitido feroz hubiese sido una orden a los perros para despedazarlas.

–Pues cuando vuelvan allí, de donde vienen, a ver si ven al Camilo, que se fue para allá y no ha vuelto...

–Hombre, si usted nos da la dirección...

–El Camilo es fácil de reconocer: tiene gafas de culo de botella, usted sabe, y el pelo como un jilguero, y cuando se emborracha vuelve a casa dando saltitos, es para no caerse, y se gana la vida arreglando pinchazos de bicicletas.

En el automóvil pequeño al que comenzábamos a acostumbrarnos como si fuese a ser nuestra habitación para siempre y estuviésemos condenados a viajar errantes por aquellos campos iguales, a atravesar pueblos de paredes torcidas y tejas cubiertas por el moho, desolados, reunidos en torno a iglesias doradas y orgullosas, mi padre se puso de repente triste.

–Me dan pena estos pueblos fríos, inhóspitos, abandonados tal vez dentro de poco tiempo –dijo mirando hacia el paisaje. Parecía que los pueblos estuvieran reunidos frente a nosotros en hilera, vacíos, fantasmales–. Algunas casas están huecas por dentro, ¿te has fijado? Han perdido su carácter arquitectónico, porque si nadie las habita, las casas sólo son esculturas inmensas, ruinas del presente. ¿Quién va a cuidar los templos si los pueblos se vacían así? Estoy imaginando un paisaje triste de pueblos abandonados, amontonados como se amontonan las cosas viejas en un trastero, mientras los hombres se aglomeran en las ciudades.

Calló mientras miraba otra vez el paisaje y yo traté de imaginar aquellos pueblos solitarios que él acababa de describirme, pueblos con las paredes derruidas, con las casas vacías y las hierbas creciendo por las puertas y las ventanas, y entonces recordé de repente el sur del Bronx, los altos edificios desolados, de ventanas cegadas y puertas sin madera, y luego me acordé con nostalgia de Lisa, de sus tetas blandas y del hotel de las paredes desconchadas.

–Piensa en cadáveres de piedra que se van derrumbando lentamente, Ricardo, primero los sobrados llenos de aperos viejos, luego el primer piso, esos primeros pisos de las casas de pueblo que yo conozco bien porque los recorría cuando era joven como si estuviera buscando un secreto oculto debajo de las losas, algo que pudiera salvarme, sus cocinas de lumbre baja, los bancos de madera donde las mujeres se reunían durante el día mientras esperaban a los maridos y vigilaban los guisos, los dormitorios con camas frías de hierro y colchones jorobados... Yo pasé una temporada en ese pueblo que se llamaba Uncastillo, en Zaragoza, cuya iglesia tú pintaste en tu cuadro de las serpientes, ¿te acuerdas? –dijo como si aquello hubiese sido zanjado ya y yo hubiera pintado en realidad sus recuerdos y no los míos–. Me fui allí a estudiar esa ciudad medieval en una época en que estaba ofuscado con la sencillez del románico, que quería convertir todos mis planos en estructuras luminosas, rectas, donde la articulación de los bloques era lo más importante. Al principio me alojé en una pensión y todas las mañanas me las pasaba dando vueltas al ábside de la iglesia románica, dibujando sus arquerías ciegas, la composición impecable entre el ábside y la torre que remataba el crucero. Una mujer que tomaba el sol a la puerta de su casa, frente al ábside, me dejó que visitara su casa, un caserón muy grande con una pared noble que parecía ser de la misma época que la iglesia, construida quizá con los sillares que sobraron, y al final acabé arreglándome un cuarto en el zaguán, que ella llamaba engolfa, me acuerdo, nunca olvidaré aquella palabra desusada, una habitación desnuda con arcos de medio punto que formaban una galería desde la que yo miraba el pueblo, primero el ábside impecable, luego la torre inmensa del campanario con sus cuatro impostas que permitían seguir el curso de su construcción hasta llegar a los pináculos, y por fin, en la montaña levantada a medias por la naturaleza y los hombres, los restos del palacio gótico que se iba derrumbando un poco cada día, como si el tiempo hubiera enviado allí a unos obreros invisibles a desmontar las piedras lentamente, una por una, a confundirlas con los pedruscos sin labrar del campo. Me temo que el futuro de estos pueblos es el mismo que el del castillo gótico que daba el nombre a aquel pueblo donde yo terminé por descubrir no el románico, sino el efecto de ir mezclando con gran delicadeza varios estilos en un solo cuerpo, como en los pueblos de España los arquitectos que se sucedían en la construcción de los templos iban añadiendo las nuevas modas sin dañar el pasado, como escribiendo la historia con las piedras. Entonces aprendí que era posible colocar un rosetón gótico, con todas sus tracerías, en el entablamento de una casa de Park Avenue con pretensiones neoclásicas.

Esos pueblos iban pasando a nuestro lado, embboscados algunas veces tras el paisaje, castillos silenciosos subidos a lo alto de las montañas, construidos a partir de las rocas como para probar que los constructores sacaron sus ideas de la tierra, que las almenas eran una imitación estilizada de las peñas. Casas de piedras rústicas mezcladas con adobe, el entramado de maderas grises, envejecidas por la lluvia y el frío, asomándose por los muros. Plazas con iglesias de formas diferentes, con espadañas o con torres para sujetar las campanas que a veces escuchaba a lo lejos por encima del ruido del motor, escudos imprevistos en las fachadas de piedra anaranjada, animales borrosos que sujetaban blasones con tréboles y campos de ajedrez o de barras, o un arco romano repentino que todavía conservaba su mensaje de triunfo a pesar de las piedras caídas, una especie de yugo sobre la tierra para exigir una humillación de los que le pasaban por debajo, de los hombres pequeños, con boinas y chaquetas negras, raídas, que nos miraban sin disimulo, abiertamente, como si quisieran aprovechar nuestro paso para distraerse un rato.

Al mediodía el comienzo del hambre coincidió con nuestra llegada a un pueblo que se llamaba Tordesillas. Recuerdo una calle estrecha de casas con ladrillo rojizo donde unas mujeres vestidas de negro, sentadas en sillas tan bajas como ellas, cosían una interminable labor de telas blancas y se rieron cuando nos vieron pasar con el coche y una gallina se colocó en medio de la calle de bloques de piedra y cantos rodados y no quiso dejarnos pasar. Vinieron niños con mocos, muy parecidos a los hombres con boina que habíamos visto en otros pueblos, los mismos cráneos puntiagudos y las narices aplastadas, y las señoras reían y cosían desde sus sillas, y decían cosas, «es que son tan brutas», «niños, espantad a esa gallina tonta, no molestéis a los señores», con el mismo tono con que las mujeres de la Nacional regañaban a sus hijos en Nueva York, pero la gallina seguía allí, era amarilla y negra y tenía la cresta muy pequeña. Debió venir una de las mujeres y recogerla con sus manos tirantes que parecía que llevase guantes, manos de lavar en el río, y al fin pudimos pasar y nos despedimos de las mujeres y de los niños. Mi padre estaba radiante.

La plaza de aquel pueblo se parecía a la de Barco de Ávila, donde vivía mi madre. Me acordé de repente del mes que había pasado en aquel pueblo con ella y con el tío Joaquín, y una mujer que barría a la puerta de un lugar que se llamaba «PERFIL, modas y complementos», se parecía a una de las criadas de mi madre que, luego lo supe, me miraba con ojos de enamorada cuando me llamaba «ministro sin cartera» y «embajador», y me tocaba con sus dedos ásperos la cara.

Mi padre contempló sin severidad las columnas de la plaza, la superficie tosca del fuste, la basa gruesa, apenas labrada. Luego se alejó unos pasos hacia atrás para observar la fachada de una casa con persianas verdes, y desde más atrás aún el conjunto terroso que formaban las dos casas juntas de aquella esquina de la plaza, las dos buhardillas que las remataban colocadas precariamente, a punto de volar. La mujer había dejado de barrer y nos miraba con curiosidad apoyada en la escoba, la bata rosada y desteñida que dejaba ver una prenda blanca debajo, el pelo revuelto.

–Los griegos nos regalaron la belleza, Ricardo, nos la dejaron en herencia, ahí la tenéis, haced con ella lo que queráis, mezcladla, destruidla, conservadla –dijo mi padre desde el centro de la plaza con su pelo gris brillante bajo la luz fría, solos los dos en medio del lugar excepto por la mujer que nos miraba desde el soportal, como una espectadora de la representación que se sucedía sobre el escenario empedrado. Recuerdo que me pareció como si mi padre acabara de llegar a aquel pueblo para mirarlo a distintas horas del día, sólo por el placer de disfrutarlo: con la luz del atardecer el sol que se ponía en el río, con la luz de la mañana la superficie de la piedra de algunas casas nobles con escudos en las fachadas, por la noche los rincones misteriosos, las casas antiguas y abandonadas donde se debía oír el viento como si fuera el quejido de sus antiguos habitantes.

–Esta plaza tiene restos romanos, mira las columnas, Ricardo, probablemente algún arquitecto del imperio preparó unos planos y los hombres la fueron levantando a su aire, recordando a los griegos: mira las columnas que sujetan estas dos casas, la fachada que evoca la ordenación de un templo griego, una imagen transmitida no precisamente al azar por los constructores romanos improvisados. Ni siquiera los árabes que llegaron aquí se atrevieron a cambiar esa herencia, ese pasado: porque estas casas podrían haber sido como las casas árabes, como la ciudad árabe donde la calle no existe, donde la ciudad es una sucesión de muros, y las casas no tienen fachadas adornadas para que el paseante las admire, porque la ostentación no existe: la gente se reúne en los interiores, en los fumaderos de hachís o en los cafés donde se escucha música triste. Tendrías que ver esas ciudades sin perfiles, sin rostros, hechas de laberintos. Aquí, en este pueblo y en todos los de España, triunfaron los griegos, triunfó la plaza donde la gente se reúne y comercia, los balcones donde los ciudadanos miran y husmean la vida de los otros, las ventanas donde pasa la luz. En esa gran batalla que se vivió en España entre las maneras griegas y árabe de levantar ciudades, la estética de los griegos ganó, y con ella la civilización que favorecía el paseo por la tarde.

Antes de ir a comer a Casa Patas, un lugar recomendado por la mujer que barría en los soportales, nos dimos un paseo por el pueblo, calles abandonadas donde olía a moho y a establo y que mi padre comenzó a poblar para mí de cortesanos del rey Alfonso XI que caminaban llevando pergaminos, embozados en capas de terciopelo, un mundo donde sonaban las espadas que chocaban contra el pavimento y los caballos que se movían agitados llevando correos, noticias de guerra y de conquista, tratados, un pasado brutal, glorioso, místico, que se había ido apelmazando en los escudos donde los cascos de las armaduras estaban coronados por hojas de acanto y donde los motivos del interior habían desaparecido con el tiempo, como si su simbología solamente perteneciese a los hombres que la comprendieron. Íbamos caminando por allí, y las iglesias se aparecían de improviso, blancas y nobles tras casas de ladrillo rojo, y toda la belleza alborotada de la ciudad parecía haberse ordenado en aquellos bloques geométricos impecables, en un ábside esférico sujeto por arbotantes estilizados, en la torre cuadrada, en el retablo del interior, frío y desolado, donde se describía una historia ajena y remota con pequeñas estatuas que debían tener, como dijo mi padre, los rostros de los habitantes que se arrodillaron frente al retablo.

Las paredes del restaurante eran muy blancas y de ellas recuerdo que colgaban cuadros de bosques donde hombres a caballo cazaban rodeados de perros, cacerolas doradas, unas fotografías de la plaza y el río y un bodegón, oscuro y tosco, con botella de vino y un faisán. Los comensales hablaban en murmullos y parecían tratantes de ganado por las boinas y las pieles curtidas y el olor vacuno de sus chaquetas de pana.

También olía a comida, un aroma que parecía impregnar los manteles inmaculados y mullidos, blanqueados con esmero por lavanderas fuertes y sufridas, y el aparador casi negro donde había platos limpios, de una loza gastada, colocados en pilas, y las maderas del techo, toscas bajo la luz de las ventanas, e incluso los cuadros que tenían una pátina de vapor y mostraban ollas que se destapaban cargadas de aromas a caldos y la destilación, tibia, de vinos ásperos.

Me encontraba bien comiendo al lado de mi padre, ajenos a cualquier referencia que nos recordara mi infancia triste y solitaria, sus largas ausencias interrumpidas por breves impulsos de una intensa cercanía en los que él trataba de recuperar para mí todo el tiempo perdido, sus silencios cuando yo quería saber más. En ese nuevo escenario que parecía convertirnos en piezas de las leyendas de aquellos pueblos que íbamos atravesando, alejados de pronto de los edificios que nos vigilaron, de los objetos vinculados con nuestros recuerdos comunes, rodeados por personas que hablaban el mismo idioma que los dos siempre habíamos utilizado cuando estábamos solos, podíamos inventarnos otro pasado, imaginar cómo hubiera sido la vida si mi padre no se hubiese marchado, si mi infancia hubiera transcurrido rodeado de objetos familiares y cercanos.

–Ricardo, qué suerte estar tanto tiempo juntos, como antes –me dijo, él pensando tal vez lo mismo que yo, feliz de no tener que ocultar más tiempo su nostalgia culpable–. Muchas veces, cuando eras pequeño y yo estaba de viaje, levantando algún edificio en alguna de las ciudades desangeladas de tu país, ciudades sin pasado en las que yo trataba de resumir la civilización en los alzados de cines o de centros comerciales, en ayuntamientos o instalaciones portuarias, de añadir un pedazo de historia occidental para que sus ciudadanos aprendieran de ella, los pobres, y supieran de dónde procedían, me acordaba de ti, de que en realidad yo tenía ganas de hacer eso mismo contigo, aunque tal vez no lo entendieras, que ese pasado y esa historia y esa civilización quería trasmitírtelas a ti, esa ciudad desangelada en medio de un continente nuevo que yo tenía que edificar.

Solamente le faltaba mencionar que aquella civilización que me había tratado de inculcar carecía de un origen concreto, del cual se avergonzaba, y por ello lo que me había transmitido era un pedazo de historia sin raíces, inerte, casi imposible de alcanzar. Eliminó los acontecimientos que no le gustaban, las partes oscuras de su propia historia que aclaraban los motivos que lo obligaron a huir de España, mi nacimiento en Nueva York, su relación con mi madre, y el resultado fue una biografía impecable, rebosante de belleza, sin máculas, una herencia tan fría e inverosímil que me obligó a contradecirla aunque fuera para evitar el fracaso de emularla. Se lo dije mientras comíamos una sopa cargada de sabores a hierbas que nunca había probado, tan remotas como el pasado que se inventó mi padre.

–Me recuerdas a André Clementi, Ricardo –me respondió sin malestar, como si se estuviera burlando–. Como él, tú también pretendes que uno pueda perder el tiempo con los detalles sórdidos, con lo que nos convierte en vulgares o bajos. Ya te lo dije en Nueva York la noche antes de partir, ya te expliqué por qué necesitaba reprimir el pasado, por qué mi país me traía el recuerdo de lo brutal. Habiendo tantas cosas bellas en las que concentrarme, yo me negaba a distraerme con lo desagradable, y en eso se basaba también mi enfrentamiento con André. ¿Tú sabes que él se marchó un buen día a España, a mi propio país, huyendo de mí? Fue justo después de una discusión que tuvo conmigo sobre la belleza, qué tontería. Pero en fin, la belleza era nuestro negocio, ¿no? Hay gente que discute sobre tierras, o sobre mujeres, o dinero, pero nosotros solamente hablábamos de la belleza, del arte, de esa capacidad sorprendente que tenemos los hombres para inventar lo hermoso, para copiarlo de la naturaleza, para descubrirlo. Yo siempre he creído que la belleza es lo único que puede salvar al hombre del caos, que solamente la creación y observación de la armonía es capaz de purificar los deseos, de corregir al salvaje. No es la religión con sus dogmas inverosímiles, transmitidos lentamente a los niños aprovechando su inocencia, y que con la primera crisis de la adolescencia se vienen abajo, Ricardo, por eso yo nunca te hablé de Dios, es mejor así. Es la aplicación diligente en el niño o el hombre de la pintura, del orden que representa una plaza, del sacrificio que exige copiar un cuerpo humano perfecto en la piedra, de la disciplina de componer una sinfonía, lo que puede llevarlo a rescatar lo mejor de sí y a ir descartando lo feo, la violencia, la locura, la necesidad de herir y asesinar y golpear y violar, Ricardo.

Mi padre desmenuzaba su cordero con diligencia, con un orden que se desprendía tal vez de su oficio, de su cultivo por las formas, mientras el restaurante se llenaba del olor al anís y al café, y las voces parecían elevarse de pronto, palabras con acentos fuertes, de campo, de vaqueros acostumbrados a dirigirse a los animales antes que a los hombres.

–André siempre sostuvo que era necesario incorporarlo todo, que la cotidianidad de una lata de sopa o de un paquete de detergente era también belleza, arte, que incluso la sangre, y un automóvil estrellado contra una pared, podían elevarse a la categoría de lo hermoso. Era necesario salvarlo todo, hasta lo feo, hasta la miseria de la sociedad, cuando precisamente lo que yo le decía es que era necesario ir descartándolo, ocultándolo para que desapareciera, elevando el nivel de la belleza para mostrar a los hombres su lado excelso y que lo pudieran comparar con los horrores estéticos a los que estaban sometidos cada día, y prefirieran la elegancia, y fueran rechazando lentamente la fealdad que les ofrecía la vida, los artesanos fáciles.

Esa discusión la empezamos cuando se inició el *pop*, pero antes habíamos discutido la vaciedad de sentimientos, la aniquilación de la emoción que representaba el expresionismo abstracto. Por desgracia la mediocridad ha triunfado. En lugar de perfeccionar la belleza antigua para enseñarla como un secreto a los demás, y revelar lo que es capaz de hacer el hombre, los artistas han preferido la facilidad, se han ajustado a la vulgaridad que les rodea. Por eso, cuando me enteré de que tu exposición era en la galería de André, estuve a punto de no ir siquiera. Pero ahora me alegro mucho de haber ido, Ricardo, porque sé que tú eres un discípulo de la belleza, aunque no quieras.

–Siempre me hablas de la belleza, y sabes que detesto esa belleza tuya que me aburre. ¿Por qué no me hablas de mi madre?

–Tu madre, tu pobre madre... tal vez era verdad lo que decía André Clementi, que yo me empeño en corregir la vida para que todo parezca muy hermoso y desaparezca la fealdad. Pero ¿acaso está mal? Tu madre se volvió loca en Nueva York, después del parto, Richard, y tuve que huir de ella y enviarla a España porque no podía hacerme cargo, ¿comprendes?, no podía exponerte a ti ni a mí a aquella locura terrible de tu madre...

El sol de la tarde era diferente sobre el campo, una luz que iba creando colores tenues y plomizos, más sórdidos, más cercanos a los colores del Greco o a las escenas tétricas de los cuadros dementes de la Quinta del Sordo. Los campos en aquella zona eran terrosos, un paisaje de encinas sobre suelos rojos, amarillos o blancos, o prados despoblados donde pacían los toros distraídos por su encierro y había un árbol único en el medio, el olmo más frondoso, tal vez plantado solamente para ofrecer la sombra.

Algo se había roto entre mi padre y yo, tal vez por culpa del recuerdo de mi madre. Mientras le observaba contemplar el paisaje plomizo en silencio, yo notaba cómo se alejaba de mí, y cuando vimos un cartel que anunciaba un desvío hacia Salamanca y me dijo que deseaba que fuéramos a la ciudad, yo pensé que estaba fraguando una excusa para alejarse. Supe que algo oscuro, algo que no pertenecía a su mundo impecable de belleza, acosaba de alguna forma a mi padre y lo obligaba a huir, a ocultarse.

En Salamanca merendamos en una terraza de la plaza aprovechando un pedazo del sol que iluminaba la mitad de las piedras y dejaba en sombra la otra mitad, y establecía una gradación de oscuros que terminaba en la tiniebla de los portales. Mi padre me señalaba las enjutas que formaban los arcos, donde estaban labrados los relieves de los reyes de España, pero lo hacía con desgana, como si a él mismo no le importaran nada. Miraba más hacia los soportales, por donde paseaban mujeres rubias y jóvenes con camisas floreadas y piernas largas.

Caminamos por la ciudad con precaución, como si ninguno de los dos deseara comprometerse demasiado con ella, pero en poco tiempo habíamos cedido ante su belleza excesiva, y la distancia que había nacido entre los dos no importaba. Había iglesias en los rincones solitarios, húmedos, con fachadas llenas de santos metidos en nichos cuyas facciones estudiamos a la luz de la tarde, rostros místicos que revelaban un pueblo atormentado por el pecado y la abstracción, temeroso de Dios, tan opuesto a mi padre. Había antepechos en las torres de los palacios que formaban una fronda de piedras, ramas entrelazadas, hojas que se extendían con una repetición obstinada sobre el filo de las cornisas. Había pináculos recargados en los bordes de los frontones, en los remates de las torres, en la punta de las cúpulas, colocados en lo alto como guardianes gordos y afeminados de los tejados de la ciudad. Mi padre y yo fuimos recorriendo embobados aquel paisaje anaranjado donde cualquier rincón era bello, cualquier adorno labrado generoso, desde las conchas que cubrían una casa como si hubiese estado muchos siglos metida en el mar, en una imagen que me evocó a Magritte, hasta las filigranas de una de las fachadas de la universidad donde no había un milímetro de piedra que no estuviera trabajado con frutas o cabezas o escudos de águilas, con botones, guilloques, óvolos o grutescos, nombres que mi padre iba invocando al tiempo que tocaba la piedra con los dedos como si fuera la piel de una de las mujeres jóvenes que amaba.

En un restaurante que se volcaba sobre la plaza comimos un arroz guisado con pequeños trozos de carne y chorizo que se llamaba chanfaina y que podría ser también, como las palabras que me recitaba mi padre frente a los edificios, el nombre de una moldura o una de las partes de un capitel. Él comía en silencio, ausente otra vez, desgranando con lentitud el arroz de su chanfaina.

Cuando acabó pidió una copa de coñac para los dos. Se miró las manos elegantes y nervudas, aún morenas a pesar del invierno, y se tocó los labios con cuidado, en un gesto muchas veces repetido. Supe que quería hablarme de algo, que trataba de alejarse de mí y volver a su vida armoniosa y exagerada que a veces le costaba compartir. Entonces, después del preámbulo del gesto, casi sin retirar los dedos de los labios, me dijo que su intento por recuperar el pasado había sido un fracaso. Yo no entendí, pero él siguió hablando sin importarle mi perplejidad: nada era igual, ni siquiera Teo era ya el mismo. Como todo lo demás, su amigo también había perdido el lustre de entonces tras tantos años de renuncia, y ahora solamente quería que lo dejaran cada vez más en paz con sus pinturas y sus mujeres tormentosas, con el alcohol de sus noches y sus cigarrillos. Aunque la ciudad había cambiado, dijo mi padre, seguía siendo para él un lugar provinciano, donde las biografías eran iguales y las conversaciones predecibles, y los mismos temas iban dando vueltas sin que se agotaran, como las calles que habían logrado atrapar para siempre el pasado y las tabernas que albergaban a hombres perezosos, que miraban el fondo de los vasos esperando a que llegara mañana.

–Todo eso está muy bien –me dijo mi padre al tiempo que miró a su alrededor, y pareció que su gesto levemente satisfecho desmentía lo que me estaba contando–. Todo está bien, es muy pintoresco incluso, pero solamente por un rato. Antes de venir tuve durante mucho tiempo la sensación de que había sido muy peligroso alejarse tanto tiempo de esta tierra, vivir en un país de nadie, perder el contacto con el idioma, con ciertas imágenes y, sobre todo, con la evolución de las vidas de gente que uno conoció desde siempre, de quienes supo sus accidentes infantiles y compartió sus gustos, y sus temores, y a veces sus novias, y escuchó sus primeras ilusiones.

Esa ruptura con el transcurso de las vidas de personajes familiares me preocupaba y me atormentaba, como si se tratara de libros intensos que hubiesen desaparecido de pronto cuando los estaba leyendo por la mitad. Por eso vine, para continuar la lectura, pero ahora me he dado cuenta de que ya no me interesa el final.

Mi padre regresaba a Nueva York y me pedía que lo acompañara con la misma indiferencia que había expresado hacía algunos meses al invitarme a viajar a España; yo apenas reaccioné: recuerdo que le pregunté: «¿Cuándo te marchas?», y él pronunció una fecha que no escuché.

Entonces ocurrió aquello, lo mismo que otras veces en mi infancia antes de la tarde de verano en que abandoné la casa de mi padre y me fui yo también tras los pasos de una mujer. Había entrado bajo las vigas viejas, rubia y con un cierto color de mármol en el rostro, elegante a pesar de que llevaba un suéter verde deshilachado en los bordes y unas gasas descoloridas anudadas al cuello. Era idéntica a las otras mujeres de mi padre. Los dos la vimos entrar acompañada de varias amigas, mujeres jóvenes también pero menos resplandecientes: sin esa cualidad plástica, de piedra e impecables facciones, que a él le atraía más que los ornamentos de cualquier palacio. Ella también nos vio y de pronto yo imaginé que se había ruborizado, y aquella tarde pensé que mi padre tenía un poder especial sobre las mujeres más bellas, un hechizo que las convocaba.

El bar adonde nos llevaron estaba lleno de estudiantes que cantaban canciones sobre libros empeñados y vino, el vino de una mujer llamada Asunción que bebían en vasos de un cristal muy grueso y tosco. Estaban contentos a pesar de la hora y una de las mujeres que acompañaban a la nueva belleza de mi padre me dijo que la universidad estaba a punto de acabarse, y por eso todos cantaban. Era una chica pelirroja y dentona, pero guapa. Tenía una nariz pequeña y pecosa y unos ojos que huían cuando hablaba. Tímida. Le fascinaba que fuéramos de Nueva York y al salir del bar me cogió del brazo con ternura y apoyó por un momento su cabeza contra mi hombro, como si aquella noche hubiese descendido sobre ella el tiempo de amar. Las otras mujeres nos seguían detrás, algunas agarrando la mano de jóvenes que antes yo no había visto y que parecían haber ido recogiendo por el camino, como si nos estuviesen cosechando. En una esquina, bajo una pequeña hornacina donde había un santo iluminado, me pareció ver el destello rubio de la melena de la musa y el brazo fuerte y cariñoso de mi padre.

Por la mañana, al principio no recordaba nada. Solamente el mechón de pelo de la mujer pelirroja a mi lado me fue trayendo algunas imágenes de bares y vasos de vino, luego pedazos de edificios y torres y columnas y pórticos y al fin la imagen de mi padre bajo el reflejo del santo iluminado. Al parecer, la mujer pelirroja y yo habíamos pasado la noche en una pensión cuya puerta, por la que debí haber entrado en algún momento, no reconocía haber visto jamás cuando salimos cogidos de la mano. Desayunamos en la plaza, con los ojos entrecerrados por el sol que iluminaba hasta los resquicios de las losas del suelo y el interior de los bares que había en los soportales, y se reflejaba en los dientes de los jóvenes cargados de libros que caminaban sin demasiada prisa, dueños de su tiempo. La chica pelirroja me miraba en silencio, tal vez agradecida por unos besos y un cariño que no lograba tampoco recordar.

Me acompañó hasta el automóvil por unas calles recién regadas que volvieron a revelarme el día anterior y la violencia de la belleza de aquella ciudad donde no había un solo pedazo en el que la fealdad hubiese conseguido prender y asentarse.

En el parabrisas del automóvil había una multa y un papel. La multa era de dos mil pesetas según me dijo riéndose la chica pelirroja que se llamaba Maribel. «Joder, te hubiese salido más barato irte a un hotel con una puta, macho.»

En el papel mi padre había escrito: «Ricardo, la belleza siempre nos une y nos aleja. Te quiero. Nos vemos en Madrid. Tu padre».

16

El terreno por el que avanzaba en el automóvil –demasiado grande ahora, desde que me había quedado solo– se confundía con el paisaje de los recuerdos. Habían surgido de improviso, como si la ausencia de mi padre hubiese liberado las memorias que pertenecían únicamente al ámbito de mi madre, extrañas imágenes rodeadas de incertidumbre e irrealidad.

En el silencio de las montañas cubiertas de piedras con musgo y flores violetas y amarillas, en el vacío de un camino de curvas que descendía por laderas que nadie habitaba, un lugar alejado de los itinerarios de quienes fundaron las ciudades, los recuerdos me acosaban. Eran unas imágenes impregnadas de los olores que penetraban por la ventana abierta, mezcladas con la temperatura tibia del aire. Como el paisaje que veía a mi alrededor, los recuerdos también tenían prados amarillentos tras los cristales de un coche, o me traían el murmullo incesante de las palabras de mi tío Joaquín, o la soledad de la tarde cuando todos dormían la siesta y yo, el único despierto, contemplaba los tejados rojizos de las casas y el musgo verdoso pegándose a las paredes de piedra, los pozos que ocultaban sus huecos misteriosos en los patios y los dos nidos inmensos de cigüeñas sobre la torre de la iglesia. Lentamente, los recuerdos fueron acercándome a aquel viaje que había realizado a Barco de Ávila cuando tenía doce años, hacía tanto y tan poco tiempo.

Todo lo veía ahora con claridad, excepto la parte que había desempeñado mi madre. Era verdad que la había visto poco aquella vez, que la mayor parte del tiempo la había pasado con el tío Joaquín, recorriendo plazas de pueblos donde hombres y mujeres de olores fuertes y rostros curtidos por el sol acudían a saludarnos con las boinas o los sombreros de esparto rodando entre sus manos y las cabezas agachadas, como si mi tío Joaquín representara un poder antiguo que no se ejerciera con la voz de mando, con una orden imperiosa, sino sólo con la presencia, con el mero asomarse a las vidas de aquellos hombres y mujeres humildes y morenos que parecían sentir un cierto alivio al saludarnos. Era como si un orden natural, interrumpido por la ausencia de mi tío de aquellos campos que le pertenecían desde hacía varios siglos, se restaurara en aquel instante en las plazas de los pueblos, un momento investido por el pasado. El señor regresaba para solucionar la indigencia y el desamparo y yo lo acompañaba para garantizar a los hombres y las mujeres que el rito del poder, de la tradición y la costumbre, y una armonía innata a la que ellos estaban acostumbrados y vigilaban con la misma desconfianza con que acechaban en el cielo cualquier signo de lluvia, podía perpetuarse porque existía un heredero sólo entonces descubierto.

Ese poder yo lo había sentido, a pesar de haber sido ajeno a mí hasta aquel instante, la fuerza del pasado. Yo, que venía de Nueva York sin ningún recuerdo ancestral, sin familia, acompañado tan sólo por la presencia intermitente de mi padre y su estética que evadía la realidad, presentí entonces, en medio de las plazas, frente a las cabezas gachas de los aldeanos, que yo no era únicamente yo, sino una historia, una familia, que un tiempo anterior podía marcar mis pasos, decidir mi futuro, exigirme algo.

Paseaba mucho con Joaquín y solamente veía a mi madre a ratos, al caer la tarde, en habitaciones oscuras con grandes aparadores de espejos, de madera muy negra, como si se hubiesen quemado. Llevaba una bata azul, de seda, y el pelo recogido en un peinado muy alto, un moño que yo temía que se enredara con una lámpara de araña que colgaba del techo, de bronce y cristales. En una mesa baja, al lado de un butacón de terciopelo verde donde estaba sentada –las ventanas cubiertas por cortinajes verdes también, espesos, como si la luz fuese enemiga–, había mantecados cubiertos de un polvo blanco. Yo los comía y me parecía que estuviese tratando de tragar arena, y mi madre me acariciaba, y murmuraba palabras que yo no entendía, y todo su rostro me resultaba extraño: los círculos morados debajo de sus ojos, la boca abierta, emitiendo aquellos sonidos misteriosos, que podían ser la letra de una canción infantil. ¿Se sacó un pecho alguna vez, una teta vigorosa, blanca y turgente, con los pezones grandes y rodeados también por círculos morados? ¿Estaba loca mi madre?

La pendiente era cada vez más pronunciada, una carretera polvorienta, y en las curvas el automóvil derrapaba y hacía un ruido de metales mal ajustados, y había flores amarillas, agrestes, que crecían en el borde de la cuneta. Al pasar una de las curvas me topé con varias vacas que cruzaban el camino con lentitud, dueñas de otra noción del tiempo, y un hombre delgado que fumaba un cigarrillo y gritaba a las vacas aunque no fuera necesario, porque ellas cruzaban con mucho orden el camino. Al detenerme para dejarles pasar, vi que el vaquero tenía un rostro de miliciano, moreno y afilado, brillante por el sudor, idéntico al de un hombre de una foto de Robert Capa que disparaba en una calle de Barcelona por encima de un caballo muerto.

Desde Béjar hasta Barco de Ávila la carretera era montuna, llena de curvas estrechas como emboscadas tendidas a quien se atreviera a viajar por allí, y cuando me cruzaba con otro automóvil al final de la curva me sorprendía de que no rozáramos el metal de los coches, que una cierta lógica física, ajena a nosotros mismos, evitara ese choque que parecía inevitable. Atravesé los pueblos más desiertos y memoricé sus nombres como si necesitara llevarlos conmigo para siempre, Navacarros, La Olla, lugares donde se me ocurrió que sólo habitaban fantasmas vestidos con ropajes antiguos, medievales, de la misma época que los ábsides chatos de sus iglesias. El nombre de Becedas resonó en mi cabeza con un rumor de verbena y una música pegadiza y el ruido de petardos en la noche, como si alguna vez hubiese estado durante una fiesta en aquel pueblo en el que la iglesia parecía adueñarse del paisaje.

Por fin, después de atravesar aldeas pequeñas donde solamente parecía vivir el hombre que cavaba al borde del camino o el niño que me decía adiós encaramado a un árbol, al dar la vuelta a la última curva me topé con el castillo medieval prendido a la montaña, y descubrí otra vez la ambigua relación que existía entre la piedra del edificio y el color agreste de las peñas, entre el río helado detenido bajo los árboles muy verdes y las tejas oscurecidas por la lluvia y el tiempo. Me detuve al borde del camino para mirar con calma el paisaje y supe que el viaje que había realizado hacía doce años a aquel lugar que nunca había vuelto a ver tenía que haber sido terrible, aunque no sabía por qué. Solamente pude intuir entonces, en aquella curva en forma de atalaya, que el viaje había sido importante no sólo por lo que recordaba, sino también por lo que mi memoria había borrado, dejando tan sólo la inquietud que en ese instante revivía al contemplar de nuevo el pueblo.

La casa de mi madre estaba en la calle Mayor, un edificio con un arco de piedra sobre una puerta imponente que otra vez volvió a darme la impresión de estar cerrada para siempre. En la calle Mayor había poca gente, algunos campesinos con la boina descolorida que avanzaban por el lado de la sombra. Era la hora de la siesta.

Al tocarla, recordé aquella aldaba con esa misma irrealidad que poseen los juguetes de la infancia cuando se encuentran sin querer en el baúl de un ático. Era una mano de cobre de mujer, muy elegante, que sujetaba con delicadeza una naranja. El sonido que emitió me pareció muy fuerte, y oí que resonaba por toda la casa. Nadie acudió. Pensé que tal vez la puerta ya estaba cerrada para siempre. Pero al cabo de un rato, cuando iba a sacudir la aldaba por segunda vez, oí una ventana que se abría. La criada que me llamaba «ministro sin cartera» con los ojos de enamorada asomó un rostro legañoso, medio dormida aún, y por un instante los dos viajamos repentinamente al pasado como si nos lanzáramos por un tobogán muy largo, un tobogán de mármol como el que hay en el Central Park. Entonces su rostro ganó una mueca de incredulidad –el príncipe valiente ha llegado por fin– y la escuché gritar, pasillo adentro: «El señorito está aquí, señor, señora, el señorito ha venido, está ahí abajo, ya es mayor».

El tío Joaquín había dejado hacía tiempo de utilizar su crema contra el exceso de su estómago y su tripa enorme le precedía por el pasillo, asomada por entre los botones de una camisa antigua y estrecha que debía usar para dormir. Con su cabello brillante muy repeinado hacia atrás, que ni siquiera la almohada era capaz de trastornar, su cabeza pequeña, más arrugada que entonces, su cuerpo más blando aún, se me acercó con los ojos turbios, con un olor al aguardiente de después de comer y los sueños del alcohol todavía estorbándole, y me abrazó bajo el dintel de piedra de la puerta solemne que la criada había abierto con esfuerzo.

–Esta vez vienes para quedarte, ¿verdad? –me dijo, como si hubiera estado esperándome desde mi primer viaje.

Nerviosa, la criada dejó caer las tazas de café sobre el piso mientras mi tío Joaquín, sentado en uno de los butacones del salón que hacía doce años me había parecido enorme y reluciente, y que ahora estaba desgastado y deforme bajo el peso inmenso de su cuerpo, me miraba y contaba proyectos inverosímiles en aquel interior protegido de la luz exterior, iluminado por dentro como una iglesia. No se inmutó siquiera con una mueca ante el estruendo de las tazas rotas en el suelo, tal vez acostumbrado a la torpeza de la mujer que, entonces me fijé, estaba mucho más avejentada de lo que se podía esperar, una piel blanca y áspera que se apretaba sobre sus huesos y le daba un aire de muerta.

–Has venido justo a tiempo, Ricardo, justo a tiempo. Has venido para heredar esta riqueza que estoy, que estamos a punto de crear. Verás cuando se lo cuente a Antonino, el mayoral. María, vete a despertar al Antonino, dile que venga, que es muy importante –dijo con los labios fruncidos, con la vista en otro lugar, como si mientras me hablaba estuviera tramando otras maquinaciones.

Escuché unas pisadas tenues en el piso de arriba, sobre el artesonado de ajedreces rojos que tanto me había impresionado durante mi primer viaje, cuando me quedaba dormido en la eterna penumbra del salón, después de comer, cansado de mirar los tejados del pueblo desde mi habitación, la construcción irregular de las casas torcidas, la soledad de las calles durante la siesta. A esa hora yo bajaba con sigilo a aquel salón siempre a oscuras, en una casa donde todo el mundo vivía encerrado en su habitación, y abría un mueble que ahora no estaba, donde siempre había una botella de moscatel y bebía tragos cortos y dulces y me adormilaba en la tarde, probablemente en la butaca donde se encontraba mi tío, o en el sofá cubierto con una sábana, y jugaba un ajedrez imaginario en el techo hasta que de pronto me sorprendía soñando.

El tenue sonido de los pasos se había interrumpido, y escuché en su lugar un rechinar de muelles y el quejido de la madera de una cama. La criada salió de algún lugar tropezando con los muebles, secándose las manos húmedas en un mandil, y abrió con gran esfuerzo la enorme puerta de la calle que permitió pasar por un instante la luz de las tres de la tarde, una invasión fugaz de realidad. Los pasos tenues, monocordes, sincronizados por alguna obsesión o un pensamiento tal vez imposible de adivinar, los pasos de la locura volvieron a sonar suavemente en el techo, como si quisieran saludarme con su ritmo secreto, la presencia remota e inquietante de mi madre.

–Luego saldremos al campo, Ricardo, cuando caiga un poco la tarde. Entonces verás, te quedarás *pasmao*, sobrino, *pasmao*. Los del pueblo me señalan por las calles, se ríen, los niños me tiran piedras cuando paseo por el río. No saben, no saben. Nadie sabe, en este país nadie sabe, el que inventa se convierte en el enemigo de los otros, como si les obligara también a ellos a inventar, a pensar. Ahora me visto y en cuanto llegue Antonino nos vamos a la finca, vas a ver.

Mi tío Joaquín, todavía acuciado por aquel flujo incontrolable que lo llevaba a cambiar en un segundo de opinión, a desdecir sus propias decisiones, a vivir en un estado de constante sueño y sobresalto, me dejó abruptamente, me abandonó entre tanto recuerdo que yo ignoraba que existiese, que permaneciese aún dentro de mí. Fui acariciando la felpa de los butacones manchados de humedad y desidia, aún nobles en su abandono, olí de cerca la madera renegrida de los muebles, me atufé con el aroma a pino viejo, a barniz tosco, a polvo, y el olor despertó latidos salvajes, descontrolados, visiones de besos y temores, y sentí de pronto el escalofrío del agua fría sobre mi cuerpo desnudo, y vislumbré por un instante a una niña morena y pecosa cuyo perfil me obsesionaba, y el polvo de las Heras donde olía a vaca y se escuchaban mugidos de animales para mí mitológicos, y el pelo cano, largo, desarreglado, de mi madre, y sus pechos muy blancos. Abrí el armario de la luna grande donde me escondía para ocultarme de los terrores, para buscar la soledad, la nada o el deseo, y me di cuenta de que ya no cabía en su caja como hacía doce años: pero al abrirlo sentí un olor peculiar que agitó mi memoria violentamente, y entonces supe que en aquel armario me había masturbado por primera vez, que estaba allí, pensando en alguien –¿en mi madre?, ¿en la criada que me miraba con ojos lánguidos mientras separaba unas judías blancas enormes, o en el perfil de la niña morena?–, y de pronto noté aquella excitación, lo recordaba ahora muy claramente, aquel impulso desconocido que me llevó, sin yo saber siquiera lo que hacía, a desnudarme y sacudir el miembro pequeño con la mano como si fuera un pájaro, y sacarle el primer placer, la primera mancha sobre la oscuridad del armario.

Solamente en casa de mi madre pude realmente empezar a reconstruir, tumbado sobre el butacón y jugando una imaginaria partida de ajedrez en el tablero del artesonado, el mes que estuve allí hacía doce años. Antes me habían asaltado imágenes, visiones como observadas por la rendija de alguna celosía de las muchas que ocultaban la casa. Pero bajo el artesonado de ajedrez fui capaz de recordar también el transcurso del tiempo: la masturbación se produjo al comienzo, tal vez al segundo o al tercer día. Aún no había llegado a estar con mi madre en las habitaciones oscuras con grandes aparadores de espejos y madera negra, donde ella habitaba envuelta en una bata azul de seda, pero escuchaba los gritos por la noche. Sí, la misma noche de mi llegada comenzaron a oírse aquellos gritos desgarrados, como de animal acosado por una urgencia que ahora podría llamar sexual, terribles aullidos de mujer desquiciada que me sonaban extrañamente familiares, como si ya los hubiese oído antes, en sueños, o hacía mucho tiempo.

Recuerdo que una de aquellas noches yo estaba asustado en la oscuridad, paralizado por los gritos, y mi tío Joaquín entró en la habitación. Enseguida supe que acababa de echarse la crema para rebajar el estómago que habíamos comprado juntos en Madrid, porque olía a mantequilla de maní, el mismo aroma al *peanut butter sandwich* con el que yo desayunaba por las mañanas en Nueva York, antes de ir a la escuela. Entró, y me dijo algo que ahora no recuerdo con el flujo de ideas encontradas que doce años después seguía zarandeándolo, y me rogó que me durmiera y no me preocupara, aunque él parecía más asustado. Entonces, antes de marcharse, me dijo: «Sabe que estás aquí, por eso chilla, porque te llama», y yo, que era un niño asustadizo y enfermo, pasé la noche en vela, perseguido a intervalos por el terror y el deseo, pensando que los gritos de mi madre eran un mensaje que me enviaba para que subiera al cuarto y me metiera con ella en su cama.

Cuando terminó de cambiarse, el tío Joaquín entró en el salón vestido con un traje de pana azul que tenía los codos protegidos por un parche de cuero. Llevaba un bastón de una madera amarillenta rematado por un puño de plata con la figura, estilizada, de un galgo. Noté, cuando le vi de cerca, que se había cortado en varios puntos al afeitarse, pequeñas manchas rojas de sangre seca que aumentaban su desamparo. Como hacía doce años, seguía dejándose algunos pelos, ahora canos, sin afeitar, en los bordes de las aletas de la nariz, una imagen que desde entonces asocio con los hombres solitarios. Su camisa amarillenta tenía rastros de manchas de comida en el estómago y un cerco, lavado muchas veces, negro en el cuello.

La puerta enorme se abrió otra vez y el resquicio de luz dejó en duda por un momento la atmósfera de iglesia del salón. Un hombre con la cabeza más pequeña aún que mi tío, congelada en una mueca de dolor que se acentuaba en sus dientes separados y sucios, una boca sin labios que ya no se podía cerrar, entró con la boina en las manos y un olor a establos impregnado en su ropa. Tenía el cuerpo encorvado, y no supe si era por una actitud meramente servil o por el peso del trabajo. A ratos observaba a mi tío Joaquín con un gesto imposible de descifrar a causa de la mueca dolorosa, pero la mayor parte del tiempo miraba el suelo con un cierto respeto por el lugar, como si de verdad estuviera en la iglesia.

–Antonino, ya te he hablado alguna vez de mi sobrino Ricardo. Viene para quedarse, para que la empresa en la que estamos metidos no se quede solamente en nosotros, en ti y en mí y Aparicio. Hace falta alguien más joven que nos ayude.

Por un instante pude contemplar de frente los ojos crispados de Antonino, que me miró tal vez incrédulo antes de volverlos al suelo. Seguramente a esas alturas estaba comenzando a dudar de la cordura de mi tío Joaquín y de todos los que le rodeaban.

Flanqueado por los dos hombres, arrastrado por una fuerza superior, parecida a la que hacía doce años había garantizado a los campesinos de las plazas que la tradición tenía un heredero, caminé por la calle Mayor de aceras estrechas donde los tenderos comenzaban a sacar las cajas de la fruta a la puerta, todavía agotados por el esfuerzo de levantarse de la siesta, y las mujeres cargaban bolsas enormes, y en las terrazas de los bares los hombres se habían sentado en torno a las mesas y se escuchaba el ruido de los envites al mus o la violencia de las fichas del dominó, que caían con fuerza sobre los tableros. En la plaza había algunos puestos de frutas y de quesos, campesinos que todavía no se habían quitado el abrigo raído del invierno sentados tras sus mostradores improvisados donde se veían quesos aceitosos y amarillentos de cortezas negras, o quesos blandos y muy blancos. Era la misma plaza de los recuerdos de mi infancia, con sus columnas diferentes donde algunos mozos se apoyaban ahora fumando cigarrillos y espantando a los niños que se acercaban a pedirles caladas; con sus casas torcidas, hechas por hombres sin plomadas que cuando llegaron solamente conocían la urgencia de albergar sus ganados y sus mujeres y sus hijos, y por eso los balcones estaban inclinados y las fachadas parecían apoyarse las unas en las otras, incapaces de mantenerse en pie por sí solas; con el bar España en la esquina, cerca de la fuente por la que los niños juraban que salían sapos, y su terraza donde se celebraban las partidas más concurridas y los espectadores seguían con los rostros crispados las jugadas, como si el destino del pueblo se decidiera en las cartas.

Atravesamos la plaza entre murmullos, y mi tío Joaquín sostuvo con aplomo las miradas de los hombres toscos que jugaban a las cartas y nos observaban con burla y desafío, mientras Antonino mantenía los ojos sobre las piedras limadas. Bajamos por un callejón estrecho donde una niña muy delgada se volvió una tarde a mirarme cuando iba de la mano de mi tío Joaquín; avanzamos por otra calle donde un hombre lleno de polvo subía a trompicones, marrón como la tierra, acarreando un burro cargado de madera; llegamos a la plaza de la regadera donde había mujeres sentadas a las puertas, los balcones llenos de flores, las ventanas cubiertas por persianas verdes, costureras rodeadas de niños que peleaban por juguetes improvisados y de gallinas torpes e inútiles, y todos nos miraban, y hasta las mujeres detuvieron su labor para observarnos por encima de sus gafas, con el ceño fruncido, y luego hablaron entre sí con gestos incrédulos, en voz baja.

–Igual de idiotas que sus gallinas –dijo mi tío en voz alta al mismo tiempo que una piedra silbó cerca del hombro de Antonino y cayó con estruendo en el agua.

Cogimos el camino de las huertas. Junto a la tapia, dos perros enganchados fornicaban sin ningún pudor, como si estuvieran comiendo. Hombres encorvados sobre los sembradíos, asidos a sus azadones, trabajaban al otro lado de la tapia y sólo se detuvieron para mirarnos un momento, la cabeza pequeña de mi tío dirigida hacia el frente, ajena ya a la intriga que se desataba a su paso. Seguimos caminando en silencio junto a los destellos del río, levantando el polvo del camino que volvía a caer sobre nosotros y sobre la maleza. En una fuente oculta entre los árboles y los matorrales, Antonino se detuvo un momento sin hablar y bebió un largo trago, agachado, y luego se pasó agua por su cabello peinado hacia atrás, y suspiró sin quejarse. Se oían ruidos de cencerros de vacas a lo lejos, tal vez en la otra orilla donde, antes de ver su silueta blanquecina, recordé el molino en el que una tarde me escondí hasta la noche y creí escuchar un ruido de lobos que bajaban a beber agua.

Luego nos desviamos de la orilla del río, dejando atrás las huertas más fértiles, y llegamos a una pared medianera construida sin demasiado arte con piedras grandes: al otro lado había varios árboles desperdigados, escuetos robles asentados con gran esfuerzo sobre terrones blancos y pedruscos, un paisaje durísimo, lleno de pedazos de arcilla y manchas de rastrojos.

Un hombre de ojos azules y un cuerpo pequeño que se tornaba ancho en las caderas se acercó con la boina puesta y nos saludó. Aún tenía briznas de queso y de pan en las comisuras de la boca. Cogió la bota y se sirvió un largo trago antes de pasárnosla, y el chorro del vino áspero cayó sobre mi barbilla con fuerza, empapándome. Los tres hombres se rieron de mi torpeza. Sentados bajo uno de los árboles, mientras el de la bota cortaba unos pedazos de queso y Antonino rebanadas de una hogaza de pan, mi tío miró hacia la extensión de robles y pedruscos como si estuviera contemplando una ciudad de oro y me dio una palmada en la espalda.

–Todo esto será tuyo un día, Ricardo, este paisaje te hará rico.

Estuvimos comiendo el queso en silencio, un queso fuerte cuyo sabor picaba en la lengua y exigía la humedad urgente del vino.

–¿A que no sabes lo que es una trufa? –me preguntó Joaquín de improviso, sin ninguna preparación, como si me preguntara de pronto por mi padre. Tenía los ojos más pequeños que antes, y a la luz pude observar mejor el color amarillo de su piel, las manchas marrones en sus manos, la presencia de alguna enfermedad que avisaba la muerte, o al menos la vejez.

–Pues la trufa es la reina de los hongos, Ricardo, la reina y el rey.

Se levantó y adiviné que estaba entusiasmado otra vez como cuando representaba sus corridas de toros en la mesa de algún café, o cuando me sacaba de paseo en la camioneta por los pueblos y me llevaba a ver iglesias o a saludar a los campesinos en las plazas, y me hablaba incesantemente de otros planes.

–La trufa es el plato más exquisito, el manjar más delicioso que se pueda colocar encima de un mantel. Yo no sabía nada de trufas hasta que conocí a don Salvador en Madrid. ¡Ah, don Salvador! –dijo mientras acariciaba las piedras blanquecinas sobre las que estábamos sentados como si fueran las manos arrugadas de don Salvador–. Don Salvador me contó la historia de las trufas, mejor dicho, de la trufa Périgord, *Tuber Melanosporum*, la trufa negra, y una tarde me llevó a la pensión donde estaba por entonces viviendo en Madrid a la espera de poner en marcha su proyecto. En aquella habitación llena de libros sobre agronomía don Salvador me recitó la teoría de la trufa, que él se sabía de memoria igual que yo ahora me la sé: me contó cómo se había cultivado con cierta abundancia a finales de siglo pasado, sobre todo en el sur de Francia, donde él se había criado, pero la salvajada de la guerra, que acabó con los bosques, casi deja al mundo sin trufas, me decía don Salvador con pena, como si el posible exterminio de la trufa le preocupara más que el de los hombres. Esa tarde cocinó con ajo y perejil la última trufa que le quedaba, en un infiernillo eléctrico que tenía por allí, y desde entonces nada me sabe igual, Ricardo, nada me sabe igual después de probar aquella cosa negra con forma de nariz de perro, porque eso sí, su aspecto es asqueroso, parece caca de oveja.

Los dos hombres, Antonino y el de los ojos azules, salieron por un instante de su ensimismamiento para reírse con aquella broma que mi tío Joaquín les debía haber contado mil veces mientras aguardaban los tres bajo aquel árbol a que salieran las primeras trufas.

Joaquín se levantó, y con su caminar torpe se acercó a uno de los robles minúsculos que crecían entre las rocas con un esfuerzo visible, como si estuvieran naciendo de un pedazo de mármol. Se agachó sobre el árbol y los otros dos se arrodillaron también detrás de él. Por un instante pensé que practicaban el rito de una religión en la que el dios tenía forma de trufa y exigía lo mismo que otros dioses: fe, esperanza, paciencia, y caridad con uno mismo.

–Ven, acércate, Ricardo. Mira, te extrañará que en un lugar así, lleno de piedras, pueda salir nada bueno. Pues hasta las piedras tienen su razón de ser, sí, señor, y todas me las explicó don Salvador antes de morir. Sí, de morir, el pobre hombre se me murió un día en un banco del Retiro, pero después de haberme contado todos sus secretos sobre el cultivo preciso de la trufa Périgord, la *Tuber Melanosporum*, como a él le gustaba llamarla. «Tienes que llenarlo todo de piedras grandes, Joaquín, para evitar que otras plantas crezcan y además para mantener la humedad», me decía con esa reverencia que tenía por su *Tuber Melanosporum*. Mira, crecen entre las raíces de los árboles, porque parece que las ayudan a absorber no sé qué químicos del suelo. Todo lo tengo en un libro que encontré en la pensión de don Salvador, escrito de su puño y letra, una letra hermosa, de francés. Era su esperanza de hacerse rico, pero el pobre hombre se murió.

Antonino relevó al hombre de los ojos azules, y Aparicio, mi tío y yo regresamos por el mismo camino de las huertas, mientras caía la tarde. Los labradores guardaban los aperos en las casas pequeñas de piedra, envueltos en el humo azul de cigarrillos de tabaco áspero, pero se detuvieron un momento al vernos pasar, entre curiosos y vagamente irritados, con la rabia cansada ya después de todo el día sembrando. Nadie saludaba a mi tío Joaquín como había ocurrido hacía hace doce años, cuando los hombres se quitaban las boinas a su paso y las mujeres le miraban desde la regadera como si soñaran en casarlo con alguna hija. Pensé que algo violento debía haber pasado en aquel lugar, una tragedia que mi tío quería achacar a su cultivo de las trufas, uno de esos asuntos terribles de los pueblos que persiguen a un hombre y despiertan los odios colectivos y se pasan de boca en boca hasta que los descendientes ignoran lo que ocurrió, pero mantienen el odio heredado.

Aparicio se abrió paso por entre las calles del pueblo, donde las parejas comenzaban a reunirse camino al río o en la calle Mayor, y nos llevó hasta la puerta de casa. Cuando entramos, olía a comidas hechas con un aceite viejo, y la oscuridad de siempre reinaba. Desde la cocina de azulejos blancos en los que estaban pegadas las calcomanías con los escudos de equipos de fútbol, se oía a la criada cantar una canción triste, como una nana a un niño ausente. Además de la oscuridad, parecía reinar una palpable falta de alegría en el lugar, una tristeza que tal vez sólo se había interrumpido brevemente hacía doce años, cuando mi llegada a aquella casa desató un acontecimiento decisivo en las vidas de sus habitantes: la entrada de un niño en su ámbito adulto y fracasado, un suceso que abrió una cierta esperanza, la posibilidad de enderezar errores, de prevenir el pasado, tal vez de recuperar algo.

–Ahora tenemos que hablar, Ricardo –dijo mi tío luego de arrojar su chaqueta en el sofá del salón–. María, tráenos aguardiente.

Desde el butacón deformado por el peso de mi tío, contemplé otra vez el techo ajedrezado e intenté capturar algún ruido, alguna señal de que mi madre me esperaba entre los muebles olorosos y oscuros, en la penumbra, con los labios mojados para besarme.

–Si te vas a quedar con nosotros en el negocio de las trufas tenemos que hablar seriamente. ¡María, hostias, el aguardiente! ¿Cómo creerá esta idiota que se puede hablar de negocios sin aguardiente?

Yo apenas le escuchaba, pendiente del más mínimo ruido, del rumor más opaco en el techo que me revelara su presencia. Ahora recordaba bien las noches en que subía, cuando todos dormían, a la habitación de los espejos y ella estaba esperándome, calmados ya los gritos por mi presencia, con los pechos blancos, desnudos por encima de la tela de encajes del camisón, aquellos pechos de pezones gruesos que yo besaba y que luego he buscado por Nueva York en las mujeres viejas que trataba de procurarme, sin encontrarlos del todo. ¡Nunca he acariciado unos pechos tan duros, tan turgentes y enhiestos y poderosos como los de mi madre!

–Mira, ya solamente quedan tres años para que salgan las malditas trufas. En ocho años normalmente el árbol produce la primera trufa, y luego, si todo está bien y las indicaciones de don Salvador son ciertas, a medida que se multiplican las raíces se multiplican las trufas. En diez años somos ricos, Ricardo, y este pueblo se pondrá de rodillas y me rogarán que les dé trabajo.

–Tío, ¿qué ha pasado en el pueblo, por qué te odian? Recuerdo que tú eras el dueño de sus vidas, el...

–Son unos gilipollas, Ricardo. Es mentira lo de las trufas, aunque claro que les da envidia que yo esté a punto de hacerme rico y ellos sigan plantando judías. Pero las piedras que me tiran y todo eso... son cosas de tu madre, Ricardo, está loca, es una pobre loca y ellos no se dan cuenta... dicen que se llevaba niños al molino, Ricardo, la pobre, y les llamaba por tu nombre... ve a verla ahora, que sé que te mueres de ganas de verla. Luego hablaremos del negocio, anda.

Subí con el corazón latiéndome muy fuerte las mismas escaleras crujientes que hacía doce años había escalado en la noche tan asustado como ahora, en busca de una emoción brutal, borrada completamente hasta entonces en mi memoria. La puerta gruesa, secreta, una puerta para guardar misterios, estaba cerrada, pero se abrió fácilmente cuando yo la empujé. Estaba allí, como entonces, tumbada sobre la cama en la que sin saberlo reconocí las patas en forma de garra de león, la cama donde en mi cuadro las serpientes se enredaban en las sábanas y envenenaban los vasos. Tenía el cabello blanco y muy largo, esponjoso, el cuello estirado y pulcro, las facciones de aquella mujer hermosa que enloqueció a mi padre. Aquella tarde sus pechos me esperaban también, abiertos sobre el encaje del camisón, blancos como las sábanas, las tetas más hermosas, turgentes, que había conocido, tanto tiempo esperándome.

Por la noche me desperté desnudo junto a ella, que respiraba tranquila, al fin calmada. Con los zapatos en la mano bajé las escaleras que rechinaron en la oscuridad de la noche, y abrí el portón inamovible donde la aldaba de la mano con la naranja produjo un ruido leve, como una despedida. Estaba tan nervioso que durante unos minutos fui incapaz de abrir la puerta del coche, y en el forcejeo tuve un miedo infantil de despertar a alguien. Entonces, en la ventana, vi que María me decía adiós con su mano pequeña, parecida a una coliflor, y sentí que se quedaba todavía más sola que la última vez.

17

Llegué al portal de la casa de Marisa cansado, con el olor a la ropa y las sábanas de mi madre impregnado en el cuerpo, pegajoso después del viaje. Sabía que los dolores que habían comenzado a surgirme a la salida del pueblo, en medio del paisaje de campos y de aldeas tan solitarios al amanecer, sólo se calmarían con la invasión del líquido marrón que únicamente Marisa podía conseguirme. Pensé que arriba tendría que despertarla, sorprenderla con mi llegada, refrescarle la cara para que fuese capaz de ayudarme. Cuando llegué hasta el piso, Teo estaba dentro de la casa, tendido sobre Marisa. En la suela de los zapatos se le habían pegado varios pedazos de madera, y su calva roja, vista desde atrás, parecía una vagina abierta. Ella vestía una camiseta ancha en la que se marcaba muy claramente su cuerpo todavía duro, aquellas tetas que no le pertenecían, que eran de otra mujer más joven, y Teo la tenía agarrada por debajo del brazo y con la otra mano le abría las cuencas de los ojos en blanco. Me miró al entrar, pero no dijo nada. Olía a aire estancado, a la presencia de un cadáver que llevara varias horas arrojado allí, sobre el entarimado lleno de trozos de maderas sueltas.

Cuando Teo y yo la cargábamos por el ascensor, su cuerpo emitía un silbido débil, un ruido que me recordó al de Lisa cuando yacía en la cama, convulsionada por los golpes. Teo la tenía agarrada por los brazos y trataba de que el balanceo le permitiera rozar sus pechos, como si al llegar al apartamento yo hubiese interrumpido un acto de necrofilia. Estaba tan blanca, tan cerca de la muerte, tan hermosa, que pensé por un momento regresar a la habitación y compartirla con Teo en mi cama, dividirnos el casi cadáver entre los dos, besar su piel cada vez más fría.

El hospital adonde la llevamos también me recordó Nueva York, el hospital de Nueva York donde las enfermeras habían sido indiferentes al dolor de la mordedura del perro y al temor de los otros enfermos, implacables ante aquellos rostros ansiosos que aquí se repetían, tratando de descifrar cualquier señal que confirmara la sospecha de alguna desgracia.

Quienes esperaban en el hospital de Madrid, en una sala donde una gran ventana daba a un jardín de setos recortados, eran en su mayoría mujeres vestidas con trajes oscuros, no todavía negros, resignadas ya a un luto que parecían llevar aguardando durante muchas noches en vela. Un luto por sus padres ya viejos, o por sus maridos que conducían camiones por las noches, semidormidos, levemente borrachos tras todas las cervezas del día, siempre al borde de un precipicio mal señalizado. Luto por sus hijos que se inyectaban heroína en los instersticios de los bloques de los suburbios o que aparecían desmayados en los retretes de los bares con una aguja colgándoles del brazo, agarrados a las tazas o a los lavabos.

Llevaban, como yo, toda la noche sin dormir, pero ellas se entretenían calculando con obstinación el alcance de la tragedia: ¿Qué va a ser de mí, podré vivir sin él?, parecían preguntarse a cada rato, para no dormirse. Otros hombres las acompañaban intermitentemente, maridos, hermanos, hijos, dormitando sin culpa, incapaces de entender aquel regodeo secreto en la desgracia.

Teo miraba por la ventana como si estuviera proyectando un cuadro de enfermos, tal vez una mujer desnuda recién resucitada, corriendo entre los setos. No pertenecía a aquel lugar de dolor, él, que había nacido para disfrutar de la vida en restaurantes llenos de olores a especias, en burdeles donde las mujeres se insinuaban entre las flores. El brillo pelirrojo de su barba, el matiz encarnado de la piel de su rostro, que revelaba noches de juerga y mañanas al sol de una terraza, su camisa de rayas resaltaba contra los rostros pálidos y demudados por el dolor de las mujeres que esperaban.

Marisa había estado a punto de morir, no sabíamos aún si de una sobredosis o de un intento de suicidio o de ambos actos heroicos o innobles a la vez.

El hospital se parecía también al de Nueva York en que el tiempo tenía un valor distinto del que posee en otros lugares, cercano a la nada. Las horas transcurrían lentamente, sin mérito, como si los parientes de los acuchillados, de los que intentaban desaparecer del mundo, de los toxicómanos, de los que tenían una bala alojada entre las costillas, hubiesen entrado en una condición de espera constante en la que los días eran un producto que sobraba, que se podía regalar, una situación que duraba hasta la muerte o la salida del peligro.

Teo me miraba y luego contemplaba con desgana a la gente que esperaba, los gestos antiguos del sufrimiento y la esperanza, las arrugas de una noche sin sueño, las faldas blancas, tal vez exageradamente cortas, de las enfermeras que pasaban revisando con aire de importancia nombres y gráficas.

En la cafetería vendían bocadillos de chorizo seco y cerveza de la peor marca. Algunas de las mujeres compungidas que esperaban arriba seguían su calvario allí, rechazando con gestos resignados pedazos momificados de tortillas de patatas que les ofrecían sus hermanos, hijos, maridos, quienes conservaban un excelente apetito. «No, si no me cabe nada, hijo», les escuchaba decir mientras supiraban.

Sólo entonces, cuando estábamos en el bar, le pregunté a Teo si mi padre le había dicho que se marchaba. Como si me estuviera hablando de un amigo lejano, me dijo que el día anterior había llegado a su casa con una mujer rubia y muy joven, una musa a la que el propio Teo no había podido evitar espiar en el baño cuando salía desnuda de la ducha sin demasiada vergüenza.

–Tiene unas teticas de la variedad de pellizco, como yo las llamo. Son esos pechos donde el seno, la teta entera, no vale mucho, y lo que predomina realmente es un aparatoso pezón en punta, no sé si te has topado con ellas. A mí me gustan, te confieso, acabo llamándoles mis fresitas, y cosas por el estilo, aunque donde se ponga una buena teta, incluso una buena teta caída... En cuanto a tu padre, estuvo hablando con Nueva York después de comer, antes de que a mí se me ocurriera visitar a Marisa y encontrármela a punto de viajar al otro barrio. Pero no me ha dicho aún nada.

Por la tarde, cuando ya Teo dormitaba frente al

ventanal y lo poblaba de sus cuadros eróticos con moribundos, una enfermera de ojos muy pintados con rímel, con aspecto de puta, nos pidió que la acompañáramos pero no quiso decir nada, como si no tuviera permiso aún para sacarnos de la duda.

Atravesamos salas que olían a desinfectante por donde algunas de las mujeres compungidas empujaban ahora a hombres azulados en sillas de ruedas o esperaban en silencio, junto a jóvenes con la barba despuntada, a que acabara la hora de las visitas. Eran la única compañía que les quedaba, sus madres tristes que volvían a recuperarlos de pronto, a través de la desgracia.

Marisa sonreía desde una cama blanca, junto a una cortina con manchas sospechosas, tal vez de algún paciente anterior que se hubiese limpiado allí, sin ningún pudor, el fruto de los placeres solitarios con que matara el tiempo de espera. Estaba muy pálida, como si hubiese muerto hacía muy poco y al llegar nosotros hubiese resucitado para saludarnos, para contarnos cómo era morir, para decirnos que prefería seguir viva. La enfermera de los ojos rodeados de betún negro se quedó cerca de nosotros, arreglando gasas y bolsas de suero, interesada en saber nuestra historia para matar también el rato.

–Me di cuenta de que estaba empezando a no poder vivir sin ti, Ricardo. –Y en voz baja añadió–: Además, todo estaba muy bueno y muy fuerte.

La palidez del veneno le había dado una aureola aún mayor de misterio, como si hubiese obtenido unos poderes en su viaje a la muerte, y uno lo pudiese palpar, saber que estaba ante un ser distinto, alguien que hubiera adquirido en el viaje la facultad de la destrucción, una capacidad para tocar las cosas y corromperlas. En el morado que rodeaba sus ojos, en el gesto débil de su boca maltrecha, que había descubierto el dolor más sutil, el dolor que produce el estar vivo sin querer, se adivinaba una voluntad de seguir mancillando su cuerpo y arrastrar a los otros en aquella aventura.

Al mirarla tendida allí, destruida pero desafiante, con el mentón apuntando hacia mí y la mirada cargada de dejadez y burla, supe que me estaba ofreciendo un destino, que delante de aquella cama de hospital donde ella había depositado su cuerpo como si fuera un abrigo para llevar al tinte, pretendía lanzarme un reto. Podía seguir amándola, destruirme con ella, o huir, volver a la pintura, marcharme a Nueva York con mi padre.

Entonces me cogió de la mano antes de que yo pudiese llegar a formular ningún miedo, ninguna intención de evitar el vacío que me presentaba. Me lanzó una mirada viciosa, tal vez maligna, la mirada de un asesino que con la muerte te promete a la vez un intenso placer, y entonces supe que no me quedaba más remedio que participar en su ritual y en su farsa. Luego la deseé, quise besarla y apretar su cuerpo, e incluso estuve a punto de preguntarle dónde tenía escondida la heroína, debajo de cuál de las maderas del suelo maltrecho de su casa el placer estaba esperándome.

18

A la semana estábamos otra vez fornicando con la dejadez que da la rutina en el apartamento de paredes y rincones desnudos, de maderas desperdigadas por el suelo y platos sucios tirados en el fregadero. Marisa estaba de paso por la vida y yo pensaba aún que mi estancia en Madrid era provisional, pero ninguno de los dos sabíamos cuánto tiempo iba a durar aquello, o si el estar de paso era una situación perpetua, que nos acompañaría siempre a partir de entonces.

Ya no íbamos a restaurantes de paredes cubiertas por platos de cerámica de Talavera o carteles de corridas de toros, donde yo había probado comidas de sabores a muchas hierbas y nombres exóticos. Ya no fornicábamos a escondidas, jadeantes, excitados por el temor a que nos atraparan desnudos en el automóvil estacionado delante de las puertas traseras de edificios de Arturo Soria o en las callejas encubridoras de Malasaña o el Madrid de los Austrias. A veces incluso nos olvidábamos de amarnos, o de comer siquiera, y una tarde el hambre nos cercaba y comíamos latas de sardinas que acababan por darnos dolor de estómago y que vomitábamos durante horas, con la cabeza dentro del retrete.

En esos días sólo íbamos al bar de Elvis, donde

Marisa conseguía la heroína más barata. Recuerdo que se hallaba en un barrio cuyo itinerario para llegar a él nunca conseguí comprender, porque Marisa siempre se perdía por avenidas con tiendas de zapatos y de electrodomésticos y de bancos que me recordaban vagamente la calle 125 del East Harlem. Por allí caminaba gente igual de fea y mal vestida moviéndose por los escaparates donde había grandes carteles que anunciaban rebajas y edificios iguales, de ladrillo ennegrecidos por la polución y el invierno, balcones que nadie utilizaba, con los barrotes de chapa oxidados y los toldos deshilachados. Cuando tenía que meterse por alguna de las callejas que daban a la avenida, lugares con las aceras destartaladas y solares vacíos donde había chabolas pegadas a la pared de un edificio, o fincas rústicas, como trasladadas del campo, Marisa seguía perdiéndose y dando vueltas y quejándose de que en aquel barrio todas las casas eran feas. Pero siempre llegaba.

El bar de Elvis me recordaba la tarde en que mi padre y yo habíamos recorrido los garitos de Orchard y Canal Street en busca de los objetos más horribles, para decorar la habitación del mal gusto en el *Interior para una Decoración Elegante*. Era un templo dedicado a Elvis Presley donde había relojes con su efigie, jarras con su cuerpo delgado y erótico en forma de asa, platos con su cara ceñida en el cuello por un pañuelo rojo, bolas de cristal llenas de agua y falsa nieve donde el rey se contorsionaba en una figura de plástico, bolígrafos con su dibujo, entradas de conciertos, fotos firmadas con letra aparatosa, carteles de películas en los que su mirada, desafiante e ingenua a la vez, anunciaba un mundo ficticio, y todos aquellos objetos *kitsch*, de una estética atroz, adornaban el bar donde los dueños, una pareja de maricas cuarentones que se llamaban Remi y Lauren, servían cócteles supuestamente americanos, inventados por ellos, con nombres de canciones que ya empezaban a estar trasnochadas: Heartbreack Hotel, In the Ghetto o Don't Be Cruel.

A mí, por extensión, por venir de la tierra sagrada de Elvis a la que ellos planeaban viajar algún día en una peregrinación hacia la casa de Menfis donde su ídolo, gordo y drogado, llevaba la existencia de un rey oriental, Remi y Lauren me estimaban y me admiraban y también me preguntaban muchas cosas, nombres y recetas de cócteles, traducciones de letras de canciones del músico, las últimas noticias de su vida. Yo les respondía borracho y ausente, todavía capaz de avergonzarme de su vulgaridad.

A veces, tras la barra donde Remi y Lauren se abrazaban para bailar unos pasos frenéticos de la música de su hombre, había una mujer que los ayudaba, la Yoli. Tenía un rostro brutal, delgado y recorrido por una cicatriz, y me miraba con insolencia, sin importarle la presencia de Marisa, una invitación descarada a su cuerpo tenso, pero seguramente gozoso y lleno de fuerza, a su mundo de chaquetas de cuero con tachuelas plateadas y lenta destrucción que me recordaba al de Lisa y que podía terminar igual, con mordiscos y sangre en la habitación de un hotel inmundo.

Pero yo no necesitaba ya conjurar la muerte en las habitaciones de los hoteles, entre los cubos de basura de las esquinas de Coney Island. La destrucción que había estado buscando me la inyectaba Marisa lentamente en el retrete del Elvis, cuando no podíamos aguardar, o entre las paredes vacías de nuestro apartamento. Ahora comprendía a algunos amigos de Nueva York y sus viajes a las *shooting galleries* de Harlem, donde ahuyentaban la angustia entre el dolor de los niños negros, estreñidos y desnudos, abandonados también por sus madres que hacían la calle para pagarse la dosis del día. Ahora lo entendía porque aquella ansiedad de convocar lo feo que me acosaba en Nueva York había desaparecido a medida que la heroína subía por las venas y me procuraba la calma y el placer, la muerte sin necesidad de morir. La heroína había convertido la vida en una ocupación inútil, y había sustituido también la fealdad.

En el bar de Elvis comprábamos las dosis más generosas y potentes, que nos llevábamos a casa para inyectárnoslas entre las paredes vacías, tumbados en la cama, sin hablar, cada cual entretenido con su propio estado, hasta que nos quedábamos dormidos y yo tenía sueños blandos que luego nunca recordaba.

Todos los días fueron volviéndose iguales, muy rápidos y a la vez infinitos, llenos de los mismos síntomas: dolores en el pecho, un quejido de las articulaciones que exigían el líquido para curarse, el ruido de animales que recorrían la casa y derribaban a su paso las maderas apiladas en los rincones. Todo era feo, muy feo, y algunas veces me asusté, temí que aquel descenso tan veloz fuese imposible de detener y ni siquiera el regreso de mi padre lograra volver a interesarme de nuevo por el arte, que aquella angustiosa espera de la inyección más próxima era ya la vida. Otras veces tenía la impresión de que estaba tratando de forzar aquella situación, que todo era una prueba que me hacía para demostrarle algo a alguien, pero entonces no había nadie a quien demostrar nada, y me asustaba, y tenía la sospecha de que nunca iba a regresar de allí.

Aquella sospecha se fue convirtiendo en certidumbre, sobre todo cuando mi padre dejó de ser un recuerdo presente para convertirse en una vaga sombra de un pasado que ya me era ajeno, porque las maderas rotas, y la suciedad de las paredes del apartamento de Marisa, y los hombres desdentados y pervertidos a quienes comprábamos la droga, habían sustituido cualquier imagen de un pasado distinto que yo guardara en mi memoria.

Una tarde de aquellas, cuando ya estaba a punto de no sentir nada diferente del dolor de los huesos y la sequedad de la boca, donde los dientes comenzaban a movérseme, Marisa tardó mucho en llegar con la dosis, y yo no pude aguantar el dolor y la angustia, y salí a buscarla. En la calle, la Puerta de Alcalá, a plena luz con sus restos de balaceras marcadas en la piedra, sus vigilantes blancos, encaramados en lo alto como para contar quién entraba en la ciudad e ir estableciendo un registro de ropas, de cargamentos de gallinas o tinajas de aceite o pellejos de vino o papelinas de caballo, me recordó vagamente otra época, y su presencia rotunda y clásica fue para mí un recordatorio de que la historia estaba vigilándome, que pese a todo era imposible huir del pasado.

En los pasajes subterráneos que cruzaban el Paseo de Recoletos había jóvenes de pelo largo y sucio sentados contra las paredes meadas, aún con las mangas de las camisas remangadas por arriba de los brazos. El paisaje exterior no existía; ahora, y yo lo sabía bien, todo era para ellos un panorama interior de calma y de placer, donde no era preciso hacer ningún esfuerzo para vivir. Las jeringas se confundían en una esquina con un montón de basura, de restos de periódicos y envolturas de chicles y bolsas de patatas vacías, asimiladas al paisaje, como si fueran un elemento más entre los desperdicios de la calle.

Un gitano borracho, vestido con una chaqueta muy pequeña incluso para su cuerpo delgado y consumido, que apestaba a vino barato, pedía limosna al pie de las escaleras mecánicas, acuciado por su propia miseria.

Subí por la Gran Vía y recordé que hacía tal vez un mes o varios meses –ya había perdido definitivamente la cuenta– mi padre me señalaba en el edificio Metrópolis el reflejo de un mundo remoto que a él le había servido para viajar a otra ciudad donde la violencia y la guerra eran una noción ajena. Ahora, sin su entusiasmo a mi lado, el edificio Metrópolis me parecía más pequeño, cargado con los adornos pretenciosos de una época equivocada y mezquina.

En la mitad de la Gran Vía, en un local de enorme cristalera de colores y una marquesina de hierro forjado, habían instalado un McDonald's. Comí con ansia varias hamburguesas, como si todos aquellos meses hubiese echado de menos su sabor artificial y dulzón que en Nueva York nunca probaba.

En la Manuela estaban los habituales del lugar, gente que saludaba siempre con desgana y parecía llevar varios días sentada allí, en torno a ceniceros llenos de colillas y las escasas frases de una conversación que siempre se quedaba en medias palabras, cuyos participantes apenas se esforzaban en terminar, como si aquella indefinición fuera lo que les permitiese seguir reunidos, estirando el tiempo hasta la noche. En un rincón, sentada entre almohadones, sola y pálida, estaba Marisa en plena destrucción. Apenas me reconoció al verme, inmersa en su estado interior que excluía cualquier necesidad, cualquier emoción. Luego, con una sonrisa beatífica, me cogió de la mano para transmitirme, a través de las yemas de los dedos tal vez, su estado de absoluta serenidad. Pero yo necesitaba algo más.

–Es lo máximo, Ricardo, el cielo.

Entramos en el baño, ella pálida y torpe, trastabillando, aturdida completamente por su dosis. Le gustaba buscarme la vena, palparla como si se tratara de un instrumento delicado del que obtuviera una música muda y extraña. Sentí la acometida del líquido que me subió por todo el cuerpo, inundándolo de placer. De pronto, de una manera clara, recuerdo que fui feliz.

Pero luego, sentado entre los almohadones y la carne cada vez más dura y correosa de Marisa, mientras apuraba sin ganas la cerveza que me habían servido, sentí un calambre por todo el cuerpo y una sensación de abandono, de huida hacia la muerte, tal vez. Intenté explicárselo a Marisa, pero ella estaba muy lejos también, muy pálida también, muy fría, quizá muerta de nuevo, como en el hospital. Dejé un puñado de dinero sobre la mesa y agarré a Marisa del brazo, y sentí su cuerpo lento y pesado, que ella apenas movía. Probablemente, aunque no lo recuerdo bien, oí un saludo del grupo que se reunía en torno a los cigarrillos y las palabras sueltas de la mesa cerca del ventanal. Tal vez la luz de la calle, y el ligero olor a humedad estancada de las cañerías de las casas viejas del barrio, lograron despertarme un poco.

–Marisa, me estoy muriendo –recuerdo que alcancé a decir, pero ella no respondió; caminaba junto a mí con los ojos cerrados, y en un momento llegué a sentir que el cuerpo se me caía al suelo como si fuera un jarrón muy pesado que estuviera cargando. En un portal muy ancho y oscuro donde conseguí entrar, tumbé a Marisa, blanca como el mármol del suelo, y me dejé caer con las últimas fuerzas, vagamente consciente de que aquello podía ser el final del viaje.

Al cabo de un tiempo remoto, incalculable, que podría haber sido lo mismo minutos que semanas, me desperté solo, mojado en un charco de vómitos. De Marisa no percibí ni siquiera el recuerdo de que alguna vez había estado allí. Tal vez no estuvo nunca.

En la calle empezaba a atardecer. Me pregunté si lo que terminaba era la misma tarde en que había salido a la calle en busca de Marisa y la había encontrado en la Manuela. Sentí que mi camisa azul estaba mojada y maloliente. En el bar había unos cuantos parroquianos acodados en el mostrador, entre ellos un torero y su apoderado que alguna vez había tratado de convencerme, en noches de borrachera, de que los toros podrían funcionar en mi país. Me miraron como si no me conocieran, como si mi presencia les fuese a delatar. El grupo que me había saludado al salir no estaba, lo que me hizo pensar que podían haber pasado varios días desde que estuve allí.

Caminé por la calle de la Manuela con torpeza, aún dominado por el aturdimiento del viaje hacia la muerte, y en la esquina volví a ver de refilón la fachada de azulejos de una farmacia con dibujos de dolencias antiguas que otras veces había visto al pasar, y cuyo aspecto misterioso y antiguo me había llamado la atención. Ahora me acerqué a aquella fachada con una cierta veneración, como si después de haber estado al borde de la nada necesitara algo a lo que asirme, un elemento sólido como aquél, que además del presente tenía en sus paredes, en el estilo de sus dibujos y el de los azulejos, las huellas del tiempo. En uno de los entrepaños, donde había dibujado un elefante de la India con un faquir en lo alto, leí con dificultad, con la vista nublada aún:

EMPLASTOS POROSOS ROJOS
«EL ELEFANTE»

En otro dibujo de colores vivos, visibles bajo la luz artificial de una farola, un niño regordete con el culo al aire se abrazaba a una criada con mandil y gorro bajo una frase de letra historiada, pintada en azul:

USAD CONTRA LAS DIARREAS
DIARRETIL LLOPART

Entonces, mientras me concentraba en los trazos del niño que se abrazaba con desesperación a la criada, en sus nalgas que me recordaron al muchacho del cuadro de la gula del Bosco, me di cuenta: los emplastos de mi abuelo recorrían la esquina de azulejos de aquella farmacia, el lugar adonde mi padre había acudido en una guerra antigua de la mano del suyo para observar si aquellas paredes se hallaban todavía en pie. Vi que una mujer se agarraba el mentón sentada en un sofá junto a una lámpara de petróleo, y leí:

DOLOR DE MUELAS
ODONTÁLGICO LLOPART
PARA LA LIMPIEZA DE BOCA
Y DIENTES USEN EL PERBORATO
DE SOSA AROMATIZADO LLOPART

Un hombre enseñaba a un caminante dolorido, con bastón, un árbol al final del camino donde las ramas tenían nombres: NEURALGIAS, CIÁTICA, REUMATISMO, y en lo alto decía:

EMPLEAD
EMBROCACIÓN
LLOPART

Y donde un chino servía té a una mujer elegante y hermosa que sufría de cualquier dolor, ficticio o no, era:

TÉ PURGANTE LLOPART
COMPUESTO DE PLANTAS
Y FLORES AROMÁTICAS
SE HACE EN INFUSIÓN COMO EL TÉ
NEGRO Y SE TOMA CON PLACER

Y en otro cartel, en forma de pergamino antiguo, decía: PARA LAS LOMBRICES PIDAN LOMBRICINA LLOPART.

Toda la farmacopea de mi abuelo estaba reunida en los dibujos, hermosos, elegantes como la época que añoraba mi padre tras la fachada del Metrópolis, de la Farmacia Juansé, en plena esquina de un barrio donde los jóvenes caminaban a mi alrededor en grupos, aturdidos, indiferentes a los azulejos y las pócimas de mi abuelo, ajenos a su propio pasado, interesados solamente en la felicidad que se vendía sobre los mostradores y en los tráficos de otra farmacopea en las esquinas. Recuerdo que corrí de nuevo hacia la Manuela y pedí a un camarero sorprendido un lápiz y un papel para apuntar aquellas frases, como si se tratara de *mantras* que me fueran a servir de talismán a partir de entonces.

El taxi que me conducía hacia casa me mareó en las curvas. Tras las ventanas, la ciudad empezaba a encender sus luces, borrosas y tristes para mí. Supe que en el piso sórdido que habitaba con Marisa me acometería de nuevo la ansiedad, y quizá la encontrara muerta sobre el colchón, al fin, y nunca volvería al bar de Elvis a comprar. Y al mismo tiempo recuerdo que quise verla muerta, que pensé incluso en matarla yo para poder regresar a Nueva York.

En la casa, oscura como siempre, desnuda para albergar nuestra provisionalidad y el abandono, para encerrar por un tiempo la lenta destrucción, Marisa no estaba. Me tumbé en la cama con un cansancio infinito, como si todos aquellos meses me hubiesen obligado a cargar con todas las vidas de mi pasado familiar, con la demencia de mi madre y la lenta maceración de hierbas de mi abuelo, con la espera patética de mi tío, con los recuerdos agridulces de mi padre. Creo que me dormí, porque me despertó el teléfono como una alarma de un incendio interior, arrasando sueños turbios. Era Teo y recuerdo que su voz sonaba como si pudiera estar húmeda.

–Ricardo, ¿dónde te has metido, cojones? Es horrible lo que ha ocurrido.

Intuí en el silencio que Marisa había logrado morir

al fin. Sin mí. Había concluido su provisionalidad, aquella vaga esperanza de desaparecer que incluso presentí la noche que nos conocimos, cuando todo estaba empezando. Me había abandonado, me había dejado solo, enviciado, desamparado, como si al final hubiese preferido la muerte a mí.

–Ya lo sabía, Teo, tenía que pasar. ¿Cuándo fue? ¿Dónde?

–Pero qué dices, ¿cómo lo podías saber? ¿Quién te lo ha dicho? ¿Te han llamado?

–Teo yo la he visto morirse lentamente delante de mí, en el portal, donde tal vez ya estaba muerta cuando la dejé.

–¿Cómo, Ricardo, de qué hablas? –dijo Teo llorando–. ¿De quién hablas, Ricardo? Tu padre, niño, quien ha muerto es tu padre, me acaban de avisar de América, al parecer se ha derrumbado un edificio, Ricardo, ¿estás ahí, Ricardo?

EPÍLOGO

El recuerdo de la mañana de sol en que enterramos a mi padre me persigue con la constancia que tienen los momentos terribles, los que aventajan a los otros y regresan hasta con los olores y se graban sobre el olvido para siempre. Habían venido muchos de sus amigos, caras que yo iba recordando de algún momento de mi vida mientras me acostumbraba a la idea terrible de que ya no iba a verlo, de que sus manos morenas y ágiles, y su voz llena de ecos, no iban a estar nunca más, y trataba de asirme a sus últimas huellas, a la nota que me había dejado en Salamanca sobre el parabrisas del automóvil alquilado –«Ricardo, la belleza siempre nos une y nos aleja»–, a la descripción que me hacía de Madrid mientras pasábamos por las calles de cartón-piedra y él iba recorriendo sentimientos antiguos, imágenes detenidas en su memoria que había querido poner en movimiento para que nunca le volvieran a molestar.

El día era hermoso, pero aquella mañana la belleza del clima no importaba. Los amigos de mi padre resistían la ceremonia con la mirada sobre el suelo, temerosos, pensando en la muerte. El miedo flotaba sobre ellos, y les susurraba fechas en el oído: «Pronto, muy pronto», era la frase que todos escuchaban, y el sudor del día humedecía las frentes y empapaba las manos de los que habían venido, incrédulos, a enterrar a mi padre, y ahora se sentían incómodos y con ganas de irse, impacientes ante el responso del sacerdote que aprovechaba la ocasión para exigir que nos arrepintiéramos.

«*Remember, man, thou art dust, and to dust thou wilt return*», decía el hombre flaco y austero, sudoroso bajo sus ropas religiosas. Me pareció que tenía envidia de aquellos hombres y mujeres mundanos y elegantes y quería aprovechar el momento para entorpecer su felicidad. Tristes y asustados, los amigos de mi padre perdían todo el lustre, y una vejez temprana se insinuaba debajo de sus ojos, en las comisuras de sus bocas, en los carrillos que se desfondaban y les daban un aire de imbéciles.

Kit era la única que estaba hermosa, más hermosa que nunca, como si se hubiera embellecido en casa a propósito para tratar de apaciguar el dolor de todos, para que sus facciones impecables nos consolaran. Pero la belleza de Kit también languidecía ante la muerte. Toda la ceremonia se mantuvo agarrada de mi mano, serena y firme, con la ecuanimidad que ella sabía expugnar de las tragedias. Sus dedos no delataron nunca si ella también tenía miedo, ni tampoco si recordaba nuestros besos. Me pareció, más bien, que me amparaba.

Al acabar la ceremonia todos volvimos en los coches de luto que se movían sin ruido por los senderos de gravilla, bordeando a los muertos. Allí, sentado al lado de Kit y de una mujer que olía a un perfume caro y estaba triste, a punto de llorar –otra de las amantes de mi padre, tal vez–, pensé que tras su muerte sólo quedaba la idea de la muerte, y esa pala-

bra, esa sensación opresiva que desde aquella mañana me sumía en el desamparo, fue para mí, durante mucho tiempo, lo único real, porque durante varios meses pensé que la muerte era lo esencial, la raíz que lo delimitaba todo, y lo demás, la belleza, las mujeres, o incluso la heroína que hasta entonces me había consolado del vacío que me producía su ausencia, se difuminaba ante el anuncio terrible de que cualquier esfuerzo por seguir viviendo era un trabajo inútil. Ni siquiera la muerte había dejado un sitio para el miedo.

En aquellos meses, los objetos con que me tropezaba por las mañanas, cuando me levantaba de un sueño lleno de pesadillas en casa de mi padre, me conducían siempre a aquel hecho terrible: no merecía la pena vivir porque él ya no estaba, se había marchado con una parte de mi vida, me había dejado lleno de dudas y con demasiados recuerdos que ahora ya no podía revivir, como si con su muerte hubiera querido demostrarme de una manera demasiado real que el pasado era lo más importante. Entonces rebuscaba en los vacíos de mi memoria y trataba de recuperar las frases sueltas con las que había querido explicarme las cosas, y el recuerdo de su voz me devolvía las cenefas llenas de uvas de parra de un edificio de West End Avenue, o las columnas corintias de LaGranje Terrace en Lafayette, idénticas a las del templo de Zeus, o el rosetón azul y rojo de una iglesia pequeña y olvidada que él hubiera querido trasladar a la Quinta Avenida, junto a los templos espaciosos de otros ritos. Aquella colección llena de detalles hermosos y secretos, el cartapacio de su fascinación por los lugares ocultos donde la inteligencia y el gusto de los hombres había prendido sobre la piedra, era lo único suyo que me quedaba, y muchas mañanas lo recorrí con la memoria y algunas veces con la vista, cuando me empeñaba en seguir los paseos que habíamos realizado juntos por las calles y encontraba de pronto un edificio particular, y entonces volvía a sentir su voz melódica y profunda describirme los motivos de su obsesión, como cuando me topé con los ladrillos rojos y las tejas azules y amarillas de la catedral de San Nicolás, con sus cruces y arcos y ornamentos y cúpulas en forma de cebolla que se levantaban como en un cuento de nieves y cosacos a la salida del parque, y ese día penetré en la oscuridad de la iglesia rusa para llorar entre las viejas vestidas de negro y los hombres humildes, con trajes de lana, que esperaban también, como yo, la posibilidad de un milagro.

Muchas veces, durante esos primeros meses en que lo extrañaba más de lo que hubiera pensado, di vueltas en torno al *Interior para una Decoración Elegante* con la intención de aprender de sus habitaciones pintadas y de sus homenajes a la composición. El *Interior*, que tras su muerte se había deslucido y me había resultado muy triste, comenzó a revelarme de nuevo sus secretos. Varias noches estuve jugando con la habitación renacentista, mi favorita desde niño, examinando aquella casa de un noble florentino cuyo gusto mi padre había ido analizando para mí mientras labrábamos zócalos de madera tallada a la luz del estudio. En aquella habitación llena de bargueños hechos con cajas de cerillas y una cama que parecía una máquina para amar, recordé sus lecciones sobre una estética que iba creciendo en el hombre con la contemplación de las ventanas de los edificios y el color de las sedas que visten las mujeres, que iba añadiendo las cosas más hermosas, las flores, la puerta de una iglesia, el color de una piel, los bustos simétricos de los emperadores romanos, sin despreciar nada. Esa noche lloré con el recuerdo de sus conversaciones, como si de pronto mi vida no tuviera sentido sin él.

Así, lentamente, a medida que pasaban los días de sol que yo había erradicado tras las cortinas gruesas extendidas, fui percatándome de que era necesario hacer algo, aunque no supiera qué. La presencia de los objetos de mi padre comenzaba a crisparme, a recordarme demasiado su ausencia, pero al tiempo tenía necesidad de él, no podía alejarme de sus recuerdos. Una noche me acordé de las fotos que guardaba en una caja azul que habíamos visto juntos la víspera de nuestro viaje a España y decidí rebuscarla por todos los rincones, por los armarios de puertas correderas que amurallaban los pasillos y en los que se almacenaban todas sus colecciones –objetos que estuve sacando sin orden y apilando en el suelo– y hasta en el guardarropa de su habitación, donde estuve tocando, antes de proseguir mi búsqueda, sus telas de seda. Al cabo encontré la caja en una mesa del salón y esparcí todas las fotos por el suelo, como si hubiera logrado desarmar su memoria y ahora la tuviera en piezas ante mí, más fácil de entender. Allí vi a un muchacho muy joven, vestido con una camisa blanca y alpargatas, montado alegremente en el estribo de una camioneta destartalada cuyas puertas decían «Ungüentos Llopart». También lo vi paseando con un grupo de hombres altos y rubios por una calle de Boston, y agarrado del brazo de una mujer joven junto a la baranda de un barco. Esta última foto, que yo nunca había visto hasta entonces, era la única que había guardado de mi madre. Pude ver que su vientre ya estaba hinchado, que en aquel instante en que se hallaban al borde del destino en el barco que los alejaba de la mediocridad todo podía pasar, y las risas auguraban un futuro diferente, y en aquella boca fresca, besada muchas veces por la boca apretada y carnosa de mi padre, no parecía estar pintada aún la escena de la mujer derrumbada y enloquecida que me ofreció sus tetas blancas en la oscuridad de su cuarto, en Barco de Ávila, y me dijo «Ricardo, ven conmigo, vuelve dentro de mí, vamos a repetirlo todo».

En su biblioteca encontré un cajón con fondo triple donde tenía escondidas todas sus cartas, la mayoría escritas por mujeres que le decían que lo amaban, que darían todo por él, que no querían perderlo, mujeres que parecían gritar en la oscuridad, temerosas de ser solamente una diversión para el hombre que ellas acosaban. También había cartas suyas, muy breves, que las mujeres le habían devuelto dentro de sus propios sobres, tal vez porque no estaban dispuestas a aceptar la réplica con que mi padre trataba de despachar sus pasiones. Las suyas eran misivas frías e incluso burlonas, de alguien que disfrutaba aquella adoración incondicional, y a quien también le gustaba causar dolor.

En sus libros de arquitectura, en unas hojas de color crema, gruesas como el papel de dibujo, leí que mi padre había ido ordenando todas sus visiones del arte, mezclando comentarios sobre la concepción de la fachada con dibujos precisos de un adorno que se le acababa de ocurrir, o el frontis de un edificio. Vi minotauros con cabeza de mujer, y astrágalos decorados con plantas diferentes de los acantos clásicos, junto a frases que resonaban en mi cabeza como un eco de sus conversaciones y que me sorprendieron: «Revisar más la importancia del adorno en los muros, de la mitología que se puede crear colocando acróteras en los frontones que se vayan continuando en lugares estratégicos del interior del edificio, probablemente sobre ménsulas. Hablar con Ricardo para que me dibuje monstruos bellos», decía en una de sus notas. «Comentarle a Ricardo que debería apostar por la tradición de De Chirico, que debería aprovechar mis lecciones arquitectónicas e incorporarlas a la pintura. Podría ser un buen punto de arranque.» Cuando recité las notas en voz alta, utilizando el tono que él empleaba, me pareció escucharlo, tuve la certera impresión de que había sido él, y no yo, quien había hablado.

En sus fotos que aún estaban esparcidas por el suelo del salón, fotos que lo capturaban sobre todo en viajes, con mujeres guapas, algunas de las cuales yo no había conocido siquiera, fui observando sus gestos, y vi que tenía una gama muy amplia, que sabía disimular muy bien las expresiones: dureza tierna cuando miraba desde la mesa de un café donde el humo de los cigarrillos de las personas con quienes se encontraba ponía un halo de luminosidad en torno a su pelo ya cano; timidez en las fotos de juventud donde parecía haber un miedo escondido, tal vez el temor que había tenido un día de no llegar a ser lo que ya tenía pensado: un hombre distinguido y enamorado de la belleza de las cosas y las mujeres. En una foto tomada en Nueva York cerca de lo que reconocí como las columnas plateadas por una mañana de sol de la Lever House, una foto sin fecha pero realizada tal vez a poco de venir aquí, porque era joven y miraba a la cámara aún con cierto asombro, como si la timidez de las fotos anteriores hubiera sido sustituida por su sorpresa ante el mundo que había deseado, una confirmación de sus sueños, en esa foto juvenil los dos éramos idénticos, y por un instante dudé de si era yo mismo quien en verdad se hallaba bajo el edificio de cristal, pero los trajes de los peatones tenían un corte antiguo, y los colores de la foto habían perdido el brillo del momento.

Una tarde, mientras tocaba los trajes y las camisas de seda que colgaban en el armario de su cuarto, se me ocurrió vestirme como él, y me percaté con sorpresa de que me quedaban bien, que se acoplaban como si fueran míos, y por primera vez me di cuenta de que teníamos el mismo tamaño. Su camisa se ajustaba impecablemente a mi cuello, una tela azul muy profunda, intensa, que aún olía a la última vez que se la puso, un aroma a colonia y a tabaco que tuvo el efecto de un guiño cómplice, como si me hubiera dado una palmada en el hombro.

Vestido como él, calzado con sus zapatos de cuero espeso, casi nuevos, de dibujos ligeros, con sus pantalones que envolvían mis piernas con la sensualidad que tienen las telas frescas del verano, arropado por la camisa, me asomé a la misma ventana desde donde los dos habíamos visto una vez el Central Park, poco antes de marcharnos a España. Por ese mismo ventanal yo también había mirado de pequeño el trajín de la calle, mientras esperaba a mi padre. Me gustaba meterme en su habitación, recordé entonces, y oler su ropa y acariciarla. Con una prenda suya en la mano me colocaba frente al ventanal cubierto por visillos muy pálidos y miraba la calle convencido de que si me concentraba y observaba la acera fijamente podía lograr que apareciera mi padre, que surgiera de pronto en medio del cemento, y yo lo vería entrar y saludar al portero, y luego alzar la vista hacia la ventana donde él sabría que yo estaba esperándolo. Pero nunca llegaba.

Ahora yo volvía a mirar por la ventana, vestido como él, y percibía el inicio del verano en los árboles del parque, en el sol brillante que iluminaba los senderos y los trajes blancos, y contemplaba otra vez, después de tantos años, las tatas vestidas de uniforme que empujaban cochecitos suntuosos donde dormían niños rubios de elegancia heredada. Vi que algunas parejas se detenían a besarse, a mirarse a los ojos, y había hombres y mujeres con prismáticos que oteaban los pájaros.

Esa noche salí por primera vez desde hacía mucho tiempo, vestido con su ropa, y entré en uno de sus restaurantes favoritos donde el maître, un hombre grueso que movía obsequiosamente las manos, me colocó en una mesa junto a la ventana, la misma mesa donde él había cenado tantas veces conmigo, o con André, o con sus mujeres hermosas o sus amigos, algunos de los cuales me saludaron levemente mientras interrumpían sus conversaciones o un bocado y comentaban algo en voz baja a sus comensales.

Esa misma noche, al regresar a casa insomne y envalentonado por el vino, paseé por las calles llenas de bares y de paseantes que aprovechaban el calor, y entré en un lugar lleno de luces y de gente falsamente elegante, italianos tal vez, donde seguí bebiendo hasta tarde, haciendo guiños a las mujeres y tratando de entablar amistad con el camarero. Recuerdo vagamente que había una mujer hermosa, muy delgada, parecida a Kit, con un polo azul que realzaba sus tetas. Estaba con otro hombre, pero me miraba también a hurtadillas y sonreía. Me levanté del mostrador y le toqué las tetas delante de su hombre, y él me empujó primero con violencia, y luego me arrinconó cerca de mi banqueta y me golpeó varias veces, y los otros nos rodearon y gritaban mientras el hombre me pegaba. Creo que el camarero detuvo la acción y me metió en un taxi, pero no lo recuerdo bien.

Estuve varios días con el cuerpo lleno de manchas violetas, encerrado desnudo en casa porque la ropa me dolía, dejando que la basura se fuera apilando por todas partes y pidiendo comida en el Petrossian a cuenta de mi padre. Volví a leer sus notas sobre la arquitectura, sin otra cosa que hacer, y durante varios días consiguieron despertarme de nuevo la necesidad urgente de crear, de explorar de nuevo la nada, de hacer algo con mis manos comidas en las uñas, de una inmovilidad insoportable. Entonces me obsesioné con la idea de que sólo mi padre podía indicarme el camino y rebusqué entre sus anotaciones para ver si había alguna reciente, escrita después del viaje a España. Busqué los libros nuevos y saqué tratados de arte medieval, y una historia de la pintura del siglo XV, y un grueso tomo sobre técnicas de construcción, tan reciente que estaba aún metido en su caja, pero que me dio alguna esperanza. Al fin, después de un buen rato, encontré un libro azul sobre arquitectura moderna, muy limpio y brillante, y entre sus hojas hallé una cuartilla llena de letras muy menudas y de dibujos. Cogí su lupa para afinar la vista y vi que el papel estaba fechado sólo dos días antes de su muerte. Decía así: «Hay que incidir en las ideas que han iluminado los bocetos de los últimos días, pero necesito un buen dibujante. Tengo que avisar a Ricardo, decirle que he descubierto lo que venía buscando desde hacía tantos años. Hay que escribirle cuanto antes a España».

A partir de esa noche me dediqué a hojear con empeño todos sus libros de arquitectura, a repasar sus notas escritas en el papel espeso para tratar de descubrir el nuevo estilo que decía haber inventado. Durante un tiempo no encontré nada. Todas las frases semejaban las enseñanzas que me daba mientras paseábamos por West End Avenue o por Park Avenue y él me iba señalando los edificios nobles, sobrios pero llenos de adornos y detalles, que él admiraba. No hallé en ningún momento, en aquellas notas, el eslabón que estableciera esa continua evolución de la historia del arte a la que aspiraba.

Una madrugada, sin embargo, cuando estaba buscando unos papeles que se me habían caído en el hueco que se formaba entre la mesa de su escritorio y la pared, me encontré con dos cartapacios: en uno de ellos había unos grabados de Piranesi y de Palladio, pero en el otro, en una gran carpeta forrada con papel verde y atada con cintas rojas, descubrí lo que decía mi padre. Eran varios bocetos hechos con trazos rápidos en los que había logrado sintetizar, aunque de una manera todavía muy primitiva, la geometría con la historia, un método de combinar todos los elementos clásicos que adoraba con las paredes de cristal de su enemigo Van der Rohe. Eran edificios nuevos, cristaleras que se levantaban al borde de los ríos, pero rematadas con cúpulas clásicas de templos griegos, o plazas con columnas que no aguantaban nada pero que servían para embellecer el paisaje de los edificios en forma de cubos transparentes que surgían tras ellas. Sobre un arco con arquitrabes de piedra, lleno de sobrerrelieves de figuras simbólicas, se erguía en otro boceto un edificio de hormigón y cristal, parecido al edificio brutalista de Walter Gropius que él tanto detestaba.

Al revisar sus notas fui recogiendo varias ideas más, y entonces comencé a hacer unos bocetos de ciudades anaranjadas, parecidas a las árabes en el color, pero de edificios complejos, llenos de muchos órdenes. Al principio fueron sólo dibujos a lápiz muy ligeros, aunque más claros y firmes que los suyos, pero en poco tiempo ya había incorporado los óleos y las telas, y pasé muchas horas de angustia y exaltación, persiguiendo la perfección de las composiciones donde la colocación era siempre lo más importante. Trabajaba a deshoras y a veces me asaltaba el amanecer por la ventana y me asomaba a ver a los hombres que dormían en los bancos, o los primeros corredores del día, o los basureros que purificaban las calles con agua. Otras veces, cansado y aburrido, angustiado ante las imágenes que surgían ante mí, implacables como los edificios de una cárcel, me daban ganas de quemarlo todo, de abandonar aquella casa y perderme en los bares.

Poco a poco fui agotando todos los licores de mi padre, y los últimos que quedaron fueron unas botellas transparentes de anís, que ya había visto en

España, un líquido dulce y espeso que me daba dolores de cabeza terribles, y que me hacía vomitar. Pero al cabo del tiempo fui terminando los cuadros, y de aquel trabajo agotador surgió Atlantis al amanecer, una ciudad envuelta por un paisaje de palmeras donde todos los edificios eran clásicos pero la muralla que la rodeaba era de cristal. Así salieron en las telas los paseos llenos de barandas y columnas inútiles frente al mar, con estatuas de mármol claro o de hierro forjado y veladores cuadrados de cristal. Así apareció de la nada una plaza como la de Campidoglio donde los edificios eran una rigurosa combinación de acero y piedra, y las molduras de las cenefas eran una descripción en tiras de bronce de la era de los inventos.

Al cabo de dos meses de esfuerzo, de noches de insomnio frente a las construcciones nuevas, pulidas, había logrado reunir una colección de diez cuadros llenos de edificios coloreados hasta en los más mínimos detalles, desde los bustos que había en las hornacinas hasta las esculturas y los cuadros de los vestíbulos, o los dinteles que adornaban las ventanas con un estilo modernista, pero basado en los patrones clásicos. La última obra, una serie de edificios de cristal con remates de cúpulas de jaspe, parecidos a los de Santa Sofía, y que yo imaginaba al lado de algún río poderoso, tal vez el Hudson, se convirtió en mi construcción favorita, el lugar donde yo quería vivir a partir de entonces, entre molduras y cristales que dejaran pasar la luz.

Pero poco después de terminar aquella colección, el vacío se apoderó otra vez de mí y las articulaciones volvieron a dolerme al amanecer, como cuando estaba en Madrid. Me entró entonces la obsesión de abandonar la casa de mi padre y de buscar a Sam, de hablar con él para aclarar el episodio de Lisa, y marcharme a vivir a su mismo barrio. Hice incluso planes para volver a Coney Island un domingo, al bar Atlantis donde debía seguir bebiendo, y lo hubiera hecho si no hubiese sido por la carta: la encontré entre los folletos de publicidad y las invitaciones a cócteles y fiestas que mi padre seguía recibiendo, un sobre de correo aéreo que remitía un constructor de San Francisco y que estaba dirigido a su nombre. La abrí con avidez, como si ya en su aspecto hubiese percibido la urgencia de un mensaje. El constructor, un tal J. H. Newhouse, le pedía unos cuantos bocetos, exactamente decía que llevaba mucho tiempo tratando de encontrar algo nuevo, lo que él llamaba «alguna alternativa a la caja de zapatos», y que había escuchado por amigos algunas opiniones de mi padre, y estaba interesado en ver algo. Temblé ante aquella oportunidad, y al día siguiente le envié una copia de mis bocetos como si fueran de él.

Confieso que al comienzo esperé la carta de Newhouse con ansiedad y temor, sin comer ni apenas moverme del salón, paralizado ante el futuro. La mayor parte del tiempo la pasaba sentado frente al ventanal, hojeando cartas y libros, tratando de hacer correr los días. A veces imaginaba que el constructor iba a decirme que me mudara a California con él, y la perspectiva del sol y espacios amplios, de ciudades nuevas, me agradaba. Pero otras veces todo me producía hastío, y los objetos de mi padre, sus libros y los bocetos de los edificios geométricos y limpios, llenos de adornos innecesarios y excesivamente cuidados, me desagradaban.

Una mañana me levanté de mal humor, asfixiado por el olor de los muebles de madera muy noble, perseguido por los colores elaborados de los cuadros, tan perfectos que te envolvían en un espacio quimérico y cerrado. Al otro lado del ventanal, la vista ordenada de los árboles y los paseantes comenzaba poco a poco a resultarme molesta, como si aquellos ciudadanos fueran idiotas a quienes la belleza de las rotondas, y el color encendido de las flores en primavera, les bastara para sonreír. Eran hombres con perros, parejas que andaban cogidas de la mano sin hablar, mujeres altas con trajes bien cortados que caminaban apresuradas por el bordillo, huyendo del deseo y ansiosas a la vez de que alguien las amara con una pasión sucia, que alegrara sus vidas asépticas y demasiado claras. Fue lo primero que odié aquel día, la gente del parque.

Mirando al ventanal, pensé que me irritaba ya la provisionalidad, aquel limbo inútil en el que me encontraba encerrado, y supe que aquella carta estúpida no iba a solucionar nada. Por la tarde, ansioso por cambiar de vida, puse en práctica un plan que había pensado varias veces: saqué los libros de mi padre y los apilé en el salón, en un montón donde las carátulas luminosas brillaron como joyas contra la luz del ventanal. Luego arrojé las fotos, y rompí algunas, y vi los gestos de mi padre quebrarse por la mitad, y el pasado destruirse frente a mis ojos. En su habitación saqué con prisa las camisas de seda, cuyo tacto era ahora frío, y las rasgué con un abridor de cartas que encontré en su mesilla. Las perchas fueron cayendo con estruendo, con un ruido de cubos de madera derribados de una patada. Trabajé duramente en la destrucción, sacando los objetos que aún quedaban en los armarios y arrojándolos al salón, donde la pila crecía y trepaba por la pared, papeles y bocetos y colecciones de porcelanas, y luego fueron los cuadros que colgaban por las paredes, y al final pensé en prenderle fuego al enorme montón, pero estaba cansado y necesitaba beber algo diferente del anís. Me fui para regresar por la noche a quemarlo todo.

Salí a los bares del Lower East Side donde el licor era barato y en la barra había negros con gorras de viseras anchas que ocultaban sus caras, como si se hubieran desfigurado el rostro a propósito para actuar en la impunidad. Quise también carecer de rostro como ellos, perder la memoria, hundirme en alguna existencia anónima, vulgar, que me liberara de la obligación que me imponían los recuerdos. Hablé con unos hombres, les invité a beber y dejé que se burlaran de mí, que uno me tocara la chaqueta de seda que aún llevaba de mi padre y me dijera que quería comprármela para su mujer, y los demás se rieran más, e hicieran bromas sobre mi piel blanca y mis manos manchadas de pintura. Cuando se fueron quedaba poca gente en el bar. Me senté en la barra y estuve escuchando desde lejos la historia que el camarero gordo les estaba contando a dos mujeres de pelucas rubias, que bebían apoyadas sobre el mostrador con los brazos pecosos al aire. Ellas, y un hombre que tomaba cerveza al otro lado de la barra, eran los últimos clientes. El hombre llamó enseguida mi atención, porque tenía la cabeza escondida bajo un sombrero y miraba detenidamente su vaso, con el que parecía conversar. Murmuraba algo en voz baja, *«kiss me, kiss me, kiss me»*, creí que repetía sin parar. Cuando el camarero se puso frente a él, el cliente le habló en voz alta y gangosa de una mujer que lo engañó, pero yo no pude verle la cara porque me la tapaba la espalda enorme del camarero. «Y ahora está muerta», le dijo, y el otro, que parecía conocer su historia, le sirvió una nueva cerveza. «Muerta en un hotel de mierda, Ronni», dijo con su voz maltratada. «Lo sé porque yo lo hice.» El camarero se apartó entonces y yo llamé al hombre desde mi asiento, interesado en su conversación. «Quieres que te acompañe con una ronda, amigo», le dije, y él levantó sorprendido la cabeza, que había vuelto a inclinar sobre su vaso. Los dos nos miramos a la vez, pero pienso que fui yo el primero en reconocerlo, en descubrir su mirada torcida y los filos angulosos de su cara. Cuando alzó su antebrazo pintado yo retrocedí asustado hacia la pared, antes de verlo saltar con furia de su asiento y recorrer a zancadas el bar.

La calle estaba llena de hombres extraños, reunidos en grupos frente a Tompkins Square, como refugiados de alguna guerra, y yo tropecé con alguno antes de perderme en la oscuridad del parque, corriendo con todas mis fuerzas. Olía a meado, al sudor de los hombres que dormían envueltos en las mantas del invierno sobre los bancos, a la basura que se pudría en algún lugar de la noche calurosa. Sabía que Sam estaba cada vez más cerca de mí, podía escuchar los ruidos de sus pasos, los gruñidos de los vagabundos que fumaban en la oscuridad, a quienes la prisa molestaba. Salí del parque por las aceras deformes de la avenida C y en el primer pasadizo entré a recuperar el aliento. Atornillado contra la pared, apenas asomado, tratando de silenciar mi respiración agitada, le vi salir también del parque con paso apresurado y dirigirse hacia donde yo me ocultaba. Al huir hacia el fondo del callejón encontré un agujero que había en la pared y entré en un hueco oscuro y en ruinas, lleno de cascotes y papeles amarillentos. El reflejo de la luna dejaba entrar algo de luz por las ventanas rotas, y un hombre en cuclillas se inyectaba heroína en un rincón. No dijo nada, sólo se oían los ruidos de su operación, que yo conocía bien. Me apoyé contra un hierro desnudo, el esqueleto de algún pilar, para tratar de imaginar alguna escapatoria, y al agacharme sentí un pinchazo en el muslo. Entre los cascotes había un metal afilado que no reconocí, pero que recogí enseguida y acaricié con mis dedos. En el pasadizo escuché entonces los pasos de Sam, y su grito ronco: «Ahora te toca a ti». Traté de no hacer ruido, pero el otro hombre también gritó, «Lárgate de aquí, cabrón, esfúmate», y yo sentí en la mano la presión del metal, y deseé utilizarlo contra cualquiera de los dos. Me coloqué en el borde del agujero, oculto en la oscuridad, y cuando Sam ya había asomado la mitad de su cuerpo le clavé el metal en un costado, con fuerza, y la blandura de su carne me sorprendió. Cuando cayó, vi sus ojos desorbitados, su mueca de dolor y los tatuajes oscuros en el brazo con el que se tocaba la herida, como si el palparla pudiera evitar el dolor. El otro hombre gritó: «Lo has matado, hijo de puta», y brincó por una de las ventanas que daban a la avenida C. La segunda puñalada se la clavé en el ojo, calculadamente, y fue aún más fácil, más blando. Dio un aullido muy fuerte y yo seguí apuñalándole para que se callara, para que me dejara en paz. Sentí que me gustaba matarlo. No sé cuánto duró, pero sí recuerdo que su sangre era caliente y pegajosa, un líquido que nunca había sentido hasta entonces en esa cantidad. Cuando salí del hueco corrí por calles oscuras donde no había nadie, empapado en la sangre, entre la chatarra de automóviles destrozados y solares de antiguas casas en ruinas, reducidas a cascotes.

Corrí durante horas, sin pensar, como si la sangre que pegaba la ropa contra mi piel me diera fuerzas.

En la casa de mi padre el portero de noche me miró asustado cuando me abrió la puerta, y balbuceó si me ocurría algo. No respondí. En el salón oscuro la gran pira de objetos me esperaba. Tenía frío, mucho frío, y necesitaba calor. Antes de prender el fuego miré por última vez los libros lustrosos que guardaban los objetos que había amado mi padre, y le vi sonreírme desde una fotografía con mucha luz, en la que parecía un artista de cine. Le envié un beso, y después le dije que lo amaba. Entonces encendí los papeles que había debajo de la pira y vi el fuego crecer con suavidad, avanzar lentamente engullendo las cosas, hasta que se ensañó con las telas de los cuadros.

La policía tuvo que tirar la puerta para entrar en la casa. Ni siquiera les había escuchado. Estaba fascinado por la prisa del fuego, su avidez. Me tiraron al suelo y me amenazaron con sus pistolas negras incrustadas en mi cabeza, como garfios que les salieran de las manos.

Esa noche no dormí bien, encerrado en una celda común donde otros hombres roncaban plácidamente y la cisterna del baño no paraba de sonar, un ruido a agua que corría en desorden, pero que no se llevaba el olor. Cuando nos sirvieron la cena, casi de madrugada, uno de los hombres la arrojó por el suelo, y desde entonces no pude dejar de respirar el olor a grasa podrida de aquella carne que todos pisábamos. En el bolsillo de la chaqueta de mi padre había descubierto un recorte de un periódico con una poesía que leí varias veces para empujar el tiempo. Un hombre preguntaba a su madre si alguna vez le había pegado, si le había gritado por hacer mal las cosas o no le había dejado salir a jugar porque tenía miedo. Trataba de saber por qué sentía terror ante un sarpullido en la piel, un cambio en el tiempo, la mirada de odio en los ojos de un desconocido que pasa.

Esa poesía, que a veces leo como si encerrara una clave, el último mensaje de mi padre, y la carta del constructor en la que me decía que le gustaban mucho los bocetos y me invitaba a California, cuelgan ahora de la pared de la celda que comparto con Jimmy el Loco en Rikers, el purgatorio. Alguien, tal vez el abogado de mi padre, me envió hace unas semanas la carta, seguramente para burlarse. Jimmy se ríe cuando le leo la carta y la poesía, como si las dos le confirmaran la idea de que todo el mundo es idiota, su única teoría. «*People are assholes, man*», es su frase favorita, que me repite por las noches, poco después de apagar la luz, acosados por los piojos, mientras yo trato de olvidarme de su cara aplastada e intento dormirme. Pobre Jimmy, estoy seguro de que él piensa que yo soy el idiota más grande de todos los que ha conocido. El otro día me preguntó por qué escribía todo el tiempo, y cuando le dije que estaba haciendo un libro sobre el pasado, sonrió, y sus ojos vidriosos, de negro borracho, me miraron con pena y desprecio. Yo dejo que piense lo que quiera. Él nunca entendería que la escritura, el arte, es una broma que se hace por jugar, sólo por jugar, como me dijo una vez mi padre en algún lugar de esta historia.

ÍNDICE

La doble lectura de La ciudad doble, por Carlos Perellón 5

Primera parte............................ 17
Segunda parte 181
Epílogo 287

Diseño: Emil Tröger
Ilustraciones de la sobrecubierta: *Gran Vía,* de Antonio López,
© VEGAP, Barcelona, 1995 (Foto Oronoz).
Telefon, de Richard Lindner © VEGAP, Barcelona, 1995

Círculo de Lectores, S.A.
Valencia, 344, 08009 Barcelona
1 3 5 7 9 5 9 0 7 8 6 4 2

Depósito legal: B. 28438-1995
Fotocomposición: Fotoletra, S.A., Barcelona
Impresión y encuadernación: Grafos, S.A.
Zona Franca, sector C, calle D, 36. 08040 Barcelona
Barcelona, 1995. Impreso en España
ISBN 84-226-5584-5
N.º 29371 A